correr tras el viento

nirvana de chocolate
nirvana de chocolate
nirvana de chocolate
nirvana de chocolate
una mujer y un violín
una mujer y un violín
una mujer y un violín
una mujer y un violín
una mujer y un violín
una mujer y un violín
una mujer y un violín
una mujer y un violín

nirvana de chocolate
nirvana de chocolate
nirvana de chocolate
nirvana de chocolate

elidio la torre lagares

correr tras el viento

una mujer y un violín
una mujer y un violín
una mujer y un violín
una mujer y un violín
una mujer y un violín
una mujer y un violín
una mujer y un violín
una mujer y un violín

TERRANOVA
EDITORES

Foto de portada: "Metaformation", de Elena Vizerskaya
Foto de guardas: "Red Lipstick Butterfly", de Elena Vizerskaya

ISBN 978-1-935163-59-6

Impreso en los Estados Unidos de América
Printed the United States of America

Terranova Editores
Cuartel de Ballajá
Local V
Viejo San Juan, Puerto Rico 00901

P.O. Box 79509
Carolina , Puerto Rico 00984-9509
Telefax: 787.791.4794
email: terranovaeditores@gmail.com
www.terranovaeditores.com
"Leer está de moda; regale un libro"

A Rossana Cabrera,
a Gean Carlo Villegas
y a Amir Valle,
por leerme

A Sophia,
por siempre

un cuento largo

De la basura fétida que flota en la estela de sus sueños, Brad Molloy sabe que sólo queda la permeabilidad de su memoria. Todo lo que es –la suma de lo que fue– se desvanece como un poema inconcluso hecho de nada. Y es que, de forma repentina, le ha colmado a Brad la decepción de admitir que la subsistencia es formulación repetida, epifanía que le llega así, volcada con violencia, sin espacio para otra reflexión que no sea la de enfrentar que ya no hay nirvana posible sin Aura Lee. Seguro que podría estar, en este momento, borracho y en desconsuelo frente al Aar, en el Berna de sus ensueños, pensando en una palabra para consolar el corazón llagado por la fatalidad de perder la mujer de sus deseos, pero debe cerrar el capítulo final de otra manera. Es la irreductible convicción de que la existencia es una ficción recurrente.

Y es en ese último capítulo, donde se juega el último fervor de los respiros, que Brad Molloy piensa en todas las grandes historias de amor arruinado en el mundo y a las que no tiene nada que envidiarle. Marco Antonio y Cleopatra. Romeo y Julieta. Batman y Vicky Vale. Joe DiMaggio y Marylin. Sid y Nancy. Jay Gatsby y Daisy Buchanan. Lo demás es fetiche, metáfora, devoción, o lo que su alma le va susurrando al hacer entrada, en compañía de su fiel Dolo, al despacho de Sven Zubriggen, traficante de obras de arte en Berna.

En el interior del lugar, la distancia se encoge constantemente bajo el escrutinio de Sven, quien les mira por encima de los anteojos. Se rasca la barbilla. Hace muecas. Vuelve y los mira. Extiende sus manos a fin de que Brad le entregue el Stradivarius, para lo que es necesario liberar las esposas que les atan mutuamente. Sven se impacienta. Carraspea la garganta dos veces. Se mece en la ampulosa butaca de piel. La luz de una lámpara de acero inoxidable cae sobre el escritorio de cristal y es todo lo que les separa. Un manto de sombras los circunda dada la pobre iluminación del despacho. Brad coloca el violín liberado sobre el escritorio. Con un movimiento cauteloso de dedos, Sven abre el estuche y revela el magnífico contenido. La quijada inferior le cuelga. Hace un esfuerzo vano por articular algo, pero termina carraspeando nuevamente. El rostro se ilumina. Con la misma delicadeza de un armador de explosivos, cierra el estuche. Pasa sus manos por el rostro ajado e imberbe. Es entonces que advierte una bolsa que trae Dolo y cuyo contenido proviene, tal y como lee en el exterior de la misma, de *Chocolates, caprichos y algo más*. ¿Y ahí, qué me traen?, inquiere Sven. Nada que le vaya a gustar, contesta Dolo. ¿Y quién eres tú para decirme que me debe gustar? Son chocolates, aclara Dolo al percatarse de su inoportuna estupidez. Sven sonríe. Esto es Suiza, ¿qué grandioso puede tener un chocolate americano? Créame, en América se inventó el chocolate, informa Dolo. Eso creen ustedes, replica Sven. De todos modos, no son cualquier chocolate, dice Brad. Sven extiende su brazo en dirección de la bolsa en un intento por alcanzarla, pero Brad lo detiene. Es San Juan Sour, expresa Brad. Sven arquea las cejas y retira la mano como si la manipulara algún mecanismo hidráulico.

Sven no despega los ojos de la bolsa. Escuché del San Juan Sour en Puerto Rico, dice. ¿En realidad hace lo que dicen que hace?, pregunta. No para usted, abuelo, replica Dolo entre carcajadas que, a los pocos compases de haberlas liberado, se tiene que tragar. El desprecio que descarga Sven hacia Dolo le pesa en la mirada. Entonces, el reputado comprador de arte contrabandeado acaricia con ambas manos el estuche.

Irradia calor, ¿o soy yo?

Debe ser usted, dice Brad.

Y presumo que alguno de ustedes tiene un interés particular, además de en los chocolates afrodisíacos, en la música clásica y, sobre todo, en los instrumentos de coleccionista.

Claro. Sobre todo mi socio y amigo Dolo, dice Brad.

Dolo reacciona sorprendido y quizá hasta halagado de su nueva importancia.

Entonces, ¿quién de ustedes es el experto?, conforma Sven.

Ese soy yo, dice orgulloso Dolo. Soy compositor, cantante y músico.

E idiota, se te olvida decir, añade el coleccionista. Brad no intercede, pues conoce bien que Dolo no desarrolló muchas inteligencias.

¿Y qué tocas?

Pues, aparte de guitarra y piano, el violín.

Sven lo observa con escepticismo. La verdad es que lo mira como si pensara que Dolo no podría diferenciar un contrabajo de un violín. Carraspea nuevamente. Se ajusta las gruesas lentes de oficinista retirado en la Florida y cuyo pasatiempo son las máquinas tragamonedas de los casinos. Se suelta el cuello de pajarita. Entrelaza los dedos.

Brad extrae una caja de cigarrillos y el encendedor. Siente compulsión de fumar.

No, dice Sven. Aquí no se fuma.

Toda Suiza fuma.

Menos en mi despacho.

Brad guarda los cigarrillos y comienza a jugar con la tapa abisagrada del encendedor. La abre. La cierra.

Y deja eso, ordena Sven.

Brad se disculpa, pero mantiene el encendedor en la mano.

Bien. Dejando a un lado la polémica sobre la ostensible posibilidad de talento o, en su defecto, de conocimiento musical, y con el fin de corroborar la autenticidad del instrumento que han traído consigo, ¿podrían decirme cuál es el origen del violín?

Brad se encuentra negado del tipo de miedo con el que se funden las verdades. Primero fue la muerte súbita del violinista, en la chocolatería de Brad Molloy, a causa de un exceso de afrodisíacos –camuflados, por supuesto, en un manjar de chocolate–; luego, la revelación del Stradivarius robado y, subsecuentemente, la reaparición triste del amor idealizado, pero que ya ni siquiera era posible en su imaginación. Aún en la plenitud de sus fragmentos, Brad es un *sudoku* irresoluto con la mayoría de sus celdas vacías. Ahora todo es consecuencia indómita, más designio de su voz que un futuro predestinado. Una vida desprovista de propósito.

Es un cuento largo, dice finalmente.

O una novela, agrega Dolo. Aunque sea de amor.

san juan sour

El cadáver en medio de la chocolatería se hace divisa intransferible de un dilema: ¿qué hacer con el muerto y la promesa de su violín? Ciertamente, Brad Molloy, convencido de que el tiempo es un tráfico de significados, se transfiere en sentidos y se usura en sentimientos para encontrarse, como imagen fraterna, en la carne sin vida del hombre, un supuesto violinista en ruta hacia alguna conquista amorosa. *Ah, mon frère, beau cadavre*, balbuce. Brad observa la manera enferma con la que el violinista aún abraza con feroz desesperación el estuche donde guarda un valioso Stradivarius. No sabe quién está más muerto en este momento, pero sí sabe una cosa: el sujeto que acaba de caer envenenado con Chan Su ha perdido la oportunidad de reencontrarse con el amor de su vida. Brad, en cambio, es un fantasma que sueña todavía con volver ver a Aura Lee, la dueña de sus delirios.

El sonido acústico del cuerpo al golpear el suelo llama la atención de Dolo, quien se encuentra en la trastienda forcejeando con las puertas del refrigerador donde se guardan las flores al final del día para mantenerlas frescas.

¿Qué fue eso?, pregunta.

Es el sonido del pasado tropezando con el viento, contesta Brad.

Tras cerciorarse de que, en efecto, como todos los días a la misma hora, la acera se ha vaciado, Brad se acerca al cuerpo. De mirarlo nada más reconoce el efecto del poderoso y mortal ingrediente del San Juan Sour, chocolate que ha dado nueva vida a *Chocolates, caprichos y algo más*, la chocolatería y floristería que Brad adquirió tras cinco lentos años en prisión. El establecimiento no sólo ha servido al exconvicto para disfrazar el tráfico ilegal de afrodisíacos, su nuevo negocio, sino que, al ser una empresa tan dulce, y a la vez indulgente, Brad ha logrado ganar alguna credibilidad entre los miembros de la Comisión Federal de Libertad Bajo Palabra, la extensión panóptica del sistema carcelario que sueña a Brad con otros ojos futuros, otra vida, otras nubes, pero que le ha devuelto la posibilidad del viento. ¿Cómo separar el delito del pecado, si todo lo que ha hecho Brad es perderse en el fuego ciego que el nombre de Aura Lee aviva? Tan lejos como la memoria y tan cerca como el ansia. Por ello, si no sale del cadáver, las autoridades podrían dar tarde o temprano con el cuerpo y la evidencia será ineludible; Brad volvería a la penumbra asfixiante del presidio. Y es que, justamente a la hora de cierre del establecimiento, cuando se supone que Brad cumpla con las condiciones de acuerdo libertario, el azar se ha cruzado como la sombra de las memorias por venir.

Morir envenenado por chocolates cargados con afrodisíacos durante una visita a una chocolatería es, de facto, una circunstancia inculpatoria, por lo que ya no habrá segunda oportunidad dorada para ir tras su sueño borincano y mucho menos para dar con Aura Lee, de quien se enamoró perdidamente hace tantos años atrás, y por quien, incluso, permutó el nihilismo de su juventud por la utopía del amor esquivo. Hoy, el recuerdo de esa mujer persevera con la misma intensidad de siempre, mas no sabe nada de su destino. No hay vida sin finalidad superior, suele decir Brad para justificar sus delirios errantes. No hay más vida, aunque todo sea correr tras el viento. *Ah, mon frère, mon jumeau,* le dice Brad al hombre que minutos antes había llegado a su tienda. ¿Qué destino has cumplido?

Desde que el hombre del violín hizo su entrada a *Chocolates, caprichos y algo más*, Brad sabía que algo andaba fuera de orden. Las pupilas del sujeto estaban dilatadas. Una baba espesa brillaba sobre los labios agrietados del cliente cuya mirada de marisco congelado y porte de burgués venido a menos cancelaban la posibilidad de que el hombre fuese un agente encubierto. Lucía como lo debe hacer un pez ante un par de zapatos. De todos modos, no importa ya. Brad siente su garganta secarse, sus labios morirse. Es un desierto lo que aflora en su boca. Es piedra. Es palo. Es el fin del camino.

¿Qué fue lo que dijiste, Brad?, pregunta Dolo, quien, al unirse a la escena, pierde la capacidad de respirar. ¿Quién es ese?, pregunta en su asfixia momentánea.

Brad mira el reloj mientras palpa de manera cautelosa al visitante.

Si somos entes de palabras, aquí ya no hay texto, dice Brad al confirmar su corazonada.

¿Eh?, pregunta Dolo.

Todo es posibilidad, murmura luego Brad, como si rezara, o, incluso, cual si intentara convencerse a sí mismo de lo que dice. Tiempo en reposo. Movimiento por detonar. El deseo es un gatillo. Y si antes había transigido por el matiz de la piel en deterioro y las ganas en valor residual, Brad Molloy rehúsa, en este instante de mitades sin completar, a ser el mero eco sordo de un pasado que nunca templará en futuro. Y por eso declara que, de ninguna manera, el viaje de regreso a la cárcel está suscrito en la agenda.

El hombre está muerto. Tenemos que sacarlo de aquí, dice Brad.

Dolo se pierde.

Su rostro comienza a deformarse en muecas de incomprensión y hasta pierde momentáneamente la habilidad natural de pestañear. La mandíbula inferior, en la anestésica estupefacción, se inmoviliza a su manera con el rigor mortis de las palabras que se mueren por los labios y Dolo desea borrarse de la existencia. El chico, de baja estatura, bien acicalado y entrado en sus tempranos veinte, conserva el tenaz candor de la insuficiencia de palabras para explicar la realidad. Y es que Dolo, sencillamente, no tiene el equipaje necesario de sentimientos torcidos para impeler la malicia. Desde que perdiera a sus padres en una tragedia pasional que hizo cobertura en todos los diarios de la ciudad de San Juan, justo unas semanas después de Brad salir de cárcel, siempre vivió en una especie de burbuja emocional conservada primeramente por su madre y luego por el propio Brad, quien se convirtió como en su hermano mayor. El padre de Dolo coleccionaba y reparaba automóviles antiguos, y era una afición convertida en vocación para llevar el arroz a la mesa, pero de lo que vivía en realidad era del tráfico ilegal de piezas de vehículos de motor, un tema que siempre ocultó a petición de su esposa. La madre, por su parte, fue cantante en un restaurante de los suburbios que se localizaba en una popular zona circundada por moteles, esos espacios de pactos y traiciones. Para Dolo, ambos eran la restitución lúbrica de todo el amor del mundo y también del odio. El padre, conocedor y articulado; la madre, liberal y testaruda; para Dolo, el comienzo del mundo.

Fue su madre quien le instruyó en sus tempranos pasos por la música, haciéndole tomar clases de canto y violín que, francamente, Dolo odiaba, pero que servían de pretexto para desatenderse de las expectativas de su padre, quien pensaba que Dolo debía ocuparse de cosas más productivas, como el negocio de piezas hurtadas, por ejemplo.Y así, Dolo fue el eje de muchas discusiones, un pretexto para enmascarar y descargar la frustración mutua que vivía la pareja ante el ostensible hecho de que ella jamás sería una diva de la música internacional y él siempre sería un mero negociante de segunda. El matrimonio concluyó trágicamente cuando el viejo sorprendió a su mujer, en la misma cama donde habían concebido a Dolo, con el pianista que la acompañaba en el lounge del restaurante. Entonces, fulminó la vida de ambos. Acto seguido, el padre de Dolo se despegó los sesos de un tiro en la cabeza. A Dolo sólo le quedó una formación musical seria, refinada y -¿por qué no?- culta, la cual no le servía para nada, porque él soñaba con ser cantante de reggaetón, según le decía él mismo a Brad, cosa que éste nunca le acreditaba a la seriedad, puesto que jamás había escuchado cantar en público a Dolo. Pero, a mejor decir, ser cantante era un delirio descalzo, o una ficción que le gustaba fabricar con frecuencia. Eso sí: Dolo Morales, ante los ojos de Brad, era un soñador al que le faltaban quebraduras para poder completarse en el tiempo.

No entiendo nada acerca de textos, Brad, dice Dolo. Sólo dime que no está muerto. Dímelo, Brad.

No, no está muerto. Simplemente, se echó a dormir en medio de una chocolatería.

Con el rostro algo comprimido, Dolo observa a Brad como si degustara un dulce amargo y retrocede unos pasos. Brad le ordena a Dolo que cierre las cortinas venecianas, mandato que el segundo responde con un simple «¿huh?».

Pronto, Dolo, nadie puede ver este hombre aquí, exhorta Brad.

El labio inferior de Dolo comienza a rehilar como aguja de polígrafo.

Dolo, ven. Ayúdame. ¡Dolo!, insiste el empresario, pero de nada vale.

Dolo padece de incertidumbre vehemente mientras Brad, por cuenta propia, intenta arrastrar al violinista hacia la trastienda. Brad, que lleva consigo la iluminación de quien ha esperado toda su vida, siente resquebrajar su paciencia.

Un cuarentón al que se le ha grabado la vejez antes

de tiempo, Brad Molloy –Bradulfo Martínez, lee su pasaporte; lo de Molloy lo asume por afectividad con el personaje de Beckett– trae un rostro endurecido que se pone al relieve por el corte romano de su cabello rubio avellano, en flequillos largos, despeinados y canosos. Trae chaqueta y pantalón negros, al igual que Dolo, pues ha adoptado una variante de la vestimenta Mod como desliz retro y uniforme de trabajo, aunque, a primera vista, Dolo piensa que, con gafas de sol, parecen más los Blues Brothers. Desde la frontera del cuello de su camisa blanca, y como dormitando sobre la yugular, sobresale una numeración seriada de la que sólo son legibles los dos últimos números: 4 y 0, dígitos finales del código de barra que una vez se hizo tatuar cuando pensó que, dada la naturaleza de su vida, podría constituirse como objeto de consumo. Sus ojos se mueven con la electricidad de los reptiles, aunque su rostro siempre muestra la impavidez de un buda.

Brad se inició como traficante de bienes de consumo cuando se percató de que su interés en la literatura y la disciplina de su estudio no servían para nada, o al menos para lo que más le interesaba, que era el camino hacia el corazón de Aura Lee. Pero para la chica, nunca mucho era suficiente, así que Brad pensó que necesitaba elevarse en rango dentro del mundo del contrabando y optó por el comercio de pasta de coca, lo que, al fin y al cabo, luego de ser capturado por las autoridades federales en Arizona, le ganó su tiempo en prisión. De hecho, la edad es la única otra ganancia perceptible en la vida de Brad Molloy, ese acto que ha consumido en ensimismamiento por el amor apático de sus estados de ensoñación por la imborrable Aura Lee, su incuestionable y elusivo nirvana, el aliento de Dios, o el origen del viento mismo, también rememorada como la mujer por la que había dado y perdido todo. Ella era el principio del mundo; era la geografía y la patria; la única cosa a la cual verdaderamente se debía; en fin, el origen de las palabras y las cosas. En todo caso, Aura Lee es aún, sin duda, el verso que tatúa la soledad.

Es obvio que tenemos un cadáver en la tienda, Dolo, dice Brad. Seguramente se saturó de Chan Su.

¿Crees tú?

¿Cómo que si yo creo? ¿Cómo que...? Conozco muy bien los efectos del Chan Su, reclama Brad mientras hace girar al cuerpo del violinista para estudiar con detenimiento su rostro.

No me gusta mirar muertos, Brad.

Imagínate que duerme, entonces.

No puedo, gracias.

Dolo, el Chan Su es venenoso porque proviene de los bufadienolides.

El rostro es un garabato descomunal, indicios de que el pánico comienza a comprimir los nervios del rostro o de que no entiende de qué le hablan.

¿Bufadienolides?, dice Dolo con repudio y asco de tan sólo pronunciar la palabra.

Que se obtiene de la raza de las ranas bufa, cuya piel guarda un potente veneno que en cantidades moderadas, funciona como afrodisíaco, pero si se ingiere de manera exagerada, claro, es fatal. Amor y muerte en el lomo de una rana, Dolo. Eros y Thanatos. Pero, como todo, el exceso es una sombra.

Todo por un chocolate, no lo puedo creer, dice Dolo por lo bajo.

Brad le aclara que el chocolate no es en sí lo que acaba de matar al violinista, y sí el Chan Su. ¿Cómo hacer de tal delicadeza un arma tan silenciosa?, se cuestiona Dolo. Brad abandona los esfuerzos de mover de lugar al cuerpo. Pesa como el arrepentimiento, dice. Se cruza de brazos. Y la verdad es que, con respecto a lo que dices, Dolo, no lo había visto de esa manera, añade. Es el Tao del San Juan Sour.

Dolo, hay que maniobrar rápido. Mi toque de queda se acerca y tendremos que sentarnos sobre el muerto.

¡Ni pensarlo! Mejor me quedo de pie.

Lo decía en sentido figurado, Dolo, pero no importa. Toma el martillo y procede a romperle las coyunturas, ¿okay?

Dolo, como es habitual, padece de alguna dificultad para digerir instrucciones que le llegan como aquellas, así, a quemarropa.

Te refieres a…

A que le vas a romper las piernas y los brazos para meterlo en el refrigerador.

¡Qué! ¿Estás loco? Es tu muerto…

Ahora mismo, creo que es de los dos.

¿Qué sabía yo que Eros y Panapos montaban en rana? ¡Yo no sabía que el Chan Su mataba!

Eros y Thanatos, Dolo, Thanatos. Pero, recuerda, el desconocimiento del delito no exonera de culpa. Ahora es nuestra responsabilidad deshacernos del cuerpo, por el momento.

Dijiste "nuestra", ¿por qué tengo que encargarme de eso yo y no tú?

En ese momento, la puerta de entrada se abre nuevamente. Maldición, suspira Brad, justamente lo que hacía falta. Otro cliente. Dolo pregunta qué harán ahora que llega un testigo. No es testigo todavía, pues no ha visto nada, Dolo. Mantente aquí en lo que yo atiendo al cliente, instruye Brad. Dolo protesta y exige una razón válida, existencial y firme, por la que tenga que ser él quien se quede con el muerto. Porque soy más versado y elocuente, le dice Brad, cosa que Dolo no debate, mas propone sacar al muerto por la puerta trasera, la que conduce al callejón de entregas mercantiles. Lo llevo y lo arrojo en los botes de basura. Grandioso: y jamás sabrán que fuimos nosotros, Dolo. ¿Crees tú? No, Dolo, suelta Brad con retracción; simplemente, es un ejercicio de ironía. Entonces, le da la espalda y en cierto modo, eso basta para delegarle la responsabilidad mientras se dirige a recibir al cliente inoportuno.

Buenas noches, amigo. Ya casi cerramos. ¿Puedo ayudarle en algo?, dice Brad en un esfuerzo de sonar cordial y ameno.

Frente a Brad, un hombre vestido todo de negro, desde su sombrero de ala corta hasta los zapatos, se muestra inexpresivo. Su mirada es algo torva y delata algo de inquietud, tal vez prisa. Trae las manos todo el tiempo tras su espalda y estudia el lugar con insistencia. Otro más, piensa Brad. San Juan Sour, sin duda.

Pero se equivoca.

Busco a un hombre con violín, dice el cliente.

Brad no podría precisar cómo, pero de alguna manera presiente que su vida pierde la cómoda monotonía de la normalidad.

Una limusina blanca le cruza por la frente.

el destino amargo del violín

La visita, más que inesperada, es inoportuna. Brad estudia al sujeto brevemente y descarta la posibilidad de que éste, en efecto, sí sea un investigador de la Comisión Federal de Libertad Bajo Palabra. Así, Brad siente la desesperación roerle ese estado de zen criminal en el que ha aprendido a vivir con el negocio de chocolates, el cual prolifera no sólo por ser una empresa que requiere una inversión financiera relativamente mínima -utiliza pocos materiales para su manufactura y es sostenible durante todo el año- sino porque el San Juan Sour se ha convertido en la golosina de la intimidad en la ciudad, algo así como cuando la droga Gracia causó furor bajo la presunción de que el alucinógeno hacía ver a Dios. Con el San Juan Sour, Brad ha recuperado la posibilidad de hacerse hombre de dinero a bajo interés. Condicionamiento cultural o no, Brad ya se ha acostumbrado al hábito de errar constantemente. Es el carril de tránsito exclusivo. El Santo Grial y la Piedra Filosofal. Es lo más con lo menos. El ciudadano insano ya no distingue la consecuencia de la causa y, por tanto, suele tomar cada situación con taimada imperturbabilidad. No obstante, frente al misterio del hombre que recién llega y procura por el violinista, la duda ha posesionado su capacidad de juicio.

Que busco a un hombre con violín, repite el visitante.

No trabajamos con figuras de cerámica. Pero tenemos tulipanes frescos que van bien en las canastas de paja. Quizá uno de esos ositos blancos podría completar el regalo. Eso sí, los tulipanes le van bien comoquiera. De paso, le digo que son flores caprichosas cuando se usan como flor cortada. Se las puedo mostrar si…

Brad abandona el intento de tender una conversación distractora cuando el hombre le muestra una cromada Browning Hi Power que sostiene entre sus dos manos.

Esos los voy a dejar para colocarlos sobre tu tumba, dice el hombre. Pues, bien. ¿Y el violinista?

Brad cronometra mentalmente los movimientos que Dolo debe haber hecho ya para sacar el cuerpo de la tienda. Asume un margen, pues, de error y determina que un par de minutos adicionales proveerán a su socio el tiempo suficiente para eliminar la comprometedora presencia del muerto.

Voy a serle franco, amigo, dice Brad. La persona que usted busca vino y estuvo aquí hace un rato. Compró chocolates. Se marchó. Es todo lo que sé.

No es todo, dice, mientras se acerca lentamente, sin dejar de apuntarle con el arma a Brad, al estuche del violín al pie del mostrador.

Sin apartar los ojos de la mirada de Brad, el hombre se agacha, toma el objeto y se reincorpora. Con una de sus enguantadas manos, intenta abrir los broches del maletín, pero encuentra dificultad para lograrlo. Entonces, le ordena a Brad que lo haga él, a lo que, muy tranquilamente, el comerciante accede sin objeción.

Al abrirlo, tanto Brad como el hombre se estremecen en una leve emoción al ver el contenido: un hermoso violín en cuya superficie se pueden observar algunas marcas de dedos y hasta se podría jurar que, a juzgar por el resplandor en ambos rostros, un destello lumínico lo envuelve como un aura. ¿Viste lo que yo vi?, dice el pistolero, a lo que Brad asiente y de seguido se inclina sobre el instrumento, pero el hombre y su arma proyectan un claro poder de persuasión que deja establecido quién pone los puntos sobre las íes.

Ni te acerques, le advierte.

Hace una mueca con los labios y retrocede. A decir verdad, el tipo tiene cara de que tiene que pagarle a las chicas para que salgan con él, aunque es irrefutablemente arrojado. Conserva cierto aire de preeminencia en el tiempo como condición de peripecia. Y, por supuesto, de cómo se ha complicado la hora de cierre en *Chocolates, caprichos y algo más,* pues sólo propone la premisa de que algo simplemente aparezca o se reconfigure improvisadamente, cavila Brad. En fin, incluso con Dios en *rehab,* el orden del sentido universal, como de la mayoría de los actos en la vida, no encontrará explicación.

Muy bien, dice el ex-presidiario. Si lo que busca es el violín, es todo suyo.

Por supuesto que es todo mío. ¿Y el violinista? ¿Dónde se oculta?

No sé.

El hombre le guiña el ojo y le arroja un beso. En verdad, ahora Brad tiene motivos para pensar que es el tipo de individuo que tiene que pagar para tener una cita.

Anda. Llévame dónde él. Tengo un trabajo por terminar.

Brad le hace indicaciones para que lo siga hasta la trastienda, donde encuentran a Dolo abrazado al violinista en pose de figura en un museo de cera. La escena es comprometedora, no porque aparenta ser lo que Brad ruega que no sea, sino porque de pronto quedan involucradas tres personas –entre ellas, un absoluto extraño ya muerto– que deben justificarse ante otro sujeto del que no conocen nada.

¿Lo mataron?, pregunta el hombre que, de seguro, no salió a pasear con la nueve milímetros.

¡No!, dicen al unísono Dolo y Brad.

¿Son siameses?, interroga.

No, señor. Ni siquiera sabemos quién es, contesta Dolo, sin asimilar la ironía.

Payaso, dice con desprecio hacia Dolo. ¿Para quién trabajan ustedes? ¡Anda! ¡Díganme!

A Brad le ataca la sospecha de que el asunto comienza a complicarse en dimensiones impensadas. Trata de atajar cualquier especulación insidiosa a tiempo y hace la historia de cómo el violinista pasó de cliente a cadáver. Le diré que percibí que el sujeto miraba hacia atrás como si temiera ser seguido, explica Brad. Se aferraba al mango del estuche del violín con un nerviosismo sudoroso que hacía patente al secarse el rostro, de manera insistente, con un pañuelo azul celeste. El pistolero interrumpe a

Brad y le pregunta si tiene que contar lo sucedido como si escribiera una novela negra muy mala.

Es que él habla así, defiende Dolo. Leía muchos libros incluso antes de ir a prisión.

¿Me va a escuchar?, inquiere Brad, a lo que el hombre accede en conformidad. Pues le digo que con impulso decidido, el hombre del violín entra en la tienda, no sin antes golpear con el estuche del violín el marco de aluminio de la puerta y derribar varios peluches que descansaban sobre una mesa junto a la torre de chocolates Baci, que como ve, también se vino al suelo, prosigue Brad. El hombre se disculpa, suelta el instrumento, y se dispone a remediar el breve desastre que ha causado en menos de diez segundos. A todo esto, Dolo, permanecía indiferente a lo que ocurría pues luchaba por cerrar las puertas del refrigerador. Yo dije de inmediato: «Éste viene por San Juan Sour». He visto la escena antes. Conozco la mirada salpicada de capilares encendidos. Sé de la resequedad en la boca que torna los labios pálidos. Reconozco la lengua frenética que se desliza boca afuera. Es el efecto de esa mezcla única de chocolate suizo, frambuesas y miel, dosificada con Chan Su, un particularmente poderoso afrodisíaco importado ilegalmente desde China, y al que le di el nombre que lleva como metáfora de vivir en esta ciudad de murallas y encerramientos. De todos modos, le pregunté al individuo si venía en búsqueda de algún regalo de última hora, con la intención de facilitarle la comunicación y poder cerrar de una vez por todas. De acuerdo a los términos de mi probatoria, debo estar en casa a no más tardar de las ocho de la noche y ya el reloj ascendía en su marcha hacia las siete, ¿comprende?

Absolutamente, contesta el pistolero.

Brad no puede fallarle a la palabra, dice Dolo. Es libertad bajo palabra, ¿sabe? Es lo único que le queda para…

Gracias por la explicación, pero esto no me conduce a nada, taja el pistolero.

Sí, sí… por supuesto, dice Brad. Para continuar mi línea de desarrollo, pues entonces le pregunto al hombre si buscaba chocolates dulces o agrios. Él se confunde y le repito la pregunta, que es como un protocolo de seguridad donde la contestación es la palabra clave de entrada, pero el hombre no me entiende, y en su lugar me corrige. «¿No sería "amargo" un mejor término para definir lo que ando buscando?», dice. Eso lo sabe usted, le respondo. Aquí el chocolate que vendemos es agrio. Como en su etimología original de la palabra náhuatl: xocolãtl. Agua agria. Y el hombre, que presume de snob, a mi entender, se acomoda las lentes, se recompone y abraza el violín como si fuera toda la fortaleza que posee en el mundo en ese momento. «Ah… impresionante. Es muy ducho para ser florista», me dice. ¿Puede creerlo? ¡Me llamó florista!

No eres florista, Brad, dice Dolo.

¿El chico no podría callarse?, pregunta el pistolero.

Es que no soy florista, aclara Brad. Vendo chocolates, peluches y flores a la gente que quiere impresionar a su pareja apelando a una combinación de secreciones de hormonas de placer, que es el trabajo del chocolate; romanticismo clásico, que son las flores; y un aberrado retorno a la infancia, para lo que están los peluches. El hombre con cara de músico expulsado de una orquesta sinfónica, a este punto de la conversación, mostraba un perspirar persistente.

¿No puedes decir simplemente que sudaba y ya? ¡Acaba de decir lo que me vayas a decir o te juro que no respondo del gatillo!, grita el pistolero.

Sí, sí... zapatero a su zapato, ¿no? Aquí decimos chocolatero a su chocolate. Pero yo no me considero chocolatero, propiamente.

Yo tampoco, agrega Dolo. Pero me paseo entre ellos.

Yo sólo manejo un negocio, dice Brad. ¿Quién es el sujeto? No sé. Mire, perdone la retórica excesiva, pero, ¿podemos acabar con esto ya?

Decir retórica excesiva es excesivo de por sí.

Lo siento.Yo estuve en prisión cinco años por tráfico de sustancias controladas...

Drogas.

...asunto que facilitaba a través de la importación de libros. Como subterfugio, primero me leía los libros antes de que les rellenaran el lomo con pasta de coca. Algo ridículo pero efectivo, puesto que, como ya casi nadie lee, ¿a quién le molesta un infeliz librero en plena faena de importar la mercancía para su trata? Considere la industria editorial en esta isla de desencantos y sepa que aquí se importan más títulos de los que se publican localmente, ¿eh? Realidades de isla que sofocan los delirios de continente. Y a todo esto: ¿qué sabe un gringo agente aduanero de literatura o filosofía? Mi éxito no era simplemente aparentar, sino aparentar bien.

Claro, dice el pistolero. Tan bien, que te atraparon.

¿Nunca le han hablado de la excepción a la norma? Uno nunca sabe cuando encontrará a un agente aduanero que lee a Heidegger y que le apasionan los libros. Ahora, en todo caso, sepa que yo también tengo prisa y que no quiero perder más tiempo. Así que, comencemos de nuevo. ¿Qué quería saber?

El pistolero arquea las cejas. Abre sus pequeños ojos de manera exagerada y algo grotesca. Se tensa y se aferra al arma.

Dime… por lo más que quieras… por qué… mataron… al… ¡VIOLINISTA!

¡Es que no lo matamos! ¡Ese es el asunto! Nunca antes lo habíamos visto. Le digo que el hombre interesaba comprar San Juan Sour, que se vende a dos mil dólares la onza, con la salvedad que no se debe ingerir en cantidades excesivas. El violinista ignoraba esa advertencia, e incluso me confiesa que ya lo ha ingerido dos veces durante el día. «Usted verá», me dice en tono apologético, «yo me gano la vida como maestro de violín, que es lo que traigo aquí. Aunque también toco con la filarmónica». Yo le miro con cara de quién carajos crees que soy y hasta hubiese encendido un cigarrillo, de no ser porque es un vicio que he dejado desde que salí de la cárcel. El maestro de violín ríe en staccato y desabridamente. El violín que trae es muy particular, me jura. Tiene la potestad de seducir a quien le escucha. Yo le pregunto si es un violín tipo Barry White, en cuyo caso no sería necesario el San Juan Sour. El violinista me mira y pasa de la sonrisa al rictus.

Y yo, de un disparo, te voy a traspasar el rectus si no acabas de decirme lo que quiero conocer.

Calma, amigo, pues aquí es que el violinista nos dice que el estuche encierra un Stradivarius. En ese instante, siento cierta ira conflagrar levemente por el pecho, esófago arriba, e igual podía ser la acidez como que acababa de tomar las palabras del violinista como una burla, y hasta pensé brevemente que la mirada del músico despedía algo de maldad, como si estuviese poseída, pero la teoría se tornaba inconsecuente ante la impendida cara de pendejo que diseminaba toda posibilidad de perversidad en el sujeto.

Stradivarius, repite el pistolero, con labios engomados.

Exacto.

Como en Stradivari, dice Dolo.

Rictus, nuevamente, comenta Brad.

Y por eso lo mataron. Para quedarse con el violín, ¿Eh?, dice el pistolero mientras afina la mira.

Brad limpia su boca con la palma de la mano, como si trapeara palabras que nunca hubiese querido decir.

No, no, no. Aquí no acaba la cosa. Yo tomò una de las fundas impresas con el logo de *Chocolates, caprichos y algo más*, y en las que solemos despachar nuestros delicados chocolates, y me dirijo al violinista. «Verá, si quiere San Juan Sour», le informo, «me dice cuánta cantidad desea, yo se la sirvo, paga y se va. Como le dije, mi negocio son los chocolates, las flores, los peluches y los afrodisíacos, no la clínica psiquiátrica». Entonces el violinista se indigna y nos propone ver el violín a cambio de un poco de chocolate San Juan Sour. Yo rehúso, pero el violinista insiste. Y a todo esto, el hombre continúa sudando y se ve más pálido que al momento de su llegada. Yo le miro detenidamente y tengo la impresión de que el hombre se encontraba enfermo de antemano. Su rostro comienza a desencajarse y hasta noto un poco de baba fluyendo por las comisuras de la boca. Luce grotesco, pero no es momento de andar con finuras y buenos modales. Así es como, de pronto, creí entender el lenguaje corporal del violinista. El nerviosismo era obvio, claro está, pero la manera en que abrazaba el estuche del instrumento denotaba obsesión, desconfianza, compulsión. Parecería temer que alguien se lo fuera a arrebatar de un momento a otro, o como si el violín fuera su único anclaje a un tiempo inmemorial e intangible, lo que me indicaba que la vida del violinista pendía del violín. Entonces le ofrezco un trueque: San Juan Sour por el violín.

Y como se negó, lo mataron.

¡No! ¿Me va a dejar acabar?

¡Sólo dime cuándo es que lo matan!

Espera, hombre, que entonces el músico dice que no puede ser porque el destino del violín es completar otra transacción. Y no pregunte, que no, no me dio detalles. No obstante, según me dijo, había decidido sacarle ventaja antes de completar la encomienda. No todos los días uno toca un Stradivarius, admitió, y yo le creí. ¿Sabe cuál era la intención? Impresionar con hombría animal a una chica que por ser veinte años más joven que él, exigía kilómetros de rendimiento adicional, y la que, según explicó, era el amor tardío de su vida. «Usted sabe», me insistía. «El olor a piel joven es un aliciente para cualquier pena. Por eso, el hombre hablaba de un cuerpo tierno, joven, suave… escasamente tocado, para lo que requirió algunas porciones de San Juan Sour en la mañana y en la tarde, y ahora venía por alguna dosis adicional para completar la noche.

Un pelo hala más que mil grúas.

Por supuesto. Pero debe quedar claro que la ingesta excesiva de Chan Su es fatal.

¿Y por qué no llegaste a explicarle eso al violinista?

A eso iba. El violinista se disponía a decirme que el violín provenía de una tradición importante, que estuvo errante por muchos años en el clandestinaje de obras de arte robadas y que perteneció a una figura importante de la música. Pero justamente cuando me iba a decir el nombre, el violinista cayó en un silencio pesado e incómodo. Luego se desplomó y eso fue todo, pana mío. De lo demás, no puedo asumir jurisdicción.

¿Tanto hablar para decirme que se envenenó? ¿Por qué no lo dijiste así y ya?, dice el pistolero al final del relato.

Sólo quería dejar claro que no tenemos nada que ver con el sujeto.

¿Seguro que no te reveló a quién perteneció el violín?

Por supuesto que no. Tampoco me interesaba saberlo. A veces no es bueno conocer tanto, ¿sabe? El conocimiento es dolor. Claro, reconozco que pudiera tratarse de un Stradivarius, pero es obvio que es robado y está más caliente que la lengua del sol. Yo sólo deseaba que el hombre se fuera para no fallarle a las condiciones de mi libertad bajo palabra.

De todos modos, estás jodido, pana. Tanto tú como tu colega ya están metidos en esto, dice el matón. Luego mira con detenimiento a Brad y le dice que encuentra su rostro familiar. Hablas tanto como alguien que conocí una vez, agrega. No puede haber dos personas en el mundo que sean tan idénticamente aburridas.

¿De veras?

Sí... seguro... eres... eres... ¡Ya! ¡Brad Molloy! Alias Cuernúfalo Martínez.

Bradulfo.

¿Te llamas Bradulfo, Brad?, interviene Dolo.

Cállate, Dolo.

Mi madre, qué tragedia, lamenta el matón. Trabajaste para Rico Salgado, a quien mataron cuando todavía estaba metido en la nevera.

¿Qué nevera?, pregunta Dolo.

La cárcel, Dolo, aclara Brad.

Y ya veo que todavía hablas hasta por los codos, continúa el pistolero.

Qué bueno saberlo, dice Dolo, porque al que siempre hacen callar es a mí.

Eh... sí, sí, titubea Brad. Trabajé para Rico Salgado un tiempo.

Claro. Ahora tengo el cuadro montado. Hablador. Baboso. Sí. Te recuerdo bien...

Ser articulado ayuda a traficar libros encuadernados con pasta de coca, como ya dije. Pero... tu rostro... de pronto, es reconocible...eres... ¿Hammer?... ¿Hammer Muñiz? Te ves algo... diferente..., dice Brad y hace un gesto para abrazarlo.

Aléjate, perro, advierte Hammer. Gusto de verte, pero aléjate.

¿Las cejas? ¿Te depilas?

No intereso socializar contigo, decide el pistolero.

Hammer Muñiz es un referente entre los recuerdos de Brad, pues se trata de un sujeto que pidió inmunidad ante las autoridades federales de los Estados Unidos con tal de delatar a todo el que se encontraba en la red narco-cultural, como les llamaban a los que, como Rico Salgado, intercambiaban obras de arte por drogas. El comerciante, poderoso nombre entre las firmas financieras de inversión bancaria, gozaba de una presencia en la vida cultural del país, a pesar que había estado vinculado en varios casos donde su compañía, XYZ, había defraudado varios clientes al venderles certificados de garantías chatarras que luego representaban millonarias pérdidas para las que, en plena confianza del asesoramiento de XYZ, adquirían las acciones. Por tanto, que Salgado también se dedicara al intercambio de obras de arte robadas por drogas y armas, no era insólito para quienes le conocían bien. Salgado amasó un gran tesoro de piezas de arte declaradas perdidas o robadas, muchas de las cuales conservaba bien guardadas en la bóveda de un popular banco en San Juan. Luego, en una movida más arriesgada, y durante una época de poca disponibilidad de sustancias ilícitas en el mercado, le dio con incorporarse al trasiego de drogas por armas. Así, obtendría la droga que intercambiaría, sin problemas, por el arte robado que tanto se complacía en tener.

El negocio le salió bien por algún tiempo, y muchos lo tomaron como una manera de pensar en grande, de diversificarse y procrearse por el mundo. No obstante, es imposible obtener la experiencia si no comprendemos el ser de aquello de lo que decimos tener experiencia; por tanto, Rico se fue al fondo una noche que intentaba traer un cargamento sustancioso de drogas por vía marítima en aguas del sur de Puerto Rico, una zona altamente vigilada desde que Hugo Chávez se apoderó de Venezuela. Hammer, la mano derecha de Rico, y que no fumaba ni bebía ni consumía drogas e iba a la iglesia los domingos, ofreció a las autoridades del FBI lo único que poseía para sobrevivir: el conocimiento.

Aquí no hay más que ver, dice Hammer. Si está muerto, fue porque lo mataron. Si lo mataron, fue para quedarse con el violín.

No, señor Hammer, fue como le contó Brad; el hombre se intoxicó con el San Juan Sour, dice Dolo.

Hammer mira a Dolo extrañado y le apunta con la Browning.

¿Y tú crees, novato de mierda, que me van a hacer creer todo ese cuento, y que el chocolate se llama San Juan Sour por inspiración? ¿Eh? Pero ya el asunto no tiene importancia. ¿Saben por qué? Porque les voy a demostrar a ambos que soy un hombre razonable y con buena voluntad. Por eso, me marcho ahora mismo. Me llevo el violín. Y les regalo el cuerpo.

Dolo y Brad se miran.

No podemos expresar tanto agradecimiento, dice Dolo. En verdad, estamos regocijados.

Hammer sonríe. Hasta la vista. Me voy por donde mismo vine, dice. Y piensa en otro nombre para este sitio, añade. *Chocolates, caprichos y algo más* es muy amariconado.

Como tú, le dice Brad. ¿Qué dijiste?, vuelve y apunta el arma en su dirección. Como tú comprenderás. Te acompaño a la salida, le cambia el tema e inicia la marcha hacia la puerta, que de por sí guarda un truco una vez se cierra. Brad le encomienda a Dolo que prosiga con la misión de sacar el cadáver. Grandioso, dice Dolo con repudio, pero se da a la tarea.

Brad y Hammer abandonan la trastienda y justamente cuando se dirigen hacia la salida, aparecen dos individuos cuya primera impresión, para Brad, es que no andan buscando chocolates tampoco. En la humanidad podrá haber más cosas dignas de admiración que de desprecio, pero en estos dos individuos no queda espacio para otro argumento que no sea que las plagas van unidas a la naturaleza del hombre. Demasiado Camus, piensa Brad. La realidad aflige más que una ficción.

¿Llegamos a tiempo para el concierto?, dice el más alto y feo de los dos.

Oh, no, suspira Brad.

San Juan en realidad se amarga.

la bala errante

Todo preguntar tiene la dirección previa de lo buscado, piensa Brad Molloy, y lo más que quiere saber en este momento es de dónde provienen tantas moscas y, sobre todo, ¿qué miel surte de motivo? Entonces, le acoge un sentido de hacinamiento en su propia tienda, un establecimiento que adoptó como empresa modesta y de autogestión cuando el mismo estaba casi en bancarrota. Aparte de los grandes días para regalar flores, peluches y chocolates –el Día de San Valentín y el Día de las Madres–, el resto del año era pesca moderada, pero constante, ciertamente, hasta que se divulgaron, de manera subrepticia y clandestina, las virtudes del San Juan Sour. Pero ahora todo eso importaba poco. Estos sujetos no estaban aquí para comprar chocolate.

De los dos que recién acaban de entrar, es el alto y feo quien sonríe perversamente. Lleva una cicatriz en un lado de la cara que le parte la ceja, párpado y pómulo izquierdo. Tiene barba muy acicalada y despide un fuerte olor a tabaco. El otro, con cara de rapero glamoroso, gorra de béisbol empedrada con brillo, gafas oscuras de armadura blanca, chaqueta y la imponente e inevitable gruesa cadena *bling* de oro, le sirve de segunda voz. Estamos fuera de operaciones pero con gusto les preparo una canasta de chocolates y tulipanes, les dice Brad. ¿Qué dicen? Los tipos no responden. Los tulipanes son flores caprichosas cuando se usan como flor cortada, continúa Brad. Los tipos le manifiestan su desagrado en un lenguaje corporal parecido al que muestra un soldado que contrae ladilla. Hammer, se percata Brad, ha ocultado su arma tras el estuche del Stradivarius. A menudo colocas unos tulipanes en un jarrón y pronto quedan agachados, mirando hacia abajo, prosigue Brad, y casi siempre, al día siguiente, los vuelves a encontrar mirando hacia arriba, con sus tallos convertidos en una linda «S». ¿Qué les parece? Sabia la naturaleza, ¿eh? Los tipos parecen poco conmovidos con la improvisada lección de horticultura. Se miran mutuamente y, en un acto simultáneo, sacan sus armas. Es una coreografía asesina.

Muy bien, dice Brad. Veo que su gusto es más metal que vegetal. Pero esto no debe servir de ruido en nuestra comunicación. Estoy seguro que nos podemos entender, claro.

El violín, por favor, le dice el más feo a Hammer.

Hammer sacude la cabeza con la lentitud de las iguanas y, en un movimiento raudo y ágil, revela su arma y termina apuntándole directo en la sien al tipo feo y alto. El rapero glam se estremece. Entra en pánico controlado. Amenaza con volarle la cabeza a Brad si Hammer no baja el arma. Al derredor, los peluches de osito con cara idiotizada, pandas afeminados y Raggedy Anns petulantes se desentienden de la escena y a la misma vez la hacen ver más grotesca. Yo disparo, él dispara, pero luego me toca a mí, pendejo, razona. Así que vamos a hacer esto sin daños a terceros. Burdamente Arjona, piensa Brad. Es una tragedia que en un momento como éste su mente se torne toda cultura pop. Se siente, hasta cierto punto, como las latas condensadas de Warhol. Es la chica que se ahoga de Lichstenstein. Es un boceto de Almodóvar en préstamo artístico de Tarantino. Comienzan a girar lentamente y parecen ejecutar un baile medieval de la Cena en el Castillo de Ponferrada. Pierdes el tiempo, Trémolo, dice Hammer. Aún a esa distancia, fallarías. Te tiembla hasta el güevo y te falta el dedo índice. ¿Se conocen?, inquiere Brad. ¿Celoso?, ataca el rapero glam. ¿Quieres que me asegure de no fallar?, dice Trémolo. Anda. Hala el gatillo. Seguramente vas a fallar. Nuevamente. ¿Por qué estamos bailando?, pregunta Brad. Cállate la boca, dice el rapero glam. Entrégame el violín. Sabes que Frank lo anda buscando. El absurdo embulle en una panspermia.

En ese momento, hace su entrada, a contratiempo, Dolo. Trémolo lo ve y su instinto natural de defensa hace que le dispare, con la salvedad de que, tal como predijera Hammer, y al tener que halar el gatillo con el dedo del corazón, falla. Los gritos de Dolo practican una acupuntura en las paredes. Al suscitarse la inesperada distracción, Hammer aprovecha para golpear a Trémolo a la vez que el primero recibe un puño en pleno rostro cortesía del rapero glam, que resulta tener nombre, porque Trémolo le grita:

¡Ve tras el auto, Garbo!

Vaya nombre, piensa Brad, mientras, tornado en sal

y confundido, se queda como un centro inamovible en torno al cual gira una inaprehensible entropía.

Garbo toma el violín y se dispone a acatar la orden de Trémolo, pero encuentra dificultad para salir. Se estrella contra el grueso vidrio. Lucha con la puerta. La patea y se apresta a descargar su arma contra la cerradura, pero el acto puede ser nefasto si más gente resulta herida. Por tanto, Brad le confiesa que la puerta tiene su truco. Es asunto de seguridad a la hora de cierre, explica. Garbo dice que le importa un carajo y que abra. Brad, mostrando las palmas de sus manos, se acerca a la puerta y la abre. Gira el cerrojo de seguridad cuatro veces hacia la derecha y luego tres hacia la izquierda. Con desconfianza, mas sin titubeos, Garbo sale corriendo. La puerta se cierra.

Hammer se levanta y busca su arma, pero Trémolo se ha quedado con ella. Desde la trastienda, los gritos de Dolo comienzan a irritar a los cuatro hombres.

¿Quién es ese? ¡Que se calle!, exige Trémolo.

Que te calles, Dolo, le dice Brad, sin poder persuadirlo.

Que se calle o lo mato.

Dolo, que te calles o te van a matar.

Dolo reaparece, preso de la histeria, apoyado por el palo de un mapo.

¡Aléjense de Brad o se las ven conmigo!

La contestación a su propuesta le llega a manera de detonación directa desde el arma de Trémolo, quien, idénticamente a la ocasión anterior, no atina a dar en el objetivo. La bala repica en la puerta de acero inoxidable que sella el refrigerador, rebota contra la lámpara de techo y, dejándola ciega, cruza hacia el ventilador de aluminio hasta finalmente completar su viaje al adentrarse en el muslo de Hammer. El grito sulfúrico es aterrador.

¡Trémolo! ¡Cabrón! ¡Eres un idiota! ¡Ooohhhh, me quema la pierna!

Brad se encuentra comprometido tanto con Hammer, que yace herido en el suelo, como con Dolo, que se ha vuelto a esconder en la trastienda, donde sigue con sus gritos afeminados. Trémolo advierte que le volará la frente, molleja, cuero cabelludo y toda la masa encefálica si no se ponen todos en la misma página y a su disposición. Luego afina su mirada hacia Brad y algo en él no le gusta. Si fuera cebra cuentista, lo patearía con el casco de una de sus patas y lo aniquilaría, piensa, pero por el momento le interesa saber quién es Brad y en qué medida anda metido con los asuntos de Hammer. No tiene la más mínima intención de tragarse el mito del Brad florista y así se lo comunica. No soy florista, aclara Brad, pero te recomiendo que, en cuanto al agua que le pones a las plantas, si es destilada u osmotizada mucho mejor, porque se absorbe con mayor facilidad. Además, cada día hay que cortar un poquitín, medio centímetro, del extremo de los tallos para que sigan absorbiendo mejor. Cambiar el agua con mucha frecuencia, cada día si es posible aprovechando que se cortan los extremos. Le puedes agregar aspirinas para preservarlas por un tiempo adicional al que le toma para morirse, concluye. Es como alargar el recuerdo, ¿no? Así las flores viven más tiempo.

Quien no va a vivir mucho eres tú, le dice Trémolo. Hablas demasiado.

Eso mismo le dije yo, dice Hammer mientras se retuerce de dolor en el suelo.

Te crees que sabes mucho, pero no te dices florista, le confronta Trémolo.

La verdad es que el ser es algo universal que implica que en esa universalidad existe una pluralidad de individuos, aunque no sea una universalidad genérica, quisiera agregar Brad, pero no lo hace, ya que le puede ganar un tiro entre sus ojos. Así que se limita a favorecer la comunicación al asentir a la premisa inicial.

Entonces, ¿qué rayos eres?, le pregunta Trémolo.

Mercader de flores y chocolates y peluches, responde Brad.

Trémolo baja el arma. ¿Me estás tomando el pelo? No. ¿Me estás tomando el pelo? No. No, no, no, que si me estás tomando el pelo. ¿Qué sucede, macho, tienes problemas de aprendizaje? Para nada. Yo lo que hago aquí es vender peluches, flores y chocolates. Somos la casa del San Juan Sour. ¿Lo ha probado?

A la mera mención del popular producto, Trémolo parece reaccionar.

¿Qué sabes del San Juan Sour?

Todo.

¿Todo? ¿Qué es todo?

Todo, realmente, había comenzado con la necesidad de entrenarse en las artes de la confección de chocolates cuando, durante sus días de presidiario erudito, le fue delegado el secreto de traficar afrodisíacos en el interior de las preciadas golosinas. Ya convertido en lector omnívoro, y preso del miedo al desconocimiento (incluso, del pavor de desconocerse a sí mismo), Brad se disciplinó en los aspectos de la historia del chocolate. Asumió el nuevo saber como un mandala que le revelaba que, por su naturaleza, la vida es un chocolate en su forma pura: es agrio y amargo, hasta que se le añade lo dulce. Todo es pura impostura, concluyó al enterarse de que no es hasta la llegada de los españoles a América que al chocolate se le agrega miel y, con el tiempo, como la América misma, se convierte en un híbrido de cacao, azúcar y leche. El chocolate, por tanto, era la nueva posibilidad del horizonte extendido. Pura tura. A la golosina se le aromatizaba y se le adornaba con flores de cacao, de vainilla, magnolias, orquídeas y otras especies, dándole un toque de distinción y elegancia, pues generalmente era ofrecida para celebrar grandes acontecimientos. Pura máscara. Añádase un vigoroso afrodisíaco y de pronto, como el lenguaje de Burroughs, se dispersa en vibraciones de sentido y significantes sin otro significado que la pasión del momento que nos conecta con una inteligencia superior, o dígase placer. El chocolate debía ser la imagen cruda de algún dios. El resto es cabalgar la quijada del diablo.

Y tal sabiduría, como una gran verdad revelada para la salvación espiritual, Brad la había obtenido por mediación de Yano, su compañero de celda en el Complejo Federal de Corrección en Tucson, Arizona. Allí, quien fuera su amigo y receptor pasivo de los delirios discursivos de Brad, le había prometido que, cuando fueran devueltos a la libertad, iniciarían juntos el negocio de afrodisíacos ilícitos contrabandeados dentro de inofensivos chocolates. No obstante, está comprobado que quien a ubérrima conífera se adosa, óptima umbría le entolda, y por eso, en base al instinto de supervivencia, Yano se convirtió en oyente de las charlas filosóficas que Brad impartía en prisión, lo que también le ganó el estigma de loco tatuado en el cuello del mercader de libros encuadernados con coca. De lo perdido, lo que aparezca, así que Yano, coyote viejo, sabía que la locura les ayudaría mantener al resto de la población carcelaria alejada y sin ánimo de armar bronca con ellos. El sindicato de presidiarios, de hecho, había determinado que Brad estaba fuera de sus capacidades mentales y los que le seguían –que era solamente Yano– también. Los dieron a ambos, incluso, por marido y mujer sin querer nunca clarificar quién era quién. Para Brad, el aspecto performático de la palabra hablada –y del que nadie en una prisión de mediana seguridad era consciente– equivalía a vagar en altamar con un salvavidas ceñido al pecho. La población de aquel micromundo, desde los guardias penales hasta el alcaide de la prisión y los líderes de las gangas carcelarias, habían consentido que Brad y Yano eran tal para cual y, dada su inofensiva presencia, no correspondía a nadie temerles. Un día, incluso, El Chaparro, cabecilla de la principal ganga en el recinto carcelario, se acercó en compañía de su séquito a preguntarle a Yano si entendía aquella aparente sinrazón disparatada que Brad masticaba. Su voz viene desde la misma bruma de la luz, le respondió Yano. Es la voz misma del Sagrado Viento; tiene el hablar bello con que se lidera el mundo hacia la belleza. Esa habla bella viene de la Montaña Sagrada, afirmó. El Chaparro se convenció que tanto Brad como Yano vivían en el remoto páramo de una locura común.

Yano, no obstante, sabía adónde pararía tal afición por las palabras. El hombre que habla como el aire siempre vive persiguiendo el viento, le dijo Yano a Brad una noche. Eres un tlamatini. Brad aclaró que todo aquello era un artificio para la supervivencia. Yano insistió que cuando las palabras tocaban a otros, la existencia dejaba de ser única. Un hombre que come palabras, se alimenta de ideas, decía Yano. No hay mejor tlacualli que la sabiduría, que aunque no se come, la puedes utilizar para encontrar tu comida. El diablo sin la carne no puede hacer nada, la carne sin el diablo sigue siendo carne. Pero las palabras... ah, ¿quién sabe de dónde vienen? Para Brad, las cuentas claras, y el chocolate, espeso, aunque no estaba seguro de quién enseñaba a quién. Un juego de ecos que desencadenan en óvalos blancos.

El tiempo, como insaciable devorador de la espera, transcurrió desigual y a Yano, quien incurría en un modelo de conducta ejemplar, se le premió con la libertad bajo palabra antes que el mismo privilegio le fuera concedido a Brad. Y entre despedidas melancólicas e incertidumbres existenciales, Yano se despidió de Brad. Volveré a visitarte, dijo. Te mantendré al tanto del desarrollo de nuestro negocio. Porque será nuestro negocio, ¿eh, güey?

Y así fue.

Los preparativos tomaban forma empresarial. Una compañía sueca produciría los chocolates puros, que, al tener menos ingredientes, eran menos costosos de confeccionar, pero que al adquirir un sabor que no era para cualquier paladar, hacía que su demanda fuese más exclusiva, asunto que afectaba el precio en el mercado. A los chocolates les aplicaremos una inyección de Chan Su, declaró. Nos haremos ricos en poco tiempo, juró. Brad escuchaba todo muy entusiasmado, principalmente porque se sentía que le delegaban un conocimiento maravilloso que le permitiría progresar en la vida de la única forma fácil y eficaz que había aprendido: con el negocio ilícito, probablemente la única manera de volver a reintegrarse a una sociedad que ya de por sí, sabía, le condenaría por haber estado en prisión. Pero, sobre todo, si el saber era suerte, el chocolate con afrodisíaco sería su pasaje de reencuentro con la búsqueda del amor de su vida, Aura Lee, el cuerpo deseado por el que había caminado los más lúgubres senderos del lucro personal. Iría contra el dictamen: a la mujer, todo el amor y también todo el dinero.

Un domingo de visitas familiares, Yano fue a ver a Brad a prisión y allí le dijo que sus antiguos jefes, que eran un prominente grupo de la mafia mexicana en Tijuana, le andaban buscando para matarle, pues nadie se sale de su oficio de matón a sueldo para vender chocolates. Es ridículo. Hay ouilistli. Makixtia. Debo emprender viaje antes que algún güey de estos me alcance. El jefe me ha salido de fantasmazo, porque me quieren agarrar en curva, pero de pura chiripada me mantengo chambeando. No sé hasta cuando, Brad. Entonces, facilitándole en un papel el nombre de usuario y contraseña de un servicio de almacenamiento de archivos en línea, le indicó que cuando saliera en libertad, accediera la dirección. Allí, en un documento titulado «The Candy Man Can», encontraría todo lo que necesitaba para que Brad se hiciera cargo del negocio. Brad no supo cómo reaccionar, pero sí entendió la razón por la cual Yano, cuando no estaba de tertulia con Brad, se la pasaba en las computadoras de la sala de lectura. Y entonces, sin decir más, Yano se marchó para nunca más dejar saber de su paradero.

La verdad es que si a un matón no le iría muy bien con el cambio de oficio, menos a un contrabandista de sustancias ilegales, razonaba Brad. Sin embargo, Yano había encontrado su espacio en la marginación como matón, pues, matando; Brad, al contrario, se había iniciado como contrabandista de productos de consumo generalizado, tales como discos, ropa y programas para computadores. Seguramente, entre los de su trata, el negocio era algo *light*, si se quiere, pero sirvió para incitar en Brad el germen de la codicia. Así fue, precisamente, que llegó el día en el que recibió una invitación de Rico Salgado para trabajar con el magnate y así tener la oportunidad de hacerse de algo de fortuna, según prometido, con tan sólo prestarse a traer un cargamento de pasta de cocaína desde Colombia, oferta que Brad, en su asfixia eterna, aceptó. Fue el comienzo de una prolífica, pero breve vida en plenitud económica. Ahora que intentaba hacerse de dinero con su propia manera de contrabando, Brad se encontraba en una encrucijada y ni siquiera tenía idea de la causa para tanto efecto. Si fuera periódico, todas las noticias hablarían de cuán estrellado estaba por Aura Lee, de lluvias de ángeles y fantasmas a un cielo de distancia, aun en este momento

En fin, todo es lo que uno reconoce que existe, le dice a Trémolo.

Trémolo, muy poco dado a la socialización con extraños, pierde la paciencia y con la culata de su pistola le golpea en la plenitud de la frente, mas, inmediatamente, acude a él para tomarle por el cuello antes que se afloje completo en el suelo y le exige que le diga todo lo que conoce sobre la operación San Juan Sour. Brad confronta evidentes problemas para afinar su vista. Ejércitos líquidos y calientes le corren por el rostro y sabe –porque lo siente– que es que el culetazo le ha abierto una herida. Es un dolor decible, pero no definible. Escucha un zumbido fricativo en su cabeza como cuando se desinfla un globo y la sensación es que alguien despluma un ángel a pulso frío. ¿Qué operación? ¿De qué hablas?, dice algo atolondrado. San Juan Sour, dice Trémolo. ¿San Juan Sour? Exacto. Es un chocolate, insiste Brad. Ya lo creo, enfatiza Trémolo. No es que sea algo así como la receta secreta del Coronel, amigo, balbuce atolondrado Brad. Con gusto le digo todo, pero no veo nada malo en mezclar chocolates con afrodisíacos, salvo que el chocolate es puro y los afrodisíacos son ilegales. ¿Chocolates? ¿Afrodisíacos? ¿De qué hablas? Los papeles se invierten. ¿Operación?, pregunta Brad con la vista un poco nublada. En el momento, se escucha el graznido de un claxon y Trémolo se torna.

Ese es mi *cue*, dice. Pero nos veremos otra vez, floristo.

Intenta salir a toda prisa y la puerta, como le sucedió a Garbo, lo traiciona.

Gira el cerrojo de seguridad cuatro veces hacia la derecha y luego tres hacia la izquierda, le instruye Brad, mientras busca algo con qué detener la sangre que cae desde su frente. Trémolo desaparece entre las luces de la rugiente ciudad que los ignora.

Brad encuentra una toalla y logra contener momentáneamente el derrame de sangre. Luego acude en auxilio de los quejidos de Hammer. Un calambre infernal le ha dado golpe de estado a la capacidad de mover la pierna. Pertinentemente, Hammer se ha apropiado de un cojín en forma de corazón y que tiene inscrito al relieve un «Nunca te olvidaré» en rosado, y lo utiliza para descansar la pierna. El cojín sirve incluso para acolchonar la sangre de Hammer, pero la herida es insidiosa y el flujo profuso. La imagen que queda en la mente de Brad es la de un corazón sangrado, y se pregunta si será otra de esas metáforas que la vida quema en los ojos.

La bala aún está alojada en la pierna de Hammer y, por deducción científica, Brad sabe que es un asunto peligroso. Tengo que sacarlo de la tienda de inmediato, antes que la noche me siga trayendo otras sabandijas al establecimiento, dice Brad, quien de pronto recuerda que suele guardar un maletín de primeros auxilios bajo el mostrador. Lo extrae, lo abre, se coloca una banda adhesiva sobre lo que se percata, al mirarse en los espejos del establecimiento, que es un gran burujo elevado sobre su frente. Luego toma algo de esparadrapo y le aplica un torniquete mal hecho a Hammer, quien verbaliza su dolor y molestia ante la torpeza de Brad.

Repite conmigo: «Los ojos de mi amada no son dos soles». Hammer hace estremecer el santuario divino con múltiples maldiciones e intenciones de defecar en la boca de cuanta figura sagrada haya en él. Entonces, justamente en ese momento, la puerta de entrada vuelva a abrirse. Oh, no, no puede ser, dice Brad. No otra vez. Sin embargo, reconoce la voz que llama con un «¿Jelou?» endeble, pero precavido. Es Dolo que, en plena media oscuridad en que han quedado a raíz de la bala errante, no puede distinguirlos.

Maldito sea, Dolo, ¿qué haces ahí?

Escapé por la puerta trasera.

¿Y me dejaste solo con toda esta situación?

Pues…

Olvídalo. Tenemos un hombre herido.

¿Tenemos? ¿Tenemos? Oye, Brad, tienes una facilidad cabrona para hablar en plural.

Vete al diablo, chiquillo. Me voy a levantar de aquí y te voy a patear el culo hasta que me canse, intercede Hammer.

Nada de eso, Brad defiende a Dolo y le aprieta más el torniquete, lo que provoca dolor adicional a Hammer, quien se compunge.

Eso será si la pierna te aguanta, ¿no? , reta Dolo.

Los ojos de mi amada no parecen dos soles, dice Hammer fatigado.

¿Qué?

Delira, dice Brad, y luego le pregunta a su socio: ¿Y el cadáver?

Descuida. Ya me encargué de eso.

Es lo que me preocupa.

Lo dejé en una camioneta que estaba abierta al pie de la acera.

¿Qué?

Eso.

Brillante, dice Brad.

Brillante, dice Hammer, pero necesito informar a mi jefe de lo sucedido. Los problemas me huelen a óxido. Los ojos de mi amada no parecen dos soles.

Y entonces, sin violín y sin muerto, lo que les queda es deshacerse del matón.

A fin de cuentas, piensa Brad, somos el material removido de su contexto, objetos aislados y combinados con el azar. La visión de la posibilidad. Somos mercancías de consumo en la discontinuidad del sentido. La vida, canta Fito Páez, como viene, va.

Todo estará bien, dice Brad. Saldremos de aquí inmediatamente.

¿Qué hay con lo de los ojos de su amada?, pregunta Dolo.

El coral es más rojo que el rojo de sus labios, dice Brad.

¿De quién hablan, coño?

Es la muerte enamorada que viene tras Hammer.

Al escuchar esto, el sicario siente que sus ojos giran como los carretes de una máquina tragamonedas que se descompone.

No he visto caminar a una diosa por el mundo, pero el andar de mi amada va pisando tierra, dice Brad, y con un puño en la cara deja a Hammer sin sentido.

un maldito y eterno deseo insatisfecho

Cuando estuvo en prisión, Brad vio mucha gente morir. Reclusos que nunca regresaban a la celda después del almuerzo o luego de su visita a las regaderas. Sus cuerpos entre rejas se convertían en trabajos de mampostería y así, culminaban incrustados a alguna pared de los lamentos. Y cierta insensibilidad viral crece por dentro y hasta se aprende a mirar y a no ver, hasta que la víctima es alguien cercano, como sucedió con Raymond Talco, otro de sus compañeros de celda, y quien era poeta. Con Raymond, Brad podía teorizar sobre poesía y filosofía sin ningún reparo, primero, porque ninguno de los dos andaba con ese asunto de las escuelas, y, segundo, porque era una manera de hacerse temeroso dentro de la violencia de la penitenciaria. En fin, junto a Yano, ya les daban por tres locos, con interés especial en Raymond, un poeta cuya obra nunca había sido tomada con el suficiente rigor comercial –aunque de frecuente elogio académico– y, por tanto, no podía vivir de su escritura aunque se muriese por escribir para mantenerse vivo. Mucho estruendo causó el día que abandonó su trabajo como oficial de servicio al cliente en una empresa de telefonía y televisión por cable con el mero propósito de mercadear su obra. Fue así que comenzó a trabajar para

Quique de Marfil, aspirante a dominar la escena de la droga en el Miami, y quien pagaba las ediciones de autor que Raymond publicaba y vendía él mismo. A grandes males, superlativo se convierte el remedio requerido. Con el tiempo, Raymond se convenció que destruir es otra forma de creación, y por tanto, decidió llevar sus creencias al plano de ejecución pública. Entonces, mató a un librero que no le pagaba los quince o veinte libros que había vendido. Brad pensó que Raymond era un genio incomprendido.

Sin embargo, lo de loco no es una garantía infinita e infalible, puesto que afuera, Quique de Marfil se enteró que su esposa se acostaba con Raymond. Transgredir la confianza es como quitarle la comida de la boca a un perro. Raymond, pobre poeta petulante e infeliz, rebasó el complejo de lirista enamorado cuando le declamaba versos a la mujer de Quique. Camina bella, como la noche de climas despejados y cielos estrellados, la invitaba a veces, en préstamo de Lord Byron. En secreto nos encontramos, en silencio me lamento de que tu corazón pudiese olvidar, declamaba Raymond todo el tiempo, puesto que ese había sido el mensaje contencioso que había declarado el final de su vida de amores clandestinos con la mujer de Quique. Avísame cuando escuches mi corazón parar de latir. Para colmo, la mujer había quedado embarazada. El asunto no requirió certificación médica o científica: la criatura, al nacer, era tan negra como Raymond, en lugar de presentar la palidez transparente de su madre o la del propio Quique. El rocío de la mañana se hundió gélido en mi frente, confesaba Raymond. El adiós se sintió como el anuncio de lo que siento hoy, una muerte infame, añadió, y Brad encontró refugio en las palabras de quien ya sabía no le quedaba mucho tiempo en esta existencia. Brad le abrazó y le dijo: «Te siento, perro». Al poco tiempo, la gente de la prisión que aún le debía favores a Quique se encargó de vengar el orgullo mancillado.

La noche que mataron a Raymond, Brad debatía con él quién era el mejor poeta latinoamericano, si Vallejo, Parra o Neruda sin obviamente llegar a un consenso. En cambio, quienes llegaron fueron los Justicieros, como se hacían llamar, acompañados del teniente de los guardias penales. Luego de varios golpes, le ordenaron a Brad que todo en él sería olvido y ceguera, como que dos más dos equivale a cinco. Ante su horror, no obstante, no pudo apartar la mirada de la manera en que apuñalearon a Raymond hasta dejarlo como coladera. Contrario a las instrucciones que le dieron entonces, Brad nunca había podido olvidar aquella mano temblorosa que le pedía ayuda, y aquella mirada honda y perdida en el terror de la muerte dolorosa, y que gritaba en silencio: «Me muero». A Raymond, al final, lo rebanaron con un hilo de acero y lo desaparecieron. Una dosis pesada de atmósfera era lo que pedía Brad. De vuelta en su celda, Brad lloró demencialmente. El arrepentimiento es un remordimiento aceptado, entendió, y pensó en salir de allí y morder el cielo en un atardecer de vainilla y volver a buscar a Aura Lee.

La escena queda revivida en su memoria por un gesto similar de Hammer, quien recobra el sentido como se abre la grama en la primavera. Sus ojos exudan pánico. El más terrible de todos los sentimientos posibles es el sentimiento de tener la esperanza muerta, y Hammer se va perdiendo en la incertidumbre del ahora. No puede sostenerse de pie por sí mismo y mucho menos caminar. Desconfía de Brad y Dolo y hasta parece pensar –de seguro– que se van a deshacer de él como piensa que hicieron con el violinista. Puedo ver sus intenciones, dice. Me van a envenenar como hicieron con el infeliz de Ponzo. Brad infiere que Ponzo es el cadáver aludido. Dolo comenta que, para violinista, lleva nombre de payaso. Me van a envenenar y luego van a arrojar mi cuerpo al mar como comida para peces. No des ideas, le dice Brad. Eso sería un desastre ambiental terrible, dice Dolo. La conciencia ecológica perturba en este momento, y así se lo hace saber Hammer con la mirada. Ustedes están mal, mal. ¡Cabrones enfermos! Tranquilo, Hammer, que ya me has ensuciado la tienda bastante. Te vamos a sacar de aquí entero. Si pierdes la pierna, es tu completa responsabilidad. Hammer se aterroriza con las palabras de Brad. Mi pierna es mía y conmigo se queda. Nadie me la va a quitar, declara. Accede entonces a que lo lleven a su camioneta y de ahí lo dejen a su destino. La vida le entra por los ojos. ¿Por qué tenemos que ayudarlo?, reclama Dolo. El mundo consta de hechos, que son causales y carecen de necesidad, le dice Brad. Dolo se acomoda los genitales. Luego propone amarrar, en torno al torniquete en el muslo de Hammer, una cinta de seda que lee «Miss Piernas Gordas», la que era parte de un bouquet preparado para un concurso de belleza donde elegirían, por supuesto, a la chica con las piernas más carnosamente torneadas. Hammer protesta, pero Brad le recuerda que no hay otra opción ni más esparadrapo.

Prestos a salir, Brad gira el cerrojo de seguridad cuatro veces hacia la derecha y luego tres hacia la izquierda y ya se encuentran en la acera. Tenemos que disimular, dice Hammer con rostro de paranoico en crisis. No sabemos si Frank Manso habrá enviado más gente tras nuestro rastro. Dolo protesta nuevamente y condiciona el uso del plural en tercera persona a todo el mundo menos él. Es fácil la ecuación, creo yo. Tres menos uno. Dos. En lugar de un vals, que sea a tiempo de gavotta. Les sucede un silencio. La ciudad tiembla a su alrededor. Rasga de manera lisa y rasga de manera estriada. Se detienen. El espacio evoluciona como trozos pendencieros de pensamientos. Como gaviota desplumada vas a quedar tú cuando me recupere, chiquito, amenaza Hammer. Ustedes dos necesitan compartir un trago, les sugiere Brad. No existe relación lógica del mundo con el lenguaje que lo accede, como tampoco a la hora mala ladran los canes. Hablamos un mismo idioma, y no nos entendemos, agrega. Vete al carajo, concluye Hammer. De lo que no se puede hablar, más vale hacer bocadillos de silencio.

Acomodan a Hammer en la camioneta y el hombre se formula todo en muecas y dolor. No puedo conducir, acepta. Brad intercambia miradas con Dolo en ese único lenguaje del silencio con el que, precisamente, comienzan a comunicarse las relaciones que se añejan.

De ninguna manera, Brad, dice. Tengo cosas que hacer en la mañana. En menos de tres horas hemos visto morir a un violinista, han herido a un supuesto matón a sueldo o lo que se supone que sea este tipo, y nos han venido a asaltar, todo por un dichoso violín que nadie pretende utilizar para dar un concierto. Lo de supuesto matón lo arreglamos luego, gaviota, dice Hammer. Y es gavotta, ga-vot-ta. Danza francesa en ritmo binario. ¿Tú lees Wikipedia como pasatiempo, gaviota? ¡Gavotta! Es gavotta, maricón. Suave, papi: *You had one eye in the mirror as you watched yourself gavotte*, canta Hammer entre dientes. Dolo no comprende y Hammer aclara: es la Simon; Carly Simon. ¿*You're so Vain*? Dolo recrudece su furia en crescendo. *And you're so gay*. La discusión amenaza con salirse de su tránsito cuando Hammer atisba un golpe contra Dolo, pero no sólo falla, sino que el brusco movimiento provoca que se lastime la herida de bala que trae en la pierna. Brad hace el necesario llamado a la calma, haciendo la salvedad que Dolo ha sido refinado con una buena educación musical y que su presencia en este asunto es circunstancial. Yo sólo quiero ayudar al chico, Hammer, así que paciencia con él. Te llevaremos adónde digas y luego nos regresamos. Despertarás en un avión con la piel desnuda. A ver si como roncas duermes, ¿eh?

Dolo protesta, aunque se acomoda en el asiento del pasajero frontal, dejando el asiento trasero para que Hammer pueda viajar cómodo sin resentir más la herida. Antes de arrancar el vehículo, Hammer dicta la ruta: a casa de Paco Juárez. El nombre le dice que si el porvenir pertenece a aquellos que no están desilusionados, la existencia podría acabar aquí y ahora.

Durante el trayecto, Hammer cursa una llamada a su jefe. Voy de camino, dice. No, no traigo el violín. Lo siento, jefe. Déjeme explicarle. No, no es que yo sea un inútil. Estoy herido en una pierna. Es un largo cuento, jefe. Se lo juro. Es que... está bien; como usted diga. Hablamos a mi llegada. El rostro de Hammer se ensombrece. Acelera, Brad, ordena, pero Brad no obedece.

A las afueras de la ciudad, y luego de acceder un puesto de seguridad, por fin llegan a la impresionante residencia de Paco Juárez. Benefactor y filántropo, presidente de una importante firma de consultoría financiera y personalité social en las grandes fiestas de gala para recaudación de fondos destinados a ayudar empresas culturales en San Juan, Juárez también es uno de los coleccionistas de arte más poderosos. Dice la mitología urbana que el sótano de su mansión es un viaje por la historia de la humanidad, donde Paco preserva, a manera de museo personal, muestras de arte que van desde las culturas mesoamericanas y egipcias hasta el siglo XXI. Atesora Juárez, un tanto por puro fetiche, artefactos culturales de gran valía, y hasta se dice –por boca de gente que asegura haberlo visto– que la colección incluye algún satélite de telecomunicaciones, uno de esos que, una vez cumplida su función en la órbita terrestre, se desecha como basura espacial. Pero muy en lo profundo del desconcierto de los tiempos, y al flujo de un clepsidra viscosa, se ha ido gestando la noción de que hacer bien las cosas o respetar las normas equivale a una muestra de debilidad. Paco Juárez, le consta a Brad por las historias que de él le hacía su ex-jefe, Rico Salgado, tenía una debilidad oscura: hacía lo que fuera necesario para obtener un objeto de arte que deseaba.

Dolo y Brad le sirven de muletas a Hammer mientras éste habla por su teléfono celular. Ajá. Sí, jefe. Ya estoy aquí, justamente. Me ayudaron a llegar, jefe. No se preocupe. No sucederá nada de eso. Hablamos en unos minutos, señor. Luego dice: andando, pues.

A la entrada, se detienen brevemente para que Hammer retome su aire y pueda subir las impresionantes escalinatas de mármol. Brad aprovecha para admirar el derroche arquitectural de la mansión, erigida considerablemente sobre el nivel del suelo. Es obvio que la impresión visual de un recinto al que se debe acceder con esfuerzo por medio de excelentes escaleras no es sólo metafórica, sino funcional: bajo tan grande estructura debe encontrarse la susodicha colección de triunfos del espíritu humano. Entonces es cierto, dice Brad. Hammer, fatigado, busca explicación en sus ojos. Lo del museo bajo la mansión, aclara Brad. Hammer asiente. Algún día, que no sea hoy ni mañana, te cuento si quieres, dice. Y se dan a la tarea mármol arriba.

Una mujer sale a recibirlos. La luz a sus espaldas rompe contra su cuerpo que se delinea como una silueta distante, distinta y deliciosa. Como quien sube a una suerte de nivel superior de percepción de la experiencia o plano de la existencia, y a medida que se acercan, las facciones del rostro de la mujer comienzan a delinearse.

La agradable sonrisa le es dolorosamente familiar a Brad, a quien los rojos labios de la mujer le van robando la línea del final los ojos. El traje rosado cae de manera magnificente como el oleaje poético de un susurro al oído y es entonces cuando Hammer le advierte a Brad que preste atención a los escalones, pues le está haciendo arrastrar los pies y, por consiguiente, le va a estropear los zapatos. Ya casi en el umbral, Brad nota que la sonrisa va decreciendo, y podría, absurdamente, aludir a que es un efecto de refracción del ojo –mientras más cerca, más lejana y pequeña se aprecia la imagen–, pero no; todo le hace sentido aparente cuando Hammer dice:

Buenas noches, Aura Lee… jefa…

Mal haya el corazón, qué se ensañó en mi amor, se rompe Brad. Oh, ese aire Shakespeariano.

El amor es un maldito y eterno deseo insatisfecho. Amar nunca es un saber, sino una actividad, y su finalidad es aclarar las proposiciones, cosa que a Brad se le evapora en las manos como palabras de agua vieja. No hay duda, piensa, que el pasado maleficia como un adiós que se torna en su contra y ante el cual, sin quererlo, termina subyugado. ¿Quién entiende el lenguaje del tedio que alienta un ansia terrible de vivir desmemoriado? Pero, ¿cómo, si todas nuestras emociones se graban como un lenguaje mismo que habla en la falsa soledad del silencio? Y peor: ¿qué hacer ante el cuerpo que se desea, que en cierto modo ya no era y posiblemente no sería, pero que siempre es? De dos que se quieran bien, con una que coma basta, aunque al otro le persiga el hambre.

Brad ha domesticado sus impulsos con el tiempo

a tal punto que ante el ojo desavisado podría parecer como un ser incapaz de sentir, pero en este momento, apuesta a que su mirada le desnuda ante Aura Lee, quien luego de recoger la sonrisa, ha estrechado sus labios en otro gesto de menor intensidad, bárbaro y rojizo por la naturaleza de sus inalcanzables labios, contrastantes con la cabellera rubia y enrizada, pero, a fin de cuentas, sin dejar de ser un ejercicio de tímida simpatía.

Buenas noches, Hammer, dice finalmente, el sonido de su voz azucara la espesura del aire, que queda hecho de memoria.

Me acompañan Dolo y Brad, los presenta el herido. Dolo formula un gesto de excesiva cortesía que Aura Lee no advierte porque su mirada está fija en Brad. Le mira a los ojos y parece llenarle de palabras mudas.

Tanto tiempo sin verla y todo permanece intacto dentro de Brad. El ansia lo satura, pero la emoción sigue inédita. Por supuesto, advierte, ya no son aquellos que corrían la ciudad de San Juan en plena exuberancia de los años noventa, cuando, después de la caída del Muro del Berlín y el fin de la guerra del Golfo Pérsico, el mundo parecía adentrarse, ya de una vez y por todas, en pleno siglo veintiuno. Pero no; el sueño fue corto y el desaliento se precisó largo, y todo aquel mundo que se suponía fuera una maravilla, aquel Shangri-La alucinado en los años sesenta, ya se despedazaba como el barro seco, y entramos en el gueto de la desilusión y a la misma vez, de la pérdida de la realidad y la emergencia de lo derivativo. Ah, pero todo pausaba con Aura Lee, su Maga si fuera una novela de Cortázar, pues no había otra ontología que le hiciera sentir a Brad que su vida existía por algo que no fuese aquel amor sin fecha de expiración ni preservativos artificiales que se guardaba entre el alma y la piel. Allá Kurt Cobain, que se suicidó y se llevó el rocanrol consigo en los tempranos '90. Sin embargo, hoy, ya maduros, ya vividos, ya más viejos, Brad volvía a encontrarse con el regreso de un recuerdo intacto e inmaculado, aunque bajo circunstancias poco auspiciosas.

Mucho gusto, Brad, dice con una sonrisa que ahora parece menos que dulce, y más amarga.

El gusto es mío, responde Brad, algo tímido o retraído.

Soy Dolo, repite su colega.

Ella le sonríe como quien encuentra algo de inocencia en un niño y entonces, así de fácil, Aura Lee admira la manera en que Dolo se abre paso entre la tensa situación.

Mucho gusto, le dice, y mientras su mano roza la barbilla del chico, agrega: Paco los espera en su despacho.

Mientras la siguen, Brad –congelado de un fogonazo, zurcido y barbechado– admira los músculos de la espalda de Aura Lee, ese mapa que sus manos recorrieron tantas veces, y donde de pronto, como el índice de un territorio añorado, redescubre el tatuaje circular que lleva sobre el hombro. Es una suerte de sol místico, al rojo vivo, cuyos rayos se ilustran a manera de las cuatro puntas de una rosa de los vientos, mezcla, tal vez, de brújula y luz.

Te voy a decir algo, Brad, casi susurra Hammer. Imagino que te has percatado que estamos ante la mujer de Paco Juárez, ¿no?

Sí, intercede Dolo. ¿Viste como te miraba, Brad?

Hammer, que lleva sus brazos alrededor de sus dos soportes, comprime los codos y los deja atenazados. Ni se acerquen a ella, ¿me comprenden?, advierte. A Brad, que sabe bien de Hammer, le extraña tanta lealtad de parte del sicario hacia cualquier otra persona que no sea él mismo, y sin vacilar, aunque con problemas para respirar, se lo hace saber. Hammer tensa con mayor fuerza y le suplica que no le haga perder demasiado el tiempo ni la paciencia, que esto se trata de ella, y no de Juárez. Brad intenta redoblar la mirada para detectar algún trazo de celo recrudecido en el rostro de Hammer, pues, hasta donde conocía, Hammer no era hombre de mujeres, pero luego se convence de que cualquier amenaza que galope voz afuera no responde sino a una expresión aparentemente genuina de amistad con Aura Lee. Dolo reclama que no hay problema, que su interés es continuar con vida, así que, bien, ¿me puedes dejar respirar? Antes que Hammer pueda articular una respuesta, las puertas del despacho se abren y en su interior espera Paco Juárez. Dejemos las muestras de afecto para luego, dice Brad, y Hammer alivia las palancas.

Nada de heces ni feca ni guasa, advierte. Nada de nébula. Aura Lee es la mujer de Paco Juárez, a quien chicas no le faltan, pero eso no les da derecho a ninguno de ustedes, mugrosos mortales, de meterse con la gata del jefe.

La gata del jefe, hiere el eco dentro de Brad, quien de pronto quisiera hablar de las cosas que aún le quedan vivas, decir sus adioses y culminar con la muerte. Se siente como un móvil sin señal en medio de una catástrofe.

Una tierra baldía se cierne sobre su corazón con todo el peso del recuerdo de lo inconcluso. *I've been downhearted, baby*, resuena en su cabeza aquella vieja canción de los Radio Primitive Gods. Labios truncos. Brazos cansados y vacíos. El sentido de un tiempo que ha pasado sin alterar las nociones de cambio o de la propia temporalidad. *I've been downhearted, baby.* Actúa sin decurso, una constancia en sostenido, un vacío que se despeña en otro vacío más abismal, que es la incertidumbre del vivir en un eterno pasado como un presente fijo. *I've been downhearted, baby, ever since the day we met.* Nadar como los leones la cresta de la ola y bañarse en la carne de cebra.

Brad Molloy siente celos.

Pero está dicho: el ciego y el mezquino caminan dos veces el camino, más si se trata de que son la misma persona.

sobre la línea del ecuador y al oeste del meridiano

El despacho de Paco Juárez provee una impresión de haber llegado a una fría recámara que se expresa, visualmente, como algún futurismo gótico, un tanto lúgubre y cuasi misteriosa, pero de algún modo, acogedora. En las repisas de cristal que circundan la ovalada oficina, cuya iluminación proviene de alguna luz difusa que parece emanar de las propias paredes o hasta de los vértices de sus ángulos, diversos artefactos de arte proporcionan un aire de minimalismo decorativo al lugar. Libros dispersos, colocados en lugares específicos, como los versos de un poema, atemperan la mezcla de sobriedad y misterio que se enconcha entre las paredes. Tras un amplio escritorio de cristal, Paco espera como una montaña. Su cabello es blanco con acentos grisáceos, pero sus cejas y el bigote mantienen su negrura. Trae lentes muy finas y de moda que parean muy bien con su elegante traje negro. Igual parece que acaba de llegar de su trabajo como que se dispone a salir. Enciende su pipa de fumar. Se deja caer en la butaca de piel y le pregunta a Hammer por la condición de la herida. Entrada de bala sin salida en el muslo izquierdo, le dice Brad. No le hablé a usted, aclara Paco mientras mantiene sus ojos atentos a la llama que se forma en la cazoleta de su pipa. Brad se engulle las ganas de contestarle de la manera que piensa que debe. Luego, Paco le indica, igual que hace con Dolo, que tome asiento. Hammer, no obstante, se queda de pie, pues sangra profusamente y Paco le advierte que no le estropee la tela de los asientos. Un mayordomo aparece desde el fondo de la oficina con una silla de resina cuya forma asemeja una oreja y varias toallas, las cuales utiliza para asistir a Hammer mientras su jefe interroga al sicario.

Entonces, «Miss Piernas Gordas», ¿y el violín?

Hammer apenas se recupera de su fatiga tras haber subido las escaleras y se nota muy agotado para entrar en explicaciones que le van, de seguro, a consumir las energías. Tal vez por ello, Brad, como niño disciplinado en colegio, levanta la mano, lo que provoca la mirada estupefacta de Paco. ¿Sí?, dice amargamente el jeque. Quisiera explicarle lo sucedido. ¿He pedido que hables? No, señor. Pues cierra la boca y hablas cuando te lo indique. Nuevamente, Brad se muerde las ganas de replicarle, o, a lo sumo, arrancarle la cabeza con sus manos y utilizarla de pisapapeles, cuando sus ojos se encuentran con los de Aura Lee, quien sonríe de una nueva manera, esta vez en una alquimia de pena y compasión. Guarda mi corazón en la cárcel de tu seno, le transmite Brad en el fugaz encuentro de miradas.

Hammer, luego de que el mayordomo le facilitara una copa de whiskey, procede a relatar la sucesión cronológica de eventos. Llegaron los hombres de Frank y nos madrugaron, dice. Brad observa a Dolo y casi le parece escucharlo protestar por el uso del plural en tercera persona. Aura Lee disimula su nerviosismo, aunque Brad puede leer ese viejo gesto de llevarse la uña del dedo pulgar a la boca y morderla. Yo sé que estoy demás, persiguiéndote siempre, por ver si tú me añades a tu dulce deseo, se pierde Brad en sí mismo. ¿Seguro que fueron los hombres de Frank? Por supuesto. Trémolo y Garbo. Los traidores, agrega Paco. Cría cuervos y te comerán los cojones, agrega con falso aire de intelectualidad popular. Intentaron dispararme primero, comenta Dolo. Mis disculpas, dice Paco, pero, ¿quién demonios trajo a este perro sin collar? Yo pago por lo que el chico rompa, comenta Brad. ¿Qué parte de «no hables» fue la que no entendiste?, le acierta Paco. Por Dios, Hammer, ¿de dónde recogiste a estos dos? Largo cuento, jefe. O tal vez una novela, le dice. Me muero por escucharla, interpela Paco. Mientras tanto, Aura Lee, querida, llama al doctor Romero. Dile que es otro caso privado. Ya sabes. Y que se apresure. Aura Lee se excusa y sale, arrastrando consigo la traza invisible de la tibia presencia que quiebra la arcilla dolida, la misma que conforma el cuerpo olvidado de caricias de Brad Molloy. En los oídos de Brad quema la palabra «querida».

Una vez solos, Hammer, con respiración entrecortada y entre muecas de dolor, recuenta la manera en que Brad y Dolo han venido a añadirse a la ecuación. Dependientes en una tienda de chocolates, peluches y flores, explica. Yo pensaba que eras más astuto, Hammer, lamenta Paco. La verdad es que no sirves para nada que no sea halar gatillo. ¿Y se supone que seas mi mano derecha en este asunto? Hammer Muñiz resiente las palabras como si fuera el regaño de un padrastro a quien se aborrece, pero que a la misma vez busca como figura modelo. No, jefe, usted verá, este es Brad Molloy. ¿Brad Molloy? Dices Brad Molloy como si se tratara de George Clooney, comenta molesto Paco. Su nombre, sin embargo, me suena, añade, y Hammer le recita el breve curriculum vitae de Brad y cuenta la épica de su notoriedad como librero fatulo y buscavidas. La verdad es que importar pasta de coca en el lomo de un libro proporciona una nueva utilidad al concepto de empresa cultural, ¿eh?, comenta Paco. ¿Y de pasta de coca se fue a la pasta de cacao? Y aquí Paco Juárez mira a Brad con aquellos ojos redondos y negros que se le sobresalen por el horizonte de los pómulos artificialmente anaranjados, como si le otorgara, al fin, autorización para abrir la boca. Hammer insta a que sea el propio Brad quien explique el secreto del negocio y sonríe de manera mefistofélica, retorcido por el infierno que le quema las venas de su pierna.

En realidad el negocio es una mascarada. Un tape, si se quiere. El propósito del chocolate es traficar Chan Su.

Oh… el afrodisíaco, dice de manera casi lasciva.

Brad, incluso, podría en este mismo momento insertar su mano en el pecho de Paco Juárez y arrancarle el corazón, porque imagina que sabe en quién piensa.

Un murmullo violento se escucha tras la puerta de entrada y Paco Juárez se muestra visiblemente perturbado. ¿Qué demonios sucede allá afuera, coño?, grita. El mayordomo hace entrada atropellada con el teléfono en la mano y Aura Lee, tras él, le hala de manera insistente, aunque con disimulo. Es una llamada para usted, dice el mayordomo. ¿Y? ¿Quién es? Es una tal Ralinah, dice Aura Lee, con un pétreo tono de voz y el rostro descompuesto como un ramaje desnudo. El mayordomo queda inmóvil mientras sostiene la unidad auricular, la que aparta de las manos de Aura Lee. Paco luce brevemente desencajado e instruye al mayordomo para que le facilite el aparato. Aura Lee, no obstante, se queda atenta a lo que Paco vaya a decir. ¿Qué? ¿No tienes algo qué hacer?, le dice el hombre a su mujer y ella, recorrida por la rabia como un jardín blanco, se arroja hacia las penumbras que quedan a sus espaldas.

La conversación desata con un estás loca, ¿quién te dijo que me llamaras a la casa? Vas a formar un escándalo terrible. ¿Qué? Mira, haz lo que quieras, *baby*; sorpréndeme; no me importa. Ya pronto tendré el violín en mis manos y eso es lo que ocupa mi interés en este momento. Déjame trabajar. Bueno, eso también… bandolera… ¿Ah, sí? Bueno, te llamo.

Al terminar la breve conversación, observa que Hammer se debate entre un modo de enfado umbroso que le oscurece los ojos y una reacción pálida de dolor, como si ya le estremeciera la muerte. Ha perdido mucha sangre y se ve debilitado. Brad se pregunta, no obstante, qué le molesta más a Hammer, si el hecho que conozca la procedencia de la llamada o la profundidad de la herida que deja la bala. Hammer, entonces, utiliza las manos como paréntesis del orificio que sulfura en su pierna. Para Dolo, las imágenes que atestigua son un corro patético e incomprensible por el momento, y así se lo hace saber a Brad cuando se encoge de hombros.

¿En dónde estábamos?, inquiere Paco, seguramente simulando distracción del tema.

En los chocolates que confeccionamos y que rellenamos con Chan Su.

Ah, sí. Claro. Algo muy ingenioso, debo admitir. Burdo, pero ingenioso.

¿Qué es burdo, Brad?, pregunta Dolo.

Algo así como tu padre y tu madre desnudos entre una piara, se apresura a contestar Paco.

Dolo sabe que ha sido ofendido, pero no comprende ni puede precisar exactamente qué parte de la oración es la que se supone que le haya golpeado. Tampoco sabe lo que es una piara.

Empero, continúa Paco, el chocolate es un producto, digamos, a falta de otra palabra, poco probable. Milenario, sí, y tal vez exquisito, si se trata de manufactura refinada y exigente. Sin duda, no es algo que yo al menos pensaría en hacer. Obviamente, supongo que cuando alguien se acostumbra a la trata clandestina, el objeto no importa tanto como la actividad misma de traficar, ¿no?

Eso es inconsecuente, Juárez, esquiva Brad. Lo que debe importar es la credibilidad y la confianza, o el grado de honestidad con que se hacen las cosas.

Hasta traficar afrodisíacos disfrazados de chocolates finos.

Exactamente. Verá, solamente utilizamos chocolates suizos de óptima calidad y refinado proceso de confección. El afrodisíaco se lo introducimos por medio de una jeringa. Primero, por supuesto, hay que fundirlo y diluirlo y para ello utilizamos algo de jugo de limón, frambuesas y agua. Ese es el trabajo de Dolo.

Y entonces, ¿cómo llegan a sus clientes? Digamos, como diferencian a mi abuela, que quiera satisfacer su eterno paladar débil por los chocolates, de, por ejemplo, ¿mi persona?

El sabor es amargo y fuerte. Es chocolate puro, sin preservativos ni aditivos. No hay muchos paladares capacitados para tolerar un sabor tan robusto cuando hay toda una industria que endulza el producto con pura azúcar. Excepto, claro, los que buscan los afrodisíacos y los que presumen de ser conocedores del buen chocolate. En cualquier caso, su abuela no entra en ninguno de los perfiles.

¿Y yo?

Dada su edad, sí... muchos cincuentones con problemas de disfunción eréctil se nos acercan.

Paco Juárez no muestra nada de agrado al escuchar la manera irreverente con que Brad alude al factor vejez que cruza, implacable e indetenible, por el cuerpo del jeque, llevándose, de seguro, lo más febril de su virilidad. Es entonces que Brad intenta reinsertarse en el tiempo, que pasa majestuosamente pesado y lento en ese momento, y dice que se corre la voz, se corre, ¿eh? Mantenemos una popularidad de culto entre los que pueden pagar el manjar. Jueces, abogados, médicos, políticos y hasta profesores universitarios de cualquier dirección sexual nos buscan. El chocolate se hace parte de un sabroso juego, que puede sonar muy erótico, pero amargo, y por eso le llamamos, justamente, San Juan Sour. El chocolate en sí mismo es una ciudad.

El rostro de Juárez se endurece. Con un movimiento de tortuga densa, extrae la boquilla de la pipa de su prisión de labios.

¿San Juan Sour, dijiste?

Correcto. Es casi un nombre código. No somos principiantes en la trata clandestina, como se imagina. Esto es una gran cadena que comienza en China, viaja hasta San Francisco, y en ruta hacia el Caribe. Por supuesto, como hay curiosos, conservamos dos bandejas de chocolates San Juan Sour. Una cargada y la otra no. Siempre entablamos algo de conversación con el cliente para conocer qué le despachamos. Es un chocolate de unos mil dólares la onza, sabrá. No es cualquier chocolate y solamente aquel que está verdaderamente interesado en comprarlo lo procura. Pero como también nos visita el cliente convencional, si pide probarlo pues no podemos desperdiciar el Chan Su, así que le damos del San Juan Sour común.

San Juan Sour, ¿eh?, insiste Paco como si no escuchara otra cosa que sus propios pensamientos.

Ajá, dice Dolo. Incluso pensé llamar así a mi primer disco.

¿Tienes un disco?

No. Pero pienso tenerlo algún día.

Paco lo mira. Pónganle collar al chico, dice. Habla demasiado. ¿Qué? ¡Si el que habla mucho es Brad! ¡Yo apenas abro la boca! Tú darás funciones fonéticas a la cavidad bucal cuando yo te lo pida. De lo contrario, te callas, advierte Paco. A fin de cuentas, ¿cuál es el problema de nomenclatura?, arremete Brad. ¿Eh?, dice Hammer. Impresionante, dice Paco. Un traficante culto. De algo, supongo, te sirvieron todos esos libros que utilizabas para traficar coca, dice Hammer y Brad lo percibe genuinamente apasionado. Y armas. De vez en cuando, cambiábamos coca por armas, aclara Brad. Y algo de obras de arte, ¿no? Juárez entonces abre un cofre que descansa sobre su escritorio –si hubiera otro diluvio universal, podría utilizarlo como arca de cristal, piensa Brad– y extrae de su interior una Smith & Wesson cromada. Dolo se sobresalta y casi cae de su butaca.

Entonces, ¿eres un espía? ¿Para quién trabajas, eh?

¿Cómo que para quién trabajo? Soy un *entrepreneur*. Que no tengo idea de lo que me habla, contesta Brad. Yo he traficado desde lencería, libros y discos hasta champú, pero le juro que el San Juan Sour del que yo le hablo se trata de chocolates cargados con Chan Su, afrodisíaco que igual lo encuentra en otro lugar bajo nombres como Piedra del Amor, Piedra Negra, Jamaican Stone, Piedra Dura, o simplemente Piedra. Ajá, dice Paco interesado. Hablas como el texto en la etiqueta de un frasco de vitaminas, agrega. Brad trabajaba para Rico Salgado, contribuye Hammer, nervioso. Sabe que, de haber muertos allí, le tocará a él la limpieza del asunto, y no estaba en condiciones físicas para hacerlo, por lo que existiría la posibilidad que él acompañara a Brad y a Dolo a una fosa común en algún malezal de los suburbios. Y peor: Paco Juárez tendría que llamar a Karitas, el turco, quien siempre había deseado tener el puesto de Hammer, y éste no le daría el gusto de enterrarlo y suplantarlo, todo en la velocidad de una bala, que siempre entra más rápido que la razón. Lo que dice es cierto, Paco, añade. Ajá, resuena Paco mientras retoma su pipa de fumar. No es legal porque es altamente tóxica, si no se toman las previsiones, aclara Brad. Paco Juárez guarda el arma. Te creo, dice. Hay cierta modulación en la frecuencia de tu voz… ¿Sabes que cuando uno miente la voz modula de manera irregular? No. Pues te lo dice un musicólogo por afición. Yo soy músico, dice Dolo, pero Juárez lo ignora y ordena al mayordomo, que se ha quedado como un adorno en una esquina, para que les sirva unos buenos tragos de Blue Label. Al serles servido el whiskey, los hombres entran en un silencio extendido en el que solamente la respiración atropellada de Hammer llena el aire.

Paco se mece en su silla mientras se rasca el bigote y afina la mirada como si tratara de enfocar un recuerdo muy distante.

Brad Molloy, ¿eh?, dice. Sí, sí. Ya sabía yo. Me parece conocer algo de ti.

Lo dudo.

La duda, la duda, la duda… un maleficio y una bendición. Pero nunca dejes de dudar. Verás, y tú me corriges si me equivoco, creo que luego de tus estupideces por el mundo, andas en libertad bajo palabra, ¿no es así?

Brad asiente.

Un acuerdo bueno luego de cinco años en prisión, en donde impartías clases, leías a otros presos y te daban por loco. Hasta tenías un marido indio.

Todo es cierto excepto por lo del marido, aclara Brad.

Por eso es que -y nuevamente, por favor, te ruego que me corrijas- en este preciso momento te encuentras bajo violación de tus acuerdos con el tribunal federal y con la Comisión Federal de Libertad Bajo Palabra.

Brad se torna inmutable, rígido, como las piedras que el viento del mar embate.

Y si trabajabas para Rico Salgado, tienes que conocer al menos un par de cosas de lo que haces, dice Juárez, mientras mira hacia el techo. ¿No fue a la gente de Salgado a la que atraparon en una transacción masiva donde se intercambiaban treinta toneladas de cocaína por armas de largo y corto alcance?

Y granadas, cartuchos y hasta misiles anti-aéreos.

Ambicioso, ¿no?

Algo.

Y tu papel, además de asistir a Rico, ¿era...?

Lo usual. Hacer contactos. Logística. Arreglar los cobros. Nada muy sucio. Hacía mi trabajo. Me pagaban.

Pero todo se hizo sal y agua cuando alguien cantó.

Como siempre, dice Brad, y mira de reojo a Hammer.

Salgado no perdió su tiempo. Sí cometió errores, claro. Como no. Pero hay que reconocer que fue un pionero en este negocio. Su atrevimiento -dado algún grado de estupidez, supongo- fue iniciar algo en lo que particularmente me he interesado yo: armas por obras de arte. ¿Conocías de eso, Brad?

Algo. Pero no era mi área.

Por supuesto que no. Eras de rango menor. Un soplapotes promedio. Y digo que fue por estupidez, porque, ¿qué sabía un infeliz empresario al que se ocurrió lavar dinero con una cadena de gasolineras? ¿Eh? Que alguien me explique. ¡Llamar al diablo en su propio infierno! Por eso fue fácil atrapar a Salgado. Claro, que en algún momento se tuvo que enfrentar a los Ogunes, que no sólo tienen el control de las armas ilegales en el Caribe, sino que tienen algún alcance con la mafia del petróleo. Pero eso sí que no es mi asunto.

Los Ogunes. Por supuesto, piensa Brad. Disueltos como sombras en un frasco de tinta, todos sabían de ellos pero nadie conocía su procedencia; si dormían durante el día y vigilaban en la noche, o vice-versa; si tenían madre y padre o si habían sido engendrados de un platanal; si existían en carne y hueso o se bastaban como fuerza energética, porque, si les disparaban y los herían, nadie nunca sabía pues no había un solo ente en la vida subcutánea de San Juan que supiera que alguno de ellos hubiese muerto. Lo que verdaderamente era incuestionable era el hecho de que los Ogunes actuaban rápido y hablaban poco, por lo que no hacían muchas preguntas, mas en el lenguaje de su violencia eran muy expresivos.

No hay nada vinculado a los metales sobre esta tierra que los Ogunes no sepan, declara Paco. Así que, en un momento dado, aparecieron en escena y tomaron a Rico por las pelotas. Era tan vulnerable e incapaz. Así que, si Rico quería armas, tenía que obtener buena coca, y para eso me supongo que estabas tú, Brad Molloy. Y así, la ecuación es algo así como que A=B=C y viceversa. Hasta que llegan los Ogunes.

Brad, que permanece atento a las palabras de Paco

Juárez, no deja que los nervios le ondulen ni que las piernas flaqueen, aunque se le seca la boca. Total, le dice a Paco. ¿Para qué me dices algo que yo sé?

Lo digo porque es evidente que hay mucho de lo que desconoces. Además, es bueno que entiendas la manera en que aspirar demasiado a lo que no se puede llegar cuesta. Es preciso que entiendas el proceso de cómo se le da cuerda al mundo, pues todo el éxito que he cosechado estos últimos años se lo debo a los fracasos de Rico. De ahí que no haya casualidades en todo esto: yo heredé el espacio de Rico, sus obras de arte, su gente y, por tanto, tu culo queda bajo mi jurisdicción.

No creo.

Esto no es asunto de libre albedrío, te digo. Conozco una o dos cosas de ti, Brad Molloy.

Puede que sepa algo, sí, pero no todo. Se sorprendería mucho de conocer mi pasado.

Da igual ahora. Al parecer, nos necesitamos. Estamos en el mismo bote.

¿Estamos?

Jodido plural en tercera. ¡Y lo peor es que cada vez somos más y no conozco a nadie!, protesta Dolo.

A este punto, ya Paco Juárez permanece inmune a los comentarios de Dolo. Mientras fuma con un visible disfrute del acto mismo de consumir el tabaco, Juárez dice que deben conocer en qué problema polisémico andan metidos al nombrar su producto San Juan Sour, ya que es la frase código para validar una delicada operación clandestina en la que está vinculado, casualmente, el manejo de un sustancioso arsenal a cambio de su equivalencia en drogas. Esto viene en peregrinación, dice Juárez. El cargamento proviene desde Bogotá, vía Cúcuta, Tuluá y la isla caribeña colombiana de San Andrés. ¿Te es familiar, Brad Molloy? Destino final: el sur de Puerto Rico. Verás, generalmente hay un déficit de atención nacional para estos asuntos del tráfico de drogas. Por tanto, mientras las autoridades y la prensa se entretienen con dos o tres asesinados en algún sector marginado de la capital, por el polo opuesto entran grandes cargamentos de cocaína, heroína y armas. ¿Cabalgamos el mismo caballo hasta ahora?

El que calla otorga, o no dice nada. Da igual, piensa Brad. Es luz verde para Paco Juárez.

Rico fue a prisión federal de primera en Virginia, que es, como decir, una estadía prolongada en un resort con vigilancia y libertades restringidas. Pero, a fin de cuentas, un buen resort. Dejó su operación acéfala. Negocios de tráfico de drogas, tráfico de armas, mujeres entrenadas para la prostitución y blanqueo de capitales procedentes de los ilícitos negocios. ¿No es así, Brad Molloy? Y, como sabes, su error fue denegar la mano de los Ogunes, que se interesaban en establecer lazos con una isla que abraza al extranjero y estrangula al nativo. ¿Es o no es así?

Brad concede la razón. Sabe que Rico Salgado, a pesar del alcance de su organización en ultramar, siempre se había negado a dejar intereses extranjeros manipular sus intereses o intervenir en la manera en que torneaba su propio destino. Brad toma de su trago lentamente y con desconfianza.

Cree lo que te digo, amigo, prosigue Paco. Los cachorros huérfanos necesitaban un padre. Y yo los abracé a todos. Digo, los que quedaron libres, ¿no? Así fue que llegué a Aura Lee: era un excelente ejemplar para la prostitución en hoteles, reclutada y protegida por el propio Rico Salgado a través del dueño del Oxygen, de donde la recogí.

Brad asume el semblante de a quien se le hace un nudo en la cavidad del estómago. Durante el tiempo que trabajó para Rico, nunca supo cuán cerca estaba de Aura Lee.

La operación de Paco Juárez es tan sencilla como complicada, sabe Brad dada su experiencia. Consiste, primordialmente, en levantar empresas fantasmas, con mediano o poco capital, que luego se utilizan como empresas pantallas de mariscos y pescados con base en el puerto de Ponce, que al parecer carece de una actividad o tráfico marítimo consecuente. Las transacciones, dado el estado de pobreza comercial de la ciudad, pasan casi sin inspección detenida. De este modo, se realizan sin mayores tropiezos y así se procede, subsecuentemente, al lavado de blanqueo, siempre a tenor de las diligencias judiciales. Mar y Terra, Inc.; Boricuaprises S.L.; Acuiculturas Marinas del Caribe; PacoLee Import-Export; Tritone Trading o Fresh Fish Bypass son algunos de los nombres bajo el cual opera Paco Juárez para traer cocaína alojada en los vientres de los tiburones, bajo el cascaron de los mariscos o simplemente atravesados entre los filetes de marlín. Su modelo es la serpientica mafia rusa, admite, que se asienta en Europa y busca nuevos campos para poner sus huevos. En fin, nada más propio para una isla que vive de importar todo, dice Paco Juárez. Sin embargo, a Brad le parece otra manera torpe de venderse al mejor postor. Después de todo, también se vive de ser simplemente sombra.

Por su parte, las armas proceden desde cualquier lugar disponible y a través de los mismos métodos gracias a los Ogunes, quienes las traen de cualquier procedencia del vuelo del viento, sea del centro de Europa, España o Estados Unidos. Y, ciertamente, la verdad es que subyace una jerarquía subterránea a todo esto. Para mayor efectividad en el proceso, existe gente de menos valía organizacional, pero no menos importante, que oficia como intermediaria entre los guerrilleros y los suplidores de armas. El dinero es el gran Eros global, Paco evangeliza. Lo que conduce al perfil de un tipo como él, con una devoción firme por el arte, según él mismo le hace saber a Dolo y a Brad. Y esto, a su vez, nos lleva al violín.

Es un Stradivarius, comenta Dolo. Lo vi con mis propios ojos.

Qué bueno. No sabes cuánto me alegro que lo puedas identificar, porque así me vas a ser útil en encontrarlo, repudia Paco.

Brad Molloy no es un tipo de alterarse por cualquier cosa, pero la sentencia de Paco le preocupa, por lo que reacciona con algo de sobresalto.

Eh… eh… eh… ¿cómo es eso?

No soy papagayo. Lo que escuchaste es lo que es.

Me perdí del momento en que me hicieron una oferta contractual.

Escucha, Brad Molloy. ¿Quieres salir adelante con tu negocio de chocolatitos? Vas a tener que hacer una pequeña obra de caridad para una causa cuyo lucro es salvar el arte de manos de gente de fantoche como tú. Sabrás que conozco personalidades a todos los niveles operacionales del sistema de justicia tanto en esta isla de vidas lineales y mala paga como en los Estados Unidos. Irías de cabeza para prisión nuevamente, Brad Molloy.

O terminarás bañado en ácido, intercede Hammer, quien, adolorido por la herida e incómodo con la ridícula silla en la que reposa, se ha limitado hasta ahora a ser espectador en la conversación

Brad inclina el mentón y sus ojos flotan en el fondo del vaso de escocés. Se encuentra en una situación donde todo por lo que había luchado estos cinco años de pronto se veía bajo la posibilidad de malograrse. Inclusive, estaba, de manera inesperada, cerca de Aura Lee y no podía desperdiciar la oportunidad de al menos hablar con ella. Había tanto que quería decirle y contarle, sobre todo de aquellas noches en la celda, cuando miraba por la diminuta escotilla de barrotes y alcanzaba ver, en ciertas noches despejadas de luna, el titilar de las estrellas y hasta le pareció un día que el rostro de Aura Lee se formaba en una constelación. En un momento fugaz, Brad considera matar a Paco Juárez y alzar vuelo junto a ella hacia un lugar insospechado, quizá hasta indecible, en donde ambos pudieran ser felices, hacer el amor en las tardes al aire libre y comer chocolates acompañados de excelentes vinos.

Muy bien, dice finalmente Brad.

¿Cómo que muy bien?, cuestiona Dolo.

Seguro que está bien, asegura Paco.

Ayudaremos a encontrar el maldito violín. Llamaré a mis contactos y a mi gente. Indagaré bajo toda la amargura sofisticada de la ciudad.Y te juro que tendrás lo que deseas. Después de cumplirte, nos dejarás tranquilos.

Suena justo, acepta Paco. Tú encárgate de traerme el violín, del cual, de paso, les hago responsables.

Dolo hace amague de decir algo, pero al colocar su mano sobre el antebrazo del aspirante a cantante, Brad lo calma.

Otra cosa: no te equivocas al llamarlo maldito violín, dice Paco, y sonríe. Claro, hablarte de ello es casi reservar tu estadía en la morgue. Uno se cree que inventa cosas y de pronto resulta que alguien le madruga, ¿eh? Te crees que sabes algo y en realidad pienso que desconoces todo, declara Paco. Vivir sobre la línea del ecuador y al oeste del meridiano es como el eco de una novela de Tolstoi. ¿*Guerra y paz*, supongo? Igual es el residuo de una novela de Fitzgerald y tampoco hay sueño borincano.

La conversación que se apresta al amparo de las alegorías de pronto se interrumpe por tres toques a la puerta, luego de los cuales, y al mandato de Paco, hace su entrada Aura Lee acompañada del médico. Paco se levanta a recibirlo y se dirige hacia el mueble donde yace, ya exhausto, Hammer. ¿Qué sucedió?, pregunta el galeno. Lo usual. En medio del trabajo. Herida de bala sin salida, explica Paco. El médico extrae un cuchillo del bolsillo trasero de su pantalón y procede a cortar la cinta que lee «Miss Piernas Gordas» y el pantalón de Hammer. Paco se muestra impresionado porque el médico utiliza un regalo que el primero le hiciera hace poco. Hammer muerde sus labios para reprimir el dolor que le causa el movimiento de la pierna herida. Las toallas se encuentran completamente empapadas de sangre, por lo que el médico solicita otras limpias.

Tendremos que amputar, dice el médico.

Hammer reacciona con un grito y casi comienza a llorar cuando el galeno le confiesa:

Es una broma, «Miss Piernas Gordas».

Pues, querido doctor, no bromeo cuando le digo que al salir de esto le voy a cortar las bolas y se las voy a hacer tragar, profetiza Hammer.

Sí, que miedo, responde el médico con actitud de indiferencia, colocando su dedo en la herida de Hammer, lo que le infunde grandes estímulos de dolor al sicario.

Pues manos a la obra, ordena Paco.

Necesito un asistente, requisiciona el médico.

Ya lo tienes, dice Paco y se torna hacia Dolo: tú, servirás para algo.

¿Yo?

Tú.

¡Yo no sé nada de medicina!

Yo tampoco. Aprenderemos.

Me rehúso.

Pues a tu amigo Brad no le causará nada de gracia tener que ir a un hospital y declarar lo que ha ocurrido en su chocolatería.

Brad mira a Dolo. Anda. Dale una mano al doc, le dice.

Dolo, aunque compungido y bastante asustado, obedece. Entre él y el médico se llevan a Hammer hacia la habitación contigua, la que se accede directamente a través del despacho de Paco Juárez. Justamente cuando ya casi se pierden de vista, Aura Lee detiene a Paco.

¿Y éste? ¿Qué le vas a hacer?, pregunta, refiriéndose a Brad.

Paco se torna. Sonríe a medias.

Hazle compañía un rato. Yo tengo que proteger mi inversión inmediata, que es Hammer. Hay bastante whiskey ahí. Pero no lo aburras ni lo emborraches, que en cualquier caso, se duerme, y no lo quiero aquí más allá de aquello para lo que me sea útil.

Aura Lee inclina la mirada. Paco le besa la frente.

Mientras cierra la puerta de la habitación, sus ojos penetran los de Brad Molloy, a quien le parece identificar el matiz de una sonrisa seca, pero, a fin de cuentas, una sonrisa en el rostro de Paco.

aura lee, mujer de viento

Saberse allí, a solas frente a Aura Lee, le evoca a Brad Molloy el desvarío de sus desvelos. Tanta delicadeza a sólo suspiros de su aliento es una especulación en bruto. Largas fueron las noches en que, pernoctando en el gemido de algún recluso enternecido por su compañero de celda, Brad se dedicó a imaginar este momento que se le presentaba ante sus ojos como salido de un libreto rosado para un melodrama de la una de la tarde. Mas ahora, ahíto de la fisonomía inexpresiva del presente concreto, sacude en su boca las últimas gotas de Blue Label para dejar que sus ojos diafragmen entre los remanentes cubos de hielo, por aquello de ahogar la vista y que emerja nuevamente la visión en su estado perfecto y fantasmal. Lleva su corazón empeñado por la emotividad del momento y no sabe cuánto más podrá disimular, si es que acaso tal travestismo es posible. La mano de Aura Lee toma el vaso y lo despega de los labios de Brad, que parece un niño a quien recién separan de su mamá. Pasa su lengua por los labios. Hay tanto que quisiera decirte, Aura Lee, susurra tan imperceptiblemente que ella duda si él ha dicho algo o si se trata de alguna voz que llega enredada con el viento de la memoria.

Aura Lee parte el aire cuando se desplaza en dirección de la pequeña barra tras el escritorio de Paco Juárez. Parecería que Brad trata de atrapar los mil y un destellos en que se rompe el cuerpo de Aura Lee entre la acogedora atmósfera de tenue iluminación, como los atardeceres de otoño en aquel mes de septiembre a principios del milenio y en los que se robaban la ciudad a sorbos fieles y constantes, tras Brad haberla reencontrado. Se juraron un viaje a Suiza, un día cualquiera por venir, para el que no tendrían fecha de regreso.

¿Otro trago?, ofrece ella.

Brad acepta, pero la verdad es que hubiese lamido de la suela de sus zapatos si ella se lo hubiese pedido. Allí, en aquel territorio ajeno y extraño, Brad sentía que podía acercarse a Aura Lee, recorrer con su nariz el largo cuello prerrafaelista, pálido y narcótico, por el cual él había visto deslizarse, clavícula abajo y hacia los pechos turgentes, unos versos de agua que jamás hubiese podido hacer que ella sorbiera. Y si eran tan iguales y les favorecía el ímpetu de la juventud, ¿por qué dirigirse hacia dos destinos distintos? ¿Por qué no hacer sentido de aquella relación que, tras el glamor, la fantasía del brillo y el escote, todo lo que buscaba era un pedazo de cielo en el infierno de la existencia incomprendida, de muchas formas inaprehensibles? Si todo a lo que aspiraban era a una proposición desmedida de la felicidad, todos los vicios y virtudes unidos en uno, como en el mejor de los chocolates, ¿por qué no se habían dado al dulzor que sólo se degusta con esa parte sobria y etérea y eléctrica que, por no saber exactamente qué es, le llaman alma?

Aura regresa con dos tragos, uno de los cuales Brad sabe que ha preparado para él. Tres cubos de hielo. Ni más ni menos, dice ella a medio sonreír. Aún recuerdas, le dice el traficante enamorado. Tres es un número interesante, dice Aura Lee. Los ángulos de un triángulo, prosigue. La Santa Trinidad. Uno más uno más uno. Tres es multitud, comenta Brad. Aura Lee amplifica su sonrisa y propone un brindis. Por el reencuentro, dice. Por la dulzura de la memoria, dice Brad. No siempre la memoria es dulce; hay memorias amargas. Seguro, dice Brad. Como un chocolate amargo. ¿Sabías que chocolate significa agua amarga?, busca torpemente entablar conversación. Aura Lee lo mira como si la conversación entre ellos fuese un río y ella se encontrara en la orilla opuesta a la de Brad, quien añade que el sabor, como el olor y otras sensaciones que llegan por los sentidos, son pura programación. Aura continúa sin comprender lo que esconden las palabras de Brad, o tal vez no quiere comprenderlas, pero se ha decidido a no indagar bajo las mismas. Prefiere mantener la distancia y recuperar, de algún modo, ese espacio que le es tan de ella y del que se piensa poseedora legítima. Por tanto, baja la mirada y retrocede. Brad se dispone a superar el espacio entre ambos en el preciso momento que el mayordomo abre la puerta. Su mirada seca y sombría escruta a Brad, quien no parpadea ni se amilana. ¿Está todo bien por aquí, señora?, inquiere el mayordomo, a lo que Aura Lee responde en afirmativo. No se preocupe, Antonio, que de necesitarle, le haremos saber. El mayordomo, al retirarse, pareciera desvanecerse.

Brad toma su trago y toma dos pasos atrás de vuelta a la butaca, donde cuelga la mirada del rostro de Aura. Llevas el cabello corto, le dice ella. Siempre fui tipo de cabello largo, admite él. Son imágenes que nos visitan desde el pasado. Aura Lee ríe y parece rejuvenecer entre las carcajadas. Supongo que nunca leíste todas esas cartas que te envié desde prisión, Brad cambia el tema, Aura Lee absorbe un silencio donde va recogiendo la amplitud de sus labios como quien cierra una sombrilla. Algunas. Tan sólo algunas. Las primeras, creo, admite. Luego ya no quise saber. Brad frota levemente su dedo índice por el borde del vaso y replica la perfección del círculo, acto que no culmina porque se detiene antes de recrear la forma sin comienzo ni fin de la boca del vaso, y es cuando levanta el dedo de manera acusatoria hacia Aura Lee y afirma que tú fallaste a nuestra promesa de amor, y Brad sabe que suena a canción de salsa romántica, mas es la verdad que se le avienta involuntariamente por la boca, pujante y salvaje, como el instinto de un pájaro enjaulado y que de pronto descubre que la rejilla se ha quedado abierta. Aura Lee se siente incómoda con la manera en que Brad irrumpe en su calma de mujer dedicada a su esposo culto y traficante de obras de arte. No tiene sentido volver a eso, Brad, dice ella. ¿Acaso se vuelve a lo que nunca se ha dejado?, dice él. Aura Lee entonces quisiera no comprenderlo y, sin embargo, ya es tarde: la sutileza del dardo ha despertado el nervio de los recuerdos.

Tal sacudidos por el hambre de pieles en medio de una lluvia fría de tiempo, Brad y Aura Lee complican la noche al encontrarse enlazados por un lapso de melancolía. Y es que, sí, aquellos días juntos habían sido espectaculares. Ambos se infatuaron el uno con el otro, al punto que dejaron de hacer vida social con otras personas para tenerse a ellos mismos todo el tiempo. Todo quedó a un lado: la biblioteca, el parque, los clubes de rock, las discusiones sobre cuál era mejor banda -si Nirvana o Pearl Jam-, las salidas con otras parejas y sus deberes universitarios. Muchas eran las veces en que ambos, estudiantes entonces, se olvidaban de las materias de aprendizaje por tentarse en la materia de la carne, él con un temor de perder a su chica por virtud de algún rival viento; ella, con la entrega de quien se siente en adoración absoluta. Era una relación autosustentable, intensa e hidrópica. Todo era posible en las artes amatorias de un signo de aire, (geminiano como el de ella), y otro de fuego (ariano como él). Pero del aire y el fuego ahora quedaban brazas renuentes, inefablemente, a sofocarse, aunque eran dos parciales extraños en pasado perfecto. Habían dejado un mundo de exuberancia, promesa y libertad para encontrarse, diecinueve años más tarde, en un mundo de carencia, desesperanza y encerramiento.

Hubiese dado cualquier cosa por volver a verte, confiesa Brad. Todos esos años en prisión, cada carta que escribí, cada poema que me callé… todo respondía a ti, Aura Lee… eras el deseo antes de dársele el nombre, el principio del misterio…

Al parecer, las palabras dan fuerte en el pecho de la mujer, adonde se lleva las manos como si quisiera contener el ruido de su corazón desbocado. Es entonces que Brad aprecia, por primera vez, que aunque el rostro pudiese confundir la medida real del tiempo, sus manos no pueden escapar al paso de los años. Finas y acicaladas, sí, pero tomadas por el aspecto de grosor que ilustra la carne al ceder a la gravedad.

Brad... ha pasado mucho tiempo... he cambiado... has cambiado...

En la cárcel se aprende que hay otras formas peores de encerramiento. La clave es mantener la mente clara. Y para la claridad, siempre hace falta una luz. Esa eras tú, Aura Lee, mi luz.

El azul topacio en los ojos de Aura Lee se le ha ido inundando como un gran diluvio universal.

Recuerdo el día que leí la última carta tuya. Fue el 11 de septiembre de 2001, pinta Aura un lunar en el tiempo. Hasta entonces, leía tu correspondencia, aunque nunca las contestaba. Aquella fue la última vez que abrí un mensaje tuyo. Todo fue tan horrible ese día. Cuando ocurrió lo de las Torres Gemelas, Paco se encontraba en Nueva York y no tuve comunicación con él por al menos tres días. Yo sufría bastante; lloraba constantemente.

¿Tanto amabas a Paco?

Estaba comprometida, Brad.

Por Dios, no hacía un año desde mi ingreso a prisión.

¿Y qué pensabas que haría? ¿Esperar el final de tu condena? Sabes bien que no soy mujer de esperas. Porque, ¿y luego? ¿Qué haríamos? ¿Comenzar desde cero? Ya, incluso, en ese momento de mi vida, había superado las ganas de vivir para sobrevivir, Brad.

Brad musita sus próximas palabras, que se le van deshilando de manera inabordable y al final ya no dicen nada. Aura Lee camina hacia él y le recoge de la frente la caída de la ondulada cabellera que le improvisa como visera.

Yo no era para ti, Brad, le clava ella con una dulzura por la que daría gusto morir. Yo buscaba estilo de vida, reconocimiento social, vivir mi sensualidad y que todos me admiraran.

De un sólo golpe, Brad se baja el trago y luego le quita el de Aura Lee de las manos y hace lo propio. Ella le limpia la humedad de los labios con el dedo pulgar. Brad no sabe que lo aturde más: si la caricia de Aura Lee, su mirada tan cerca de la de él o los dos golpes de whiskey conflagrando esófago abajo.

Y ahora, pfff… andas de chocolatero, agrega Aura Lee.

Ella y Brad ríen de manera constreñida y desigual, a veces como si quisieran colmar de risas el mundo y otras como si quisieran fundirse en un llanto. Se abrazan y se dejan sentir el uno en el otro. Brad había cumplido cuatro de los cinco años de su *parole* y jamás pensó que, en efecto, tanta dulzura pudiera hacerle sentir preso de la amargura.

El mayordomo Antonio hace una segunda entrada, esta vez sin avisar. Brad, que se acostumbró en prisión a desconfiar hasta de las sombras, hace un estudio inmediato del hombre de edad y estatura mediana con grandes embocaduras de calvicie que le hacen ver la cara más alargada de lo que tal vez es.

El señor Juárez desea anunciar que pronto estará con ustedes, dice Antonio con la monotonía de una podadora.

Muy bien. Dígale al señor que estamos esperándolo, contesta Aura Lee.

Como diga, dice el mayordomo sin mostrar otro rasgo de sensiblería que no sea el de la incomodidad.

Aura Lee se pone de pie, se arregla el traje, se acomoda el cabello y acude a su bolso en busca de lápiz labial para retocarse los labios. Al inclinarse, el traje se le entalla como el abrazo de un sueño. Sus formas quedan delineadas de manera sugerente. A veces, el buen uso de la ropa puede cautivar más que un desnudo, y Brad la desea más que a la verdad en este momento.

Antes que llegue Paco, debo preguntarte: ¿tienes algo que ver con el violín?

¿Y qué tiene que ver eso con nosotros?

Nosotros es mucha gente.

Eso dice Dolo.

En todo caso, por ti. No conoces los límites de Paco.

Y, ¿cuáles son, entonces?

Aura Lee lo mira detenidamente y le hace ver que quiere ser tomada con seriedad.

No tiene. De eso se trata, dice.

Brad se acomoda en la butaca. Extiende los brazos como el que espera que le entreguen el cuerpo de algún secreto que debe conocer.

El violín que tanto anhela Paco perteneció a Claudio José Domingo Brindis de Salas, el músico y compositor cubano quien, como su padre, seguramente eludió el trabajo arduo de las cosechas de cacao al desarrollar el talento musical, dice Aura Lee controlando los decibeles con que divulga la información. El padre del Paganini

Negro, como le apodaban, era Claudio Brindis de Salas, creador de la Orquesta La Concha de Oro, cuyos integrantes, esclavos o descendientes de éstos, habían encontrado una manera agradable y entretenida de eludir los abusos que contra los de su raza se cometían. Brad mira a Aura Lee y no le extraña para nada escucharla hablar así: aún borracha, solía ser articulada. Además, aunque nunca ejerció carrera, ella es periodista por preparación académica, sólo que el incitante elixir del éxito inmediato pudo más que la complacencia de hacerse asalariada del poder y la verdad, que son maleables.

Brindis de Salas, padre, eventualmente fue teniente del Batallón de Morenos Leales que en 1844 protagonizaron la histórica Conspiración de la Escalera en Cuba, rebelión de los esclavos contra la política esclavista del régimen colonial español, Aura Lee prosigue. Como padre preocupado, lo mejor que le pudo legar a su hijo fue el conocimiento. Por ello, ya a los diez años, Brindis de Salas, hijo, era un virtuoso en el violín. Su talento era tal que a esa edad se presentaba en conciertos en el Liceo de La Habana, lo que lo cotizaba como un talento prodigio. Así, subsistió creando danzas criollas dedicadas, en gran parte, a figuras sobresalientes en la sociedad aristocrática cubana de la época. Brindis de Salas, padre, también fue autor de una opereta titulada «Congojas matrimoniales», la que su hijo interpretó ocasionalmente y la cual Claudio José vivió en carne propia al contraer matrimonio en Alemania con una noble de la corte que le dio tres hijos. No fue un matrimonio feliz.

¿Eres feliz en tu matrimonio, Aura Lee?, ataja Brad.

¿Qué...? ¿Me estás prestando atención?, corrobora Aura Lee.

Antes de que Brad conteste, se abre la puerta lateral del despacho y hace su entrada el médico, junto a Paco Juárez y Hammer, quien cojea apoyado de un bastón en vara de ébano y empuñadura de oro, mientras que, con su mano izquierda, se da sorbos profusos y alargados de una botella de Patrón. Paco parece olfatear la familiaridad resucitada entre Aura Lee y Brad Molloy y amortigua los gestos. Mira alrededor algo descompuesto, quizá molesto, pero sin conocer del todo por qué.

¿Y Dolo?, pregunta Brad.

Paco aspira todo el tiempo en un silencio difícil.

Tu amigo... ¡ja! Vaya tipo. Quien se suponía nos ayudara, se desmayó cuando vio la extracción de la bala, informa Paco Juárez.

Brad se conjuga entre la incomprensión y la desmesura y termina ladrando que Dolo nunca le dijo que fuera enfermero o asistente de cirujano ni cosa parecida. El médico, que ya arrolla por ser tan pesado, despacha a Brad con un «Bah», pues el objeto estaba a flor de piel en la parte posterior del muslo. Una pequeña incisión, pinzas, halar la bala y ya. Nada que requiriera ciencia profunda, mastica el médico con aire de esnobismo. Debe ser por eso que te llamaron, dicta Brad, y al médico no le sienta nada de agradable el comentario. ¿Quién es éste, Paco?, exige el médico mientras apunta el dedo meñique hacia Brad. Descuida, que es un buitre de paso, despacha Paco y Brad lo repite. Buitre de paso, ¿escuchaste? Te asecharé moribundo, te arrancaré la lengua con mi boca y luego me comeré tus tripas. El médico no tiene el temple para reaccionar de inmediato. Brad le ha verbalizado bajo y más que desconcertarlo, le ha provocado resequedad en la garganta. De pronto, el lenguaje no le sirve para nada puesto que no puede articularlo y esto es lo que Brad llama meterse las palabras por el culo. Entonces, Paco le ordena a su mayordomo que acompañe al doctor hasta la puerta, mientras Aura Lee ayuda a Hammer a recomponerse.

Eres irreverente, Brad Molloy, le recrimina de mala gana Paco Juárez, mientras se acerca a Brad y le afirma la garra alrededor de la nuca, inmovilizándolo. Y más te vale que entiendas algo: vas a buscarme ese violín. Lo vas encontrar donde quiera que esté y me lo vas a traer. Queda, por tanto, decidido. Ahora trabajas para mí, papi. Y tienes cuarenta y ocho horas antes de que desaparezcas tú también. ¿Me has entendido?

Mientras Paco se hace ley, Brad no aparta los ojos del rostro de Aura Lee. ¿Cómo pudo caer en las fauces de semejante bestia? Aura Lee, claro, siempre había anhelado una vida presuntuosa, cómoda, holgada, nada de tener que sufrir como pendeja perra de clase media, decía ella. Que yo no nací para vivir como mis padres ni como toda la historia blanda del cuento del nunca-acabar de este país, que es el mismo del nunca comenzar, juraba Aura. Mientras, Brad se pregunta qué se sentirá saberse perra de pendejo con dinero, pero pronto abandona la arbitrariedad resentida del juicio dolido y despechado, y en su lugar un sentimiento de tristeza, pena y vacío parece graznar en el hueco de su pecho al ver que la mujer por quien se desveló tantas noches en prisión estaba irremediablemente lejos de él, y sin posibilidad de reinventar las maneras del regreso a aquellas tardes desnudos, enroscados en el ocio en el que caen los cuerpos fervorosos de amor; mas no, no, no podía ser; Aura Lee debía ser salvada, pues si había algo en esta vida que valiera la pena, el sudor y las lágrimas era el deseo de verse de nuevo en los brazos dieciséis años más viejos de Aura Lee, que olía a manjar de frambuesas.

Está bien, dice Brad. Lo que digas. Pero tengo poco tiempo…

Es el que es y es del que dispones, dicta Paco mientras alivia la garra y se sienta en la mesa de cristal que queda frente a Brad. En cuarenta y ocho horas, la dama aquí presente -y mira a Aura Lee- y yo celebraremos nuestro quinto aniversario de bodas, que son las bodas de madera, como la esencia misma del violín. Yo mismo ejecutaré una pieza en honor a mi reina, aunque debo admitir que estoy algo fuera de forma, además de nervioso. Claro está, no habrá función, ni celebración, ni pececitos de colores sin el Stradivarius de Brindis de Salas.

Paco Juárez pausa.

¿Sabes quién es Brindis de Salas?

Ya me dijo.

¿Conoces su historia?

Algo.

Paco se pone de pie, se sirve un trago y vuelve a su lugar frente a Brad, quien permanece inmóvil y bajo la mirada de Hammer y Aura Lee. Te diré algo, chiquito, dice Paco Juárez. El Stradivarius que le fuera regalado a Brindis de Salas tiene historia, cuenta. Una vez graduado del Conservatorio de Música en París, comienza una vida jamás vislumbrada para un negro cubano que evadía las plantaciones de cacao. Su fama se agiganta por toda la capital del siglo XIX y se extiende hacia Italia. Ignacio Paderewsky lo lleva a Polonia y allí toca con él. Rusia se enamora del Paganini Negro, se entusiasma Paco cada vez más mientras relata del increíble agasajo del que fue objeto en la sociedad victoriana de Inglaterra. Diamantes, mujeres y fama le llegaron al Paganini, quien partió hacia Alemania con el fin de ofrecer una función privada para el Emperador Guillermo II, en donde la hija de uno de los marqueses quedó prendada tanto del aspecto exótico del violinista como de su gran talento.Y escúchame bien, chocolatero barato, porque jamás sabrás lo que es tener un talento tan divino que únicamente puede ser satánico, y es el de despertar el rugido de la carne de tan sólo ejecutar una pieza al violín, truena Paco. Es la virtud de amaestrar los deseos por medio simplemente de la ejecución magistral de un instrumento musical; incitar los deseos del otro controlando un objeto externo al que desea y al cuerpo deseado.

Yo hago chocolates y es lo mismo, defiende Brad.

No te pases, no te hagas el gracioso, chocolatero. El chocolate seguirá siendo chocolate existas tú o no; pero el violín de Brindis de Salas, no es solamente eso; es quien lo ejecuta el que afirma su presencia.

Como dos hombres que le hacen el amor a una

misma mujer, dice Brad. Solamente el que cala hondo afirma su presencia. Pero toda esa historia, ¿de verdad fue así?, inquiere Brad algo desconfiado de lo que escucha.

Paco se descompone ante las señales duda. La verdad es una cosa que se crea como cualquier otro mito.

Quién sabe, replica. Pero es linda, ¿eh? E inspiradora. Así que me importa un carajo si es cierta o no.

No tienes que contestarle así, Paco, le reprende Aura Lee.

Entonces Paco Juárez se levanta de manera pausada.

Esto no es contigo, dice Paco, mientras juega con el pelo de Aura Lee.

Brad siente celos.

Paco entonces se torna hacia Brad, no dice nada, y luego se devuelve hacia Aura Lee.

Por casualidad, ¿ustedes se conocen?, dispara.

Aura Lee, aunque no puede ocultar el desmayo que se destalona tras sus ojos, niega haber visto a Brad Molloy anteriormente en su vida, y que jamás, jamás, y Brad, ante la misma pregunta, y a pesar de reservarse la manera, el modo y el tiempo de contestar, admite lo mismo. Apenas le conozco, dice Aura Lee, y aunque Brad sabe que ella pretende mentir, nada podría ser más cierto y a la vez doloroso.

Paco duda y les repite la pregunta, pero esta ocasión se enuncia una reafirmación con mayor acento, que es el sonido, y firme prontitud, que manifiesta la velocidad. Lo pregunto porque, ¿saben qué deshizo la vida de Brindis de Salas? Una mujer, se contesta él mismo, mientras Hammer asiente y Aura Lee se muerde el labio inferior, un gesto que si bien es común, a Brad le erotiza la gana de ella, aunque, dentro de la circunstancia, sólo significa que está nerviosa. No quiero que piensen mal de ustedes dos, primero, porque sabes que eres mía, Aura Lee; y, segundo, porque tú, Brad, ahora eres una utilidad, dice Paco. Brad endurece el rostro y Paco trilla la frase de que eso es así guste o no guste. Por cierto, para culminar la historia, prosigue Paco, Claudio José Brindis de Salas impactó tanto en la hija del Marqués, que el emperador mismo lo condecoró con la Cruz del Águila Negra y le obsequió un Stradivarius. ¡Un Stradivarius a un negro descendiente de esclavos en Cuba! ¿Se imaginan la leche para el violinista de chocolate? Nadie le contesta. El aire parece cargarse de sudor y olor a whiskey y a sangre oxidada de la herida de Hammer, la cual, aunque tratada, permanece resentida. Entonces, la chica cayó inevitablemente ante el seductor talento y encanto personal de Brindis de Salas, relata Paco. De pronto, el Paganini conquista la corte alemana, se casa con la hija del Marqués y su nombre es más electrizante que nunca, sobre todo ante las mujeres. ¡Un talentoso músico y su arma jamás encontrarán faldas que se le resistan! Su vida en camas ajenas, privadas y solitarias por igual era incontenible. Por eso, con ese violín llegó su óbice. Su talento fue más poderoso que nunca. Viajó a Italia de nuevo, y de ahí a La Habana, desde donde prosigue a México y de regreso a Europa, específicamente a Barcelona. Y es allí donde recibe la invitación para ir a la Argentina. Aquí, un irresistible Brindis de Salas enfrenta la dura prueba del amor. ¿Has amado antes,

Brad Molloy?, punza Paco Juárez sin obtener reacción del acosado. Pues Brindis de Salas se enamoró de la burguesía Argentina, del estilo de vida y, sobre todo, de la hija de un poderoso mercader uruguayo que residía en Buenos Aires.

Paco pausa por un instante. Se limpia de la resequedad que siente arenar en la comisura de los labios. Se pasa ambas manos por el cabello. Gesticula como si se encontrara en medio de una gran deposición de oratoria.

Brindis de Salas, perdido por la argentinita uruguaya, conoció el desprecio. Por primera vez en su vida, existía algo que se le deslizaba entre los dedos como un puñado de viento. Entonces, el violinista de chocolate, admirado y aplaudido por todo el mundo, conoció el rechazo. Un vacío se alojó en su interior como si algún demonio llegara para succionar todo el oxígeno disponible y posible en aquel espacio.

Aura Lee, al tratar de desentenderse del monólogo, no calcula la distancia a la que se encuentra de los anaqueles que se afirman a sus espaldas y, al tornarse torpemente, tropieza con los mismos. Paco Juárez obliga su mirada en dirección de Aura Lee, quien estrecha la misma sonrisa que las flores marchitas le deben obsequiar al basurero.

El resto de la historia Paco la despacha con la misma indiferencia que requiere la premura. Brindis de Salas abandonó Argentina en la cúpula de su éxito y con su corazón derrotado. De vuelta a Alemania, en una confusa alquimia de despecho y conveniencia, decide contraer nupcias con la alemana, pero su mente y su devoción jamás dejarían Buenos Aires. Luego de procrear dos hijos y de continuar su carrera ascendente, Brindis de Salas se entrega a la perdición aliviosa del alcohol y las mujeres de reputación dudable. Arranca bustieres todavía, pero ahora se trata de que el Paganini Negro es incapaz de suspirar por otra cosa que no sea su amor argentino. Su vida anímica en decadencia, el poder lujurioso que incita su manera de ejecutar el violín se va tornando en un talento triste, melodramático si se quiere; ordinario, hasta desollarse en la anulación de la insipidez. Su esposa, incapaz de soportar aquel hombre que se venía a menos, lo abandona y entonces al músico le parece una buena razón para volver a la Cuba de sus orígenes, a dónde llega en 1895. Esperaba recuperar la paz que la vuelta a la cuna de su infancia presuntamente, por mandato natural de las fuerzas que configuran la existencia, proporcionaría, mas al poco tiempo de su llegada, estalla la Guerra de la Independencia y Brindis de Salas se horroriza. Es al poco tiempo de conocer sobre la muerte de Martí en batalla que siente que, tal vez, ha maldecido el país con su presencia de grandeza reducida. Piensa así que no hará mucho por la causa de su país armado con un Stradivarius y por ello decide partir hacia España. Como es de esperarse, la transportación en medio de la guerra se hace sospechosa y difícil, por lo que termina con una breve estadía en la República Dominicana. Brindis de Salas, también condecorado con la Cruz de Carlos III del rey de España, con la Orden del Cristo del rey de Portugal, y nombrado Caballero de la Legión de Honor por la República de Francia, de pronto no reconocía el Caribe, y al poco tiempo de proporcionar un espectacular concierto en Santo Domingo el 10 de noviembre de 1895, logra recaudar suficiente dinero, esta vez no para llegar a España sino para volver a Alemania. De todos los sentimientos que podía experimentar, Brindis de Salas se entendía desterrado y despatriado no de la geografía física de las patrias -que a fin de cuenta, se subsanan con el universo de un arte en rebeldía de fronteras- sino de ese plano de existencia inmaterial que es el amor. Por tanto, herido de pasión, su regreso a las gélidas tierras alemanas marca el comienzo de su coda personal. Y allí, hasta le parecería irónico encontrarse desmembrado entre la atmósfera vital de unificación de Prusia, Baviera, Baden y Wuttenberg; allí le esperaría una segunda oportunidad junto a su familia, su cruz de hierro y las conversaciones con el Emperador, quien ya hablaba del nuevo curso y su manera de personalizar su poder político e imperial, ideas que aderezaba entre las serenatas que el Emperador daba a su esposa, Augusta Victoria, princesa de Schleswig-Holstein, para lo que siempre solicitaba la presencia de Brindis de Salas y el Stradivarius. Y allí, en la plenitud de su muerte interna, vivió el nacimiento del imperio alemán, así como se iluminaba ante una vida que ya no deseaba.

Brindis no volvió a ser el mismo. Por un par de años se le vio infiltrarse en las tabernas de mala muerte, difundiéndose en el anonimato de la vida subterránea de Berlín y tocando a cambio de mujeres y vino. A raíz de su conducta, su esposa le pide el divorcio, coyuntura que el violinista aprovecha para volver a Cuba. Las veladas musicales que realiza Brindis de Salas carecen del respaldo y el fervor de otros años, quizá porque ahora se presentaba ante una desmoralizada y confundida sociedad cubana que, como consecuencia de la Guerra Hispanoamericana, había pasado de ser colonia española a ser posesión estadounidense. Es evidente que para 1898, la figura y presencia del Paganini Negro ya no son las mismas. Durante diez años, el violinista, abrumado por una presunta pérdida de talento, entra en absoluta oscuridad hasta que, arruinado financiera y emocionalmente, decide regresar a Argentina por última vez, con tal de recuperar tanto el talento en fuga como el amor fugaz.

Con su violín bajo el brazo, llega a América con la intención de tocar una última pieza para su amada, el «Capricho No. 24» de Paganini. Una última oportunidad, de eso se trataba, y luego, si era necesario, abandonaría su arte infernal por ella. A partir de este momento, no cabe más historia. Para entonces, descubre que la mujer centrífuga de su amor ya es de otro. Y, sobre todo, admite que un hombre de casi sesenta años le debe parecer poco atractivo para una joven de veintisiete. No hay peor pobreza que la del corazón ni mayor enfermedad que la del amor, por lo que, sumado a su quiebra económica y a la pérdida de la salud física, Brindis de Salas acude a un último recurso: empeñar el Stradivarius para poder sobrevivir en las tísicas calles de Buenos Aires. ¿De qué le servía el violín, si el último deseo, la última pieza, el cierre del círculo, nunca se completaría? Apabullado por la desgracia del azar y el deterioro del cuerpo, Brindis de

Salas se arroja a buscar la Muerte, cuyo perfume podía sentir, mas no veía a la malvada. La Muerte, no obstante, le acarició el rostro a manera de un terso viento del oeste, y acurrucó su cuerpo malogrado y resentido hasta que él le pidió que lo llevara consigo. Brindis de Salas llegó a su hotel y allí se despidió del mundo, mientras la Muerte le tarareaba alguna pieza sublime jamás escuchada por el gran violinista.

La finalidad de ese violín es tocarse, por última vez, ante una mujer amada para que se cumpla la función legítima de hacer descansar al Maestro. Y, por supuesto, el instrumento, según dicen, no volverá a sonar jamás. Cuentan entre los que saben de la leyenda que el Stradivarius se prenderá en fuego y desaparecerá. Otros opinan que la combustión ocurrirá de todos modos si se prolonga ese último intento de realizarse en el tiempo. Entonces, de promesa de amor pasará a representar todo lo contrario: la nulidad de vivir truncado de afectos.

El silencio se sostiene pero es interrumpido por la súbita aparición de Dolo, quien, empapado de sudor y con la boca sucia por lo que aparenta ser vómito, luce desorientado. ¿Qué ha sucedido?, lanza hasta con cierta inocencia. Te ha fallado el temple, dice Paco. ¿Qué? Te desmayaste, pendejo, repudia Hammer, mientras se levanta con dificultad y anuncia que le será imposible deshacerse de estos dos mamabichos. Que tranquilo, descansa por hoy, ordena Paco y luego instruye a Aura Lee para que llame a Ronaldo, el chofer, y lleve a Brad y a Dolo adónde quiera que sea que ellos vayan a quedarse. Antes de partir, Brad, que crepita por dentro, coloca el vaso de whiskey –que no ha soltado en momento alguno– sobre la mesa y lanza una mirada perdida a Aura Lee, una de esas miradas que preguntan por el momento en que volverán a verse, si ello ha de ocurrir, y si existe un dónde para una pasión que no tiene dimensión ni temporalidad calculable.

Cuarenta y ocho horas, ¿has entendido? Cuarenta y ocho horas, o terminarás tú convertido en conejo de pascuas de chocolate.

Brad escucha un estruendo ensordecerle. Al cabo de unos segundos se percata de que es su corazón que se le ha descolgado y ahora repica entre su caja torácica.

touché

Doce horas más tarde, Brad y Dolo se encuentran en *Chocolates, caprichos y algo más* para reordenar el caos parcial en que ha quedado la tienda y luego recuperar el contacto con una o dos conexiones que tienen en la parcela subterránea de San Juan. Mientras disfrutan de unas hamburguesas que compraron de camino a la chocolatería, Dolo le pregunta a Brad si ellos hacen ventas al por mayor. ¿Y a qué te refieres con eso?, le intriga la pregunta a Brad. ¿No sabes qué son ventas al por mayor? Por supuesto que lo sé, Dolo, dice Brad algo lacerado en su orgullo. Pero me sorprende que no te hayas dado cuenta que nuestra venta es detallada, argumenta Brad. ¿Qué pregunta es esa de tu parte, entonces? ¿A qué viene? Dolo mastica unas papitas fritas y en medio del acto, dice que ha recibido varias llamadas de un supuesto cliente que quiere comprar en grandes cantidades. Brad se mece entre la desconfianza y el nerviosismo. ¿En grandes cantidades? ¿Cuán grandes?, interroga Brad, pero Dolo le admite que, como ese no es su fuerte, nunca le pregunta, aparte que la persona que llama tampoco le especifica. ¿Desde cuándo llama?, prosigue Brad tratando de hacer sentido a la revelación de Dolo. No sé, quizá hace dos o tres días, responde el chico mientras sorbe estruendosamente de la gaseosa que acompaña su hamburguesa. Brad comienza a ingerir su comida y deja la mirada revolviendo en la acera en medio de un remolino de viento que hace que unas hojas errantes emprendan una danza fantasma. Decide no pensar más en el asunto por el momento, porque, además de ser un día de negocios como otro cualquiera, donde los mejores clientes llegan en escapadas de sus vidas entre mediodía y tres de la tarde, debe darse la tarea de encontrar el jodido violín.

De vuelta a preocupaciones más inmediatas, Brad aún no logra entender la manera necia en que ha caído como pieza fundamental de una transacción de drogas por armas, que a su vez se intercambiarán por un violín, pero resuelve la ansiedad al pensar que él no se amilana ante nada. No, nunca lo ha hecho y no piensa hacerlo ahora que Aura Lee, por puro accidente -Brad resiente que sea por virtud del karma-, ha llegado de vuelta a su vida.

En realidad, ella simplemente se ha cruzado en su camino y eso no constituye una seguridad de nada, aunque sí un evento, o más bien, quizá, ese sueño de galera fría y confinante en el que vivió tanto tiempo. Esta ciudad no era demasiado grande para perderse en ella, más los espacios se estriaban de tal manera que parecería que entre un sector y otro, entre avenidas y calles, persistía un abismo. Y tal vez por ello se le antojaba seguir pensando en la posibilidad de ver a Aura Lee como un ensueño de septiembre lento y lluvioso que lo unía todo.

¿Te fijaste que nos trajeron a la ciudad en limusina?, comenta Dolo ante tanto silencio que los circunda.

Brad no se da por enterado.

Y esa mujer… ¡qué mujer! ¡Y cómo te miraba, papi!

Brad suelta las cajas de chocolate que viene recogiendo del suelo y se traslada de manera violenta en dirección de Dolo. Lo toma por el cuello y el chico, que desconoce la ira de Brad, abre los ojos como un gato al que le pisan la cola. Brad lo lleva hasta el fondo de la tienda, donde no queda más lugar para seguir empujándolo, justamente hasta llegar a las neveras contra las que lo apresa.

Esa mujer fue mi mujer, ¿te queda claro?

Dolo apenas puede esgrimir palabras en su defensa.

Yo estuve primero, muy primero y mucho antes que Paco Juárez. Esa mujer es la razón por la cual aún sigo con vida, y ahora mismo no sé si me siento más muerto o qué, pero no te vayas a equivocar tú, ¿eh? Aura Lee no está conmigo pero sigue siendo mía.

El rostro de Dolo ya va tomando un tono azulino y sus ojos comienzan a exhibirse entre ceguera momentánea y el pánico instantáneo, además de la falta de aire, queda dosificado por el advenimiento de una muerte pasiva, de esas que se esperan como se espera la llegada de una carta.

Brad se percata de las consecuencias de su cólera y entiende un nuevo significado para el amor en tiempos de rabia. Suelta al chico y la misma mano con que privaba del aire a su amigo es la que utiliza para suavizar la tensión que le comprime la frente. Perdona, Dolo, dice de espaldas a su presa y luego gira hacia él, provocando que Dolo reaccione como un animal asustado, o quizá un niño abusado, da igual. Lo que toca a Brad es la manera en que Dolo aleja a su mentor e interpone su brazo como escudo mientras aún boquea por aire y tose. No te haré daño, Dolo, disculpa, perdí el control. Brad sabe que Dolo resiente el incidente por la manera en que le mira y no dice nada. Quizá podría retribuirle con un ataque de un momento a otro, pero Brad no tiene medida para lo imprevisto. ¿Qué te sucede, Dolo?, le pregunta, y se siente, una vez más, como un magnánimo estúpido. Brad se acerca algo paternal hacia Dolo y coloca su mano en la mejilla del chico, quien lo rechaza.

Debes saber, Dolo, que por muchas noches, Aura Lee y yo reorganizamos el mundo, le dice. Le dimos la vuelta a las galaxias porque éramos dioses dueños de todo. Solamente la vigencia de los actos importaba. Toda ella sobre mí, toda ella, hecha sudor y suerte, depositada sobre mí como le va el rocío a los árboles, era simplemente un arte efímero, continúa Brad y Dolo no logra descifrarlo. El despliegue de la plenitud en nosotros, el vaso de la vida amoldado en nuestros labios, iba consumiendo el tiempo y masticándolo en historia, una historia de dos que eran uno, o uno que eran dos; no importa el orden de la ecuación, nuestra historia vivía manifiestamente por y sólo por cómo acontecíamos. El ser no es ninguna cosa real y concreta, y por tanto nada temporal, mas es, no obstante, determinado como presencia por el tiempo, que es constante en su pasar y toma la forma de todo lo que fuimos, que es lo que somos: un almacén de memorias. Yo, Brad Molloy, en efecto, soy un feto que quiere nacer por segunda vez, pero no sé si lo voy a lograr, porque los fetos carecen de tiempo y pasado; no existen en estado de conciencia. ¿Qué más pedirías tú, Dolo, de una mujer que te lo da todo, que te llena, que se apodera hasta del último de tus respiros al punto que ya no eres sin ella?

Dolo parece entrar en alguna frecuencia de entendimiento y entonces dice:

A mí me pasa lo mismo con La Chicolina.

Brad pausa. El momento requiere que, al menos falsamente, y luego del descarrilamiento abrupto de su tren de pensamientos, se interese por lo que dice Dolo, aunque no tenga ganas y sólo necesite que le escuchen, no que le hablen.

¿Con quién?, le hace la cortesía.

Chicolina, mi jeva.

No sabía que tenías novia, Dolo.

Claro que te había hablado de ella. La conocí una noche de *party* en el Oxygen. Seguro que ni te acuerdas que te conté que me llevó a su apartamento.

Sí, sí, dice Brad, con falsa memoria.

No recuerdas ni sabes nada. Pero, ¿qué vas a saber tú, si te tienes que encerrar en tu casa todos los días antes de las ocho de la noche? Yo no. En la noche, yo me convierto en gárgola.

En gárgola…

Ajá… dice, aún frotando el fantasma de la asfixia alrededor del cuello.

Tienes más de jorobado de Notre Dame.

No, no. Te equivocas.

Y Chiquilina es gárgola también.

No, es *La* Chicolina. Y sí, es gargolilla también. A fueguillo, Brad.

Es un momento de polaroid en la vida de Brad Molloy.

La verdad es que, tras varios años de conocerlo y meses de trabajar con él, Dolo era siempre un *sidekick* del que conocía poco y con el que sostenía la mayoría de las veces conversaciones lineales en las que Dolo le servía de oreja mientras Brad le contaba de su vida antes de la cárcel, desde Bolivia, Perú y Colombia, por la selva amazónica, hasta Panamá y Carretera Interamericana arriba hacia México y Arizona, entre la adorable desnudez de alma de los aborígenes y los ojos encendidos de los locales que pasaban drogados el día mientras celaban la ruta, atentos a las patrullas policiacas que rondaban frecuentemente por allí. Era la vena principal de mucho del contrabando al que se había dedicado Brad, el camino donde el azar llegaba verde, no tan verde y también maduro. Dolo siempre se había mostrado, incondicionalmente, atento a aquellos relatos que Brad narraba como si fueran mitos sacados de un libro sagrado.

Lo mismo sucedía cuando el traficante entraba en raptos de melancolía de bolsillo y comenzaba a relatarle acerca de su niñez despoblada de afectos. Por un lado, existían las historias de Ben, el padre de Brad, un administrador escolar educado en una carrera militar y quien era muy rudo con Brad. El signo más perseverante de Ben en el recuerdo de Brad era la tarea semanal de cepillar y brillar los veinticuatro pares de zapatos que el progenitor conservaba permanentemente y que a Brad le parecía un asunto diabólico, porque no importaba cuanto tiempo pasara, la suma de los pares de zapatos daba a veinticuatro. Por otra parte, la madre, Celia, ama de casa que se vaciaba por su marido, anteponía su amor a cualquier otro interés o circunstancia familiar. Brad era, según él mismo le contaba a Dolo, el premio de Celia a Ben, su garantía de tenerlo a su lado, al menos desde las consideraciones del compromiso financiero y la responsabilidad paternal, puesto que ella sabía que de no existir Brad, no habría matrimonio, pues sin el chico se cancelaría el nexo último entre ambos. Celia conocía bien que Ben era hombre de palabra, y si estás embarazada, pues daré cara, le había dicho, pero de lo contrario, soy una piedra errante. Brad siempre creció entre las sombras de sus padres: un accidente planificado, un efecto desligado de su causa; una marca en un tiempo que en realidad no es, sino que se da, ese dar que proporciona tiempo y se determina desde la recusante y la vez retenedora cercanía. Todo esto existía de manera oscura en Brad, marcado particularmente por el día en que Brad tuvo una pesadilla en que una mole de humo abría su boca para tragárselo, y cuando acudió a sus padres por consuelo y refugio, los sorprendió enfrascados en calientes juegos de amor, intrusión por la que fue castigado esa noche al ser encerrado, desnudo y a oscuras, en el cuarto de huéspedes. El castigo lo superó, pero no así la imagen de Ben montando por detrás a su Celia y gritándole a él: «¡Cierra la puerta, cabroncito!». Desde ese día, y, por supuesto, sin saberlo, Brad comenzó a vivir como si le hubiesen quitado algo que debía recuperar por medio de una transposición de sentidos, quizá una transferencia de significados. Desde ese día, Brad preserva lo que permanece recusado en el pasado y lo retiene de algún modo en un futuro que no sabe si llegará. Y es así que comprende que, todo este tiempo, ha orbitado en torno a sí mismo sin importarle otra cosa o persona que no sea Aura Lee.

Está bien. Háblame de La Chiquilina, le solicita mientras deja a un lado la tarea y se sienta sobre un taburete.

Chicolina, Brad, La Chicolina...

Y Dolo se transforma, y su rostro se aviva con una combustión interna, como la de los soles, y comienza a viajar con los ojos cristalinos y dilatados por la emoción de contarle a Brad Molloy, por primera vez, algo íntimo. Ella es maravillosa, dice, y parece que flota. Vino aquella noche y me dijo: Quiero un trago, Harry, a lo que respondí halagado y sin mayores preguntas: ¿Qué te das? Lo que sea, dijo La Chicolina, tan sólo tírame con algo para mojar los labios.

Entonces, Dolo relata cómo le pidió un Cosmopolitan, algo que ella no había probado nunca, pero que da igual, a mí a estas horas, hasta gasolina, y Dolo luego comprobó que, en efecto, a ella le gustaba la gasolina, el gas y hasta el *nail polish*, a juzgar por el aliento etílico que fantasmeaba entre sus labios. Ella aceptó y degustó el trago y La Chicolina pronunció que era bebida de maricas, pero que sabía bien. Gracias, Harry, dijo, me has salvado la vida. Que no soy Harry, aclaró él y ella se encogió de hombros mientras sorbía complacida la bebida. Dolo se sintió algún tipo de héroe, un tanto más allá de un Juan ordinario; era un Juan con tres testículos y así se lo hizo saber a La Chicolina cuando él enmendó la acotación y dijo que no, que no era Harry, que su nombre era Dolo. Ella escupió el trago y reventó en risas. ¿Qué nombre es ese? La gente se llama Jorge, Antonio, Alberto, no Dolo. Pues ese es mi nombre, enfatizó. ¿Y qué te hace tan maravilloso, Dolo, ya que has tenido la oportunidad de ofrecerme un trago y de que yo lo acepte? Pues, aparte de que soy músico, tengo tres testículos. ¿Tienes tres testículos?, inquirió sorprendida La Chicolina. ¿Tienes tres testículos?, duda Brad al escuchar el relato en voz de Dolo. Por supuesto, le dijo Dolo a Brad de la misma manera que se le dijo en aquel entonces a ella. ¿Quieres verlos?, le dijo a ambos. Brad rechaza la prueba empírica y le dice que le cree, pero fue La Chicolina quien entonces sonrío y le dijo: «Vayamos a casa. Veamos lo que tienes». Y, oh, fue maravilloso, Brad. Te juro que es la mujer de mi vida y me quiero casar con ella.

Brad lo clava con la mirada y le deja saber que piensa que Dolo está loco.

¿La mujer de tu vida? No sabes qué es encontrar la mujer de la vida, dice Brad con una voz que engorda. Eso es un polvo casual, canita al aire o encuentro furtivo. Qué sé yo. Cualquier cosa, menos el amor de tu vida. El amor de la vida es ese que te debilita y te fortalece. Es el que te destroza y te hace a la vez, Dolo. ¿Has sentido semejante cosa en tu vida, eh?, dice Brad entre colérico e incrédulo. El amor de tu vida anula la posibilidad de un Yo, porque dejas de ser tú; solivianta la soledad y el sufrimiento de la vida mientras dejas un pedazo de ti como garantía recíproca. Tú no puedes haber vivido eso, Dolo, porque el amor de la vida de uno es una cosa que sucede en el tiempo y en la memoria, no de un día para otro, ¿entiendes? Dolo se altera un poco y le cuestiona a Brad qué quién es él para decidir cuál será el amor de su vida. Suenas a las veces que te da con delirar que eres un monje budista, dice Dolo. Vete al carajo, Brad, no te metas en mi vida. Prefiero un amor de mi vida de una noche y que lo pueda sentir y tocar que un amor pendejo de toda la vida que hace que uno parezca perro flaco tras jamón ajeno. Brad quiere golpearlo, pero se contiene. Pero esa mujer, por lo que me dices, hasta estaba borracha, dice en vez.

¿Y? ¿Qué tiene que ver una mala noche en un momento dado de la vida de una persona, si al final lo que trae es alegría y dicha a la vida de otra persona?

Al escuchar esto, Brad reconoce que no tiene ningún derecho a hacer cambiar de parecer a nadie. La gente determina su rumbo. En el destino se anuncia lo destinatario, lo pertinente en la coexistencia de las vidas. Y Dolo parece querer decir algo pero se abstiene cuando a la tienda hace su entrada una mujer que le roba la vista.

Buenas tardes, dice en un tono que le sale cantado.

La mujer es una trigueña impresionante que entra con su minifalda vaquera Ecko desde donde sobresalen las piernas recias y estilizadas. Viste una blusa blanca de cereza colombiana, con escote delantero y vientre abierto que resalta la perfección de sus senos y la reducción de su cintura. Trae la periferia de los ojos sombreada en tonos caqui, logrados con un brillante y audaz *flash* de color amarillo brillante sobre el negro. Sus labios pesan con un tono fucsia resplandeciente. Y parecería que la mujer retrata a La Chicolina, porque viste como ella, se maquilla como ella y el corte de cabello estilo Bob donde el pelo corto se enmarca como una ventana por la cual sobresale el perfilado rostro de la trigueña es igual al de la chica de Dolo, pero no es ella. La Chicolina jamás se hubiese quitado el aro que le traspasa el labio inferior como una aldaba. La similitud deja estupefacto a Dolo brevemente, hasta que finalmente le responde:

Hola, buenas tardes.

Ella sonríe coqueta.

¿La Chicolina?, pregunta Brad.

No, dice ella. Ralinah.

Me eres muy familiar, le dice Dolo. Tu pelo, tu ropa…

A mí también me puede ser familiar, dice Brad.

No lo creo, le dice Ralinah a Brad. Como que de edad estás pasadito para haberme visto antes, papi.

Pues yo como que te conozco, insiste Dolo.

Del Oxygen, cariño. Bailo allí.

Dolo se sonroja. Se siente atrapado y, pues, claro, ¿por qué no lo pensé antes? La manera de vestir de la chica es casi el uniforme de las mujeres que asisten a ese club.

Pues antes que la conversación me sorprenda en senilidad, ¿podemos ayudarla en algo?

Vengo por chocolates.

Dolo comienza a declamarle el catálogo de las delicadezas al paladar que tiene disponibles.

Tenemos los exóticos Ko Kau, que debo aclarar son una mezcla perfecta del viejo estilo europeo e inusuales sabores tradicionales Indo-Americanos… hierbas y especias exóticas. La caja muestra un códice Maya, conservado en el Vaticano, con ideogramas en una voluta multicolor que exaltan el cacao, y documentan su uso en vida diaria y rituales sagrados. Contiene 22 bombones, hechos con cacao puro y rellenos con "ganache" mezclado con hierbas y especias exóticas. O el Val d'Aosta, que son la hostia, enfatiza. El Atelier del Cioccolato di Félix Brunatto ha sido distinguido a lo largo y ancho del mundo por su calidad y elegancia, además del amor demostrado en cada uno de sus detalles. Como un homenaje a la mujer, se pensó en un diseño y sabores congruentes con la delicadeza femenina y sus preferencias en bombones, dice con tono de comercial publicitario y retórica de panfleto. Es así como se reunieron trescientas mujeres conocedoras del buen chocolate, que eligieron diez bombones entre los cien sabores presentados. A fueguillo, nena. En fin, son una delicia gastronómica para los más refinados paladares, y que incluso ha seducido a hombres alrededor del mundo. Y tenemos…

Yo busco otro tipo de chocolate, interrumpe Ralinah.

¿Otro tipo?, intercede Brad, sospechoso. ¿Qué tipo? ¿Chocolate blanco, oscuro…?

No. Uno de los que pone a gozar a uno. De esos recomendados para viejitos como tú… ¡whoaaa!

Dolo sonríe avivado en su malicia.

¿San Juan Sour?, persigue Dolo.

Sí, ese mismo, papi.

Que conste para expediente, yo no necesito los chocolates, aclara Brad.

Amén, acota la chica mientras enarca las cejas y descansa el rostro sobre su mano izquierda.

Brad sonríe y le ordena a Dolo que le despache lo que la dama desea.

Es que, como se imaginan, tengo una cita importante con alguien hoy.

Ya lo creo, dice Brad, mientras se resume a su tarea de organizar la tienda nuevamente.

Es un caso donde creo que voy a necesitar refuerzos, dice Ralinah, torciendo la boca, y con ademán de manos que parece que agita un batido de leche instantáneo. Mi novio gusta de tocar desnudo piezas al violín.

Brad se paraliza y se torna hacia ella.

¿Ah, sí?, le dice.

Es fenomenal. Digo, les cuento esto porque si venden afrodisíacos disfrazados, deben haber escuchado un par de historias, ¿no?

¿Y qué toca?

Ralinah sonríe con picardía.

Pues toca y retoca todo que yo le dejo… pero si te refieres al violín, le encanta una que dice se titula «El Capricho», de un tal Pagamimi.

¿El «Capricho Número 24»? ¿De Paganini?, interviene Dolo.

No los he contado, cariño, pero creo que es ese mismo. Oye, estás informado, papi, ¿eh?, y le guiña un ojo.

Dolo mantiene la sonrisa libidinosa, le despacha los chocolates y los acomoda en la típica funda de papel.

Es media onza de chocolates erotizados, dice.

Fabuloso, dice Ralinah y, mientras pasa sus largas uñas por sus labios, pregunta: ¿Y no hay descuento para damas?

Depende, dice Brad, con sonrisa fingida.

Cariño, voy a estar ocupada, ¿sabes?

No es lo que piensas. Sólo quiero saber quién es el violinista.

Uy, sí que me equivoqué, dice ella, apartándose como repelida por un desencanto.

Tampoco es eso. Por aquí vienen muchos violinistas.

¿Ah, sí? No sabía, no. ¿Y eso, papi? ¿Qué importa?

Si viene tu agraciado Paganini por aquí, es necesario saberlo.

¿Y eso es debido a…?

Ingerir San Juan Sour puede ser perjudicial para la salud. Punto.

Suenas al cirujano general. Igual se dice de los cigarrillos, y la gente fuma igual.

Pero esto es diferente.

¿Ah, sí?

El San Juan Sour puede provocar la muerte, linda. Puede tener el efecto de un poderoso veneno. A eso me refiero.

Ralinah traga en exceso. Se trilla los dedos.

Pues, tal vez sea mejor llevarme menos, dice.

Si lo controlas, no hay problemas con la cantidad que te llevas, dice Dolo para defender la venta.

Con descuento, agrega Brad sin despegar la vista del rostro de la mujer.

Muy bien. Se llama Paco. Eso es todo lo que diré.

El nombre confirma la incomodidad y la cólera en Brad Molloy. Siente un puente dinamitado desplomarse entre sus costillas. Su corazón es el Hindenberg. Su vida es el Concord. Se siente como un paracaidista suicida que cae directo en el ojo de Dios voyeur. Un amargo bilioso le sube garganta arriba, pero se remite a contener la violencia que parece apoderarse de sus instintos.

El rostro de Dolo ha adquirido una palidez que no significa otra cosa que desfallecimiento anímico. Sus labios, laños y huraños, han perdido la forma. Con nerviosismo, cierra la funda de papel, y hasta olvida lacrarla, un proceso que siempre se hace para conservar su frescura y autenticar el producto.

Paco Juárez, ¿eh?, dice lentamente Brad Molloy, como un tiempo infinito para pronunciar cada sílaba.

Ralinah comienza a buscar en su cartera un tanto nerviosa y en actitud defensiva. A Brad le ataca la breve impresión de que ella busca un arma, y contiene la respiración hasta que extrae una Master Card.

Conocer con quien voy a utilizar los chocolates… no tiene precio, ¿eh?, dice.

Justamente, cuando Brad va a tomar la tarjeta de crédito de las manos de Ralinah, un nuevo visitante hace su entrada de manera violenta y estruendosa, portando un estuche de violín.

Puta maldita, dice el hombre a viva voz. Cabrona, ¿qué tú haces aquí?, añade, mientras que del interior de su chaqueta extrae una Smith & Wesson, calibre 9 milímetros, que apunta directamente a la frente de Brad Molloy.

Pas de touché, dice Brad a la vez que levanta las manos.

Tras mucho tiempo de haberle odiado y repudiado, el inspector Vasco Quintana se cruza, una vez más, en la vida de Brad Molloy.

un cubo de rubik situacional

Si a decir verdad uno nunca tiene nada, excepto la memoria, Brad Molloy hubiera querido olvidar todo mucho antes y devolverse a ese tiempo cuando las cosas no tenían nombre. A pesar de su larga condena, siempre estuvo convencido de que, al salir de prisión, recobraría todo lo que había perdido en su vida: dinero, tiempo y a Aura Lee. Ahora se pregunta si las cosas en realidad son cosas en el sentido decisivo que las define y las nombra. Porque, si bien Vasco Quintana conformaba una figura conocida, también era a quien menos hubiese querido enfrentarse en este momento. Algo le decía que una vez un representante de la ley y el orden se presentaba a su tienda, algún rumor debía estarse parcelando entre las fuentes de confidencia, esos delatores o chotas, quienes, a pesar de todo, hacían valer el sentido de que la información, en efecto, confiere poder.

Estás libre, ¿eh, Brad?, le dice Vasco.

Vasco es un hombre de excelente constitución física en estos días, condición que comenzó a desarrollar durante sus últimos meses junto a Lily, la media hermana de Brad, y a la que este último compadeció bastante tiempo después de querer conocerla, porque ella era el signo patente de la ruptura matrimonial entre Celia y

Ben, lo que incitó que la madre de Brad se enajenara del mundo y olvidara la poca presencia que tenía el chico en la vida interior de la mujer mientras el padre se anidaba con su amante en otro hogar y en otro pueblo. Nacieron ambos un 21 de marzo, para completar, aunque en años diferentes, por lo que Ben, a partir de los cinco años de edad de Brad, no volvió a aparecer en ninguna otra celebración de cumpleaños, ni a enviarle tarjetas postales ni mucho menos un simple regalo. Y la ausencia se hizo extensiva a otras fechas fundamentales en el núcleo familiar, como el Día de Acción de Gracias, Nochebuena, Navidad, e incluso algunos momentos cumbres en el crecimiento de Brad, como la graduación de escuela secundaria y de su grado de bachiller en la universidad, en donde, para colmo de ironías, comenzaba a estudiar Lily, quien sí fue a la graduación de Brad y le entregó flores, una caja de chocolates y una nota que decía: «¡Felicitaciones! Bendiciones en este día de logros. Tu hermana, Lily». Brad toleró lo que entonces le pareció una cursilería de parte de su hermana –aquello de recibir flores y chocolates era algo que escapaba de su mente–, pero lo que le trabajó de manera inadmisible en su capacidad de disimular reacciones fue la caricatura de un cachorrito de oso abrazando a otro en medio de un bosque. Brad, descompuesto, todo lo que logró hacer fue invitar a Lily a celebrar junto a Aura Lee. Ese día comieron y bebieron como si se hubiesen criado juntos toda la vida.

Libre y sin remordimientos, le dice Brad a Vasco.

No, me imagino que encontraste tu media naranja en la celda y hasta te gustó.

Brad no devuelve la agresión. Queda aplanado por la idea de que, verdaderamente, el desgraciado de Vasco Quintana es el padre de su sobrina, a la que ya nunca ve, y a quien tanto Brad debía y cuando había tenido que retribuirle, había sido incapaz de hacer algo útil por su hermana más allá de sentirla llorar sobre su hombro.

Cuando Brad llegó irremediablemente a prisión, Lily apareció de la nada como ese llamado de la sangre que conecta con el mundo exterior. Era la única extensión de su propia carne –ambos compartían el mismo padre-, y fue también quien único respondió a la soledad carcelaria de Brad. Lily le enviaba fotos inútiles e insufribles a su medio hermano, un gesto que de todos modos Brad agradecía. Este es el sapo que se metió a nadar en mi piscina, decía una vez una de los fotos. Este es un ruiseñor que se quedó atrapado en mi sala, decía otra. Que no pudiste estar, pero estas son las fotos de mi boda. A Brad nunca le gustó el tipo, pero sólo se limitó a decir: «Tiene cara de policía. Que seas feliz». Cada una de aquellas fotos eran ventanales involuntarios e inmovibles a pasajes en el tiempo a los que Brad sólo podía atisbar con la mirada de lo posible.

Era incuestionable: Lily fue quien único se ocupó de mantenerlo pensando que no estaba loco al aspirar salir de allí con la esperanza ilesa. Fue el año en que lo liberaron cuando Brad se dio cuenta que su media-hermana había discriminado sobre las cosas que ella le contaba en las cartas. Le hablaba de sus clases de pastelería, de los chismes en el gimnasio, de la eterna batalla con su peso, y hasta de los entuertos novelescos que entrevenaban los culebrones de los que se decía fanática, pero nunca le dijo que se encontraba en precaria situación económica y que, sobre todo, su matrimonio era un infierno, particularmente en los meses previos a la puesta en libertad de Brad. Así que la primera tarea de Brad en su nueva vida fue la de escuchar y asesorar, aunque fuera sólo por gratitud, a su media-hermana en asuntos vinculados a la vida matrimonial junto a Vasco Quintana, un simple policía motorizado quien escaló por el cuerpo de la uniformada hasta convertirse en agente de la Oficina de Fuerzas Unidas de Rápida Acción (F.U.R.A.), particularmente como agente investigador en el Centro de Comando, Control, Comunicaciones e Inteligencia (C.C.C.I.), de donde dio el salto al D.E.A. (Drug Enforcement Administration), a donde llevó sus hábitos corruptos y amplió el espectro de su poder. Vasco no sólo torturó y denigró emocional y psicológicamente a Lily, sino que también logró que la arrestaran por presunta violenta doméstica hacia él, un hombre que sobrepasaba los dos metros de alto, y por maltrato a Dorilia, la hija de ambos. Hoy día, la niña vivía con la madre de Vasco por resolución del tribunal. Lily, que apenas le alcanzaba el pecho a su verdugo, pasaba con frecuencia largas temporadas en un reformatorio para pacientes mentales.

¿Y qué haces tú aquí?, le grita Vasco a Ralinah.

Compro chocolates, ¿qué más?

¿Cómo que qué más? ¿De cuándo acá?

Desde hoy, digamos.

Vasco le planta una bofetada a Ralinah que la derriba contra las torres de chocolates Baci que Brad recién había terminado de reordenar.

Suave, que este no es el lugar para dilucidar problemas matrimoniales, dice Brad.

Esto es fantástico. Yo vengo por una rata y me encuentro dos, dice Vasco, y luego mira a Dolo y rectifica: o tres. Tres ratas en un agujero lleno de chocolates, dice y con el estuche del violín limpia de un cepillazo el mostrador. ¿O serán dos ratas y una cucaracha? A ver, quien más sucio de los tres.

Brad mira el caos que ha dejado Vasco en la tienda y se pregunta si en algún momento el orden volverá a reinar en su tienda, así como en su vida.

Eres un abusador, acusa Dolo. Un hombre no trata así a las mujeres.

Así son los cobardes, Dolo, añade Brad. Como no pueden tener cojones para enfrentarse a los hombres, abusan de las mujeres.

Vasco se saca la derecha y la lleva a aterrizar en plena cara de Brad. Luego, muestra sus credenciales policiacos.

¿Y ahora? ¿Qué me dices?, y luego se dirige a Dolo: Y tú, ¿qué haces hablando de hombres ni que otra hostia? A ti te concibieron en medio polvo, al parecer.

Dolo carece de la rapidez para digerir todo de un sólo bocado. Brad queda bastante atolondrado por el golpe, pero sacude la sensación rápidamente.

Suelta la pistola y hablamos, propone Brad mientras recoge la sangre que corre por su boca.

Ya quisieras. Voy contigo ahora, pero dime, ¿qué carajos hace Ralinah aquí?

Ya te dije, interviene ella, ya puesta de pie, mientras se arregla la minifalda y la blusa. Vine a buscar chocolates.

¿Y pretendes que te crea?, le dice Vasco. ¿Chocolates? ¿Podrás ser menos puta y decirme la verdad?

No son chocolates cualesquiera, le dice Ralinah.

Eso es cierto, comenta Dolo.

Son chocolates con afrodisíacos, añade Ralinah.

¡Eso es falso!, se alarma Dolo, al saberse delatado frente a un agente policial.

¿Chocolates con afrodisíacos, eh? Conque de eso es que se trata.

Claro, papi, no sé a qué viene tanta violencia, dice Ralinah. Deja eso para luego, dice entre temblor de labios y coqueteo con esfuerzo.

Él es así, comenta Brad, lo que le gana otro puño que lo derriba esta vez.

Tranquilo, trata de mediar Dolo. Si la cosa es por los chocolates, sepa usted, señor, que ella vino a adquirir nuestros finos productos, que no la conocemos y, más aún, nunca la habíamos visto.

Vasco pregunta a Ralinah si lo que dice Dolo es verdad, y ella responde que sí, papi, son unos chocolatitos que me recomendaron porque, además de saber ricos, levantan lo que no necesitas levantar, seguro, pero te la mantienen alerta toda la noche. Y Vasco se acerca a ella y la toma por la cintura y le acaricia la espalda y deja escapar un sonido chirriante entre sus dientes que suena a gotas de agua sobre una sartén caliente. ¿De verdad, mami? Sí, papi, contesta ella, y a Brad todo aquello de «mami» y «papi» le suena tan demencialmente freudiano. Vasco y Ralinah se han empertigado en un beso que los fusiona en una sola figura, una escena que se reduce a un apasionamiento breve, porque Vasco no aparta los ojos de Brad. Yo quería los chocolates para ti, papi, le dice Ralinah, porque nos vamos a dar candela, ya tú verás. Vasco se amolda al cuerpo de Ralinah y le rastrea el cuello con su olfato, pero en ningún momento baja el arma. Entonces, ¿qué es lo que hay esta noche? Y Ralinah dice: «Ven temprano y te enteras». Entonces él le dice que se vaya, que aún tiene asuntos que atender, y ella sonríe y toma la bolsa de chocolates con disimulo. Luego le arroja besitos de aire a Brad y a Dolo, quien protesta porque no ha pagado aún. Brad le dice que se despreocupe, que él responderá por ello. Vasco, tras asegurarse que ya Ralinah se ha marchado, ríe.

Idiotas los dos, dice. Esa mujer es mía y ustedes parecen niños frente a una dulcería para la cual no tienen ni un centavo. Y tú, Brad Molloy, dice acariciándole el rostro con el cañón del arma, estás con un pie de vuelta en la celda. ¿Sabes que traigo aquí, no?

Un violín.

Ah, qué genio… pendejo, me refiero a que si sabes qué tipo de violín tiene adentro el estuche.

Pues esa no fue la pregunta que me hiciste.

¡Puñeta, es la que te hago ahora, entonces! ¿Sabes o no?

Sí, sé.

¿Y?

Es un Stradivarius.

Ah, brillante… un Stradivarius. Y, por casualidad, Brad Molloy, ¿cómo sabes que es un Stradivarius si ni siquiera has abierto el estuche?

Ya lo he visto antes.

Ha estado en esta tienda, ¿no?

Como muchas otras cosas.

Le juramos que lo del violinista no fue culpa de nosotros, intercede Dolo.

¡Tú te callas!

¿Por qué nadie me deja hablar?

Cállate, Dolo, dice Brad.

Seguro que estuvo aquí. Y, ¿te imaginas como llegó a mis manos?

N.P.I., Vasco.

¿Cómo?

Ni puta idea.

Vasco vuelve y golpea a Brad porque la broma no le sienta graciosa ni mucho menos pertinente. Pues yo te voy a enseñar lo que es N.P.I.: No Permanecerás Impune, le dicta Vasco. Que apenas a las nueve de la noche, dos idiotas que negocian con Frank Manso rebasan una luz y mira qué leche podrida traen que cuando intentan escapar, impactan otro vehículo. Entonces, llegan los oficiales que ya les venían siguiendo y al sospechar que los individuos huían de algo, les ordenan salir del auto, lo que uno de los dos infelices hace al pie del mandato y muestra el estuche del violín, dice Vasco. De este violín. Y lo demás que narra parece una premisa de taller de cuentos improbables, como que entonces uno de los oficiales desenfunda su arma de reglamento y le ordena arrojar el violín al piso, porque había visto El Mariachi, y pensaba que el estuche guardaba todo un arsenal portátil, pero resulta que el estuche se atora en su dedo pulgar, porque el tipo, que se llamaba Garbo, no tenía dedo índice: lo había perdido o se lo habían cortado, no podía precisar. El asunto es que cuando Garbo se ve con dificultad de soltar el violín, su compañero, que era nada más y nada menos que el hazmerreír de los sicarios, Trémolo Ruiz, intenta ayudarlo y así ambos se ganan el disparo en las piernas. Y ahora andan inútiles por un tiempo y eso, dice Vasco, tal vez es mejor así. Lo que no les ayuda es que en la parte trasera del vehículo en que huían, se encontró el cadáver de un individuo entre cuyos antecedentes inconsecuentes se haya el hecho de que era un violinista profesor del Conservatorio de Música y segundo violín de la Orquesta Filarmónica. Brad mira a Dolo pero no comenta nada. El hombre, dada su necesidad de artista, impartía clases a domicilio para poder llevar un estilo de vida más o menos como él esperaba para un músico refinado. Dolo y Brad intercambian miradas nuevamente y es Brad quien finalmente tiene el corazón de decir que no lo conocen. Vasco ríe maliciosamente y Dolo se ampara con actitud tremebunda tras la sombra de Brad. No me van a venir con cuentos chinos, dice Vasco. O debo decir, ¿cuentos rusos? Brad se desentiende de la situación porque sabe que Vasco es perverso y aquello puede tratarse de otro giro enfermizo de su patética mente. La autopsia aún está por concluir, pero el testimonio de Trémolo y Garbo es que ustedes admitieron haberlo envenenado con Chang Su, dice Vasco. Eso no fue así, reclama Dolo, pero Vasco se muestra poco convencido y dice que tal vez ustedes pudiesen conocer la procedencia de la sustancia, porque el último lugar que Trémolo y Garbo alegan haber visitado antes del exabrupto con las autoridades, y donde encontraron el violín, fue *Chocolates, caprichos y algo más,* que incidentalmente, es el nombre maricón de esta tienda. Y de paso, añade, cuando puedas, cámbiale el nombre, que será, a mi entender, en el 2030, en lo que completas la condena. Dolo, inconscientemente, comienza a morderse los nudillos de su mano derecha y se cree palidecer al presentir la posibilidad de un futuro trunco.

La traza de la acusación en inercia apunta hacia un caso que es tan amplio, ambiguo y abstracto como lo es vinculante en tanto Brad y Dolo son los dueños del lugar en el que Trémolo y Garbo alegan haber recogido el violín que inicialmente pertenecía al muerto. Brad dice que no tienen nada en su contra, y sabe que es más bien un decir por decir algo, un esfuerzo inflamatorio por no quedarse callado la boca, un impulso natural o mecanismo de defensa. Tiempo para ganar tiempo. Y aquí Vasco palpa, apoyado en sus muchos años de experiencia, que tiene al buitre agarrado por el pico. Y que se las voy a poner fácil, dice. Que no hay más que dilucidar con ustedes. Están más embarrados que un niño de tres años comiendo una de las porquerías de chocolates que ustedes venden aquí. Son chocolates finos, oficial, defiende Dolo, no son porquerías. Vasco los empuja a ambos hasta una esquina de la trastienda, se saca su órgano viril y en un impulso decidido y con puntería, se dedica a orinar cuanta bandeja de chocolate alcanza. Ahora lo son, dice.

El acto de terrorismo le provoca a Brad un instinto criminal o frenesí sádico nunca antes experimentado. Felizmente, le cortaría las manos y le haría comer cada uno de los chocolates orinados hasta hacerle pagar la afrenta. No había necesidad de eso, dice Brad, a lo que

Vasco responde con un «bah», que vas para adentro nuevamente. Cuando la investigación progrese, quedará en evidencia que estabas fuera del perímetro hospitalario de tu maldita libertad bajo palabra. Violaste el acuerdo con la corte y te aseguro que vas a volver adónde debiste haberte quedado siempre, dice Vasco. A menos que tú y yo lleguemos a otro tipo de acuerdo, en el que yo salga beneficiado y satisfecho, y tú te jodas irremediablemente por mí.

Dolo se excita y le insiste a Brad a que indague sobre los términos comprometedores de ese arreglo, verbal o no, con tal de salir del lío. Yo soy muy joven para ir a prisión, dice Dolo. Que tú no irás a prisión, refuta Brad. ¿Qué te hace pensar eso? Es mejor desconfiar que lamentar, dice Vasco. ¿Se te olvida que hay un muerto en todo esto y dos maleantes que están dispuestos a decir cualquier cosa en contra de ustedes con tal de quedar libres? Puedes estar seguro que Frank Manso le ha retirado la confianza a Garbo y a Trémolo, por lo que los gatos quedan al garete circunstancial. Es la que hay.

Brad se traga las ganas de decirle una o dos palabrotas de las buenas a Vasco, de esas que cuestionan la fidelidad de su Ralinah y lo coronan a él con un par de kilométricos cuernos, aparte de también querer utilizar a su madre como retreta. A todo esto, Brad sabe que, conociendo a Trémolo, cualquier patraña se podría esperar de tan despreciable ser. En verdad que no tenía otra opción que someterse a jugar con las cartas que le pudiera ofrecer Vasco.

El violinista envenenado se trataba de Marco Antonio Gómez, alias Ponzo, de mediano renombre entre los círculos de la alta cultura, y quien era un publicado fracaso en sus ardores amorosos. Bajo la promesa de hazme este favor y tendrás la oportunidad de sublimar todas tus frustraciones, según la declaración de Garbo y Trémolo, Paco Juárez le había delegado el recogido del violín de manos de Sven Zubriggen, un tipo de aparente prestigio y credibilidad internacional en el tráfico de obras de arte robadas. Zubriggen le aseguró a Paco que había obtenido el Stradivarius conocido como el Brindis de Salas-Morsini, el nombre del dueño original y de su dueña sucesora, la poseedora del instrumento hasta 1995, explica Vasco en su tono de informe policíaco. Lo que no sabían los custodios del violín robado a Morsini, que habían mantenido al instrumento frío por catorce años, era que el instrumento perteneció precisamente a Brindis de Salas, el violinista cubano. ¿Sabían eso? De seguro que sí, pues entonces Zubriggen, que se hacía pasear en los aviones privados de sus clientes y parecía tener un pase V.I.P. vitalicio, informa a sus compradores en Puerto Rico acerca de la autenticidad de la joya musical. En Puerto Rico, los coleccionistas, por aquello de siempre presumir más de lo que en realidad son, asumen el riesgo de comprar la obra «caliente». Por eso Sven acudió primero a la gente que conocía aquí. Pobres tontos, ¿eh? Y de toda la manada de pretenciosos, Paco Juárez y Frank Manso comienzan la lucha por el violín. Total, que no es que a nadie le importe, pero sabemos de todo el dinero que se lava al reclamar un tesoro como éste. En cuanto al violín, creo que tiene más de doscientos ochenta años de construido, ¿sabían?, dice Vasco con cara de hormiga en la casa del azúcar. El tal Zubbriggen había viajado con el violín desde Berna a San Juan para traer el Stradivarius recuperado de otro grupo de artesanos del hurto de obras de arte en Nueva York, adonde había llegado, desde Cuba, a las manos de otras fuerzas interesadas. Sencillamente, can-de-la. El violín no cumplió el tiempo requerido para estos artefactos, que es de 20 a 50 años en el clandestinaje, confirma Vasco. Por eso se considera todavía una obra de arte caliente. Y eso lo pueden confirmar si tocan el estuche.

Dolo hace amague de comprobar lo que dice Vasco, pero Brad lo detiene.

Eso es evidente, dice Brad. Irradia calor.

¿En verdad lo sientes?, duda Dolo, pero, nuevamente, tanto Brad como Vasco, le ignoran.

Se sabía que tiempo después que Brindis de Salas falleciera, el violín había sido vendido en Argentina a un coleccionista cubano que iba de pasada, prosigue Vasco con erudición prestada, pues se trata todo de lo que le confesaron Trémolo y Garbo, que a su vez hablan lo que debieron escuchar de Frank Manso. Lo llevó consigo a la tierra natal de Brindis de Salas y allí lo mantuvo intacto por muchos años hasta que, dos generaciones más tarde, sus descendientes se vieron en la necesidad de exiliar el violín fuera del país al llegar la Revolución. Se dice que hasta lo donaron para ayudar a la resistencia y financiar con el dinero de su venta la contra-revolución, pero de eso no me creo nada. Estamos hablando que hoy día el violincito ese se estima en nueve millones de dólares.

¿Nueve millones por un violín?, interrumpe Dolo.

El violín cuesta lo que el dueño le adjudique, replica Vasco. Es oferta y demanda.

Qué bueno que sabes todo eso, Vasco, dice Brad. Ya puedes hacer de soplapotes para la Interpol.

Que debe estar rastreándote el asqueroso orificio por el cual te devuelves al mundo, cabrón, replica Vasco. El violín, inicialmente, fue enviado de un ala a la otra, desde Cuba a Puerto Rico, donde aparentemente nunca llegó a su destinatario, la persona custodio que lo atesoraría o lo vendería, quién sabe qué había con eso. El asunto es que tal vez, con la paranoia comunista de aquellos años, el sujeto no se atrevió a recogerlo, por lo que fue vendido al cabo de unos años de permanecer en manos del Correo Postal de los Estados Unidos como mercancía sin reclamar y sin poder devolverse a su país de origen. La subasta supuestamente la ganó un tal Renzo Marconi, de Nueva York, quien luego lo vendió al esposo de una virtuosa violinista de la Orquesta Sinfónica de Nueva York, Úrsula Morsini, y de cuya residencia fue extraído días antes de su muerte en mil novecientos noventa y cinco. Claro, mito por mito, pues hasta los malditos chocolates. Pero ni modo, comenta Vasco mientras se mira en uno de los espejos tras el mostrador y se acomoda el cabello. Dado el estado de mercancía sumamente caliente y de alto riesgo, Zubbriggen sabía que solamente una persona podía reconocer y pagar el valor del Stradivarius del Paganini Negro: Paco Juárez. Can-de-la es lo que hay. Así que de las manos de Zubriggen iba a ir a parar a Juárez, con el agravante de que el mensajero, Marco Antonio, se extravió con el mensaje.

Brad parece atrapado entre la incredulidad y la maravilla de conocer algo nuevo.

Por supuesto, prosigue Vasco, no hay cráneo con eso. Y todos quieren bailar con la quinceañera del baile, ¿no? Un segundo coleccionista aspiraba a la adquisición del instrumento y ese era Frank Manso. Contrario a Juárez, quien tenía como propósito apropiarse del violín por motivos puramente caprichosos y de rico pendejo, hasta lo que sé, Manso pretendía utilizar el violín para completar una complicada operación en la que él facilitaría un arsenal ilícito a Trémolo Ruiz a cambio del Stradivarius. Por su parte, Trémolo, que gusta de jugar la pelota fuerte, tenía asegurado un negocio bastante complicado donde utilizaría las armas para obtener pasta de cocaína a cambio. El problema es que tanto Trémolo como Manso, al igual que tú, son unos nenes de teta, deja establecido Vasco. Todos son tres cabezas de un mismo pendejo. Porque les tengo la talla tomada, sentencia el agente. Ahora el mambo va en otro son. Tú, Brad Molloy, te encargas esta noche de entregarle el violín a Frank, quien ya está avisado que el negocio de las armas ahora es conmigo. Y ustedes, por una noche, tendrán el placer de representarme. Trémolo y Garbo son mi garantía. Si ustedes me fallan, tengo el testimonio de ellos para hundirte a ti y a tu alicate acompañante. Si todo sale bien, todos ganamos.

Parecía una complicación sencilla, una especie de cubo de Rubik situacional, cuyo mecanismo es tan simple como complejas son las combinaciones que es capaz de reproducir.

¿No es eso corrupción policial, agente?, indaga Dolo.

Vasco aparenta no entender la pregunta. No acapara el tono del mensaje, si alguno.

Pero, ¿qué escucho? ¿Dónde estoy? ¿En el convento de las hermanitas de la caridad? Pero claro, estoy en una chocolatería que vende chocolates con afrodisíacos y apuesto que, conociendo a Brad Molloy, hermano de mi pendeja ex-esposa castrante y manipuladora, son contrabandeados. Es más: ni siquiera veo que el letrero que indique que los chocolates contienen la sustancia estimulante, y ya eso es otra violación de ley. ¡Oh, Brad Molloy y su alcahuete, ustedes están más metidos que el soco del medio! Tendrás a los gringos escalando colon arriba.

Pues tu novia es parte de esto, porque se llevó casi media libra de San Juan Sour, dice Dolo. Y dudo que los quisiera para compartirlos contigo, porque eso no fue lo que dijo.

Los ojos de Vasco se encandilan y se abalanza sobre Dolo, quien, en su pavor inmediato, grita desesperado y busca escudo tras Brad Molloy, que a su vez, con las manos en alto, trata de ayudar al muchacho a sabiendas que Vasco porta un arma cargada y presta a ser detonada en cualquier momento y no quiere inmiscuir a Dolo en un asunto del que simplemente es un repique accidental.

¡Dime lo que sepas! ¡Dime, coño!

Brad exige que lo deje quieto y Vasco, con toda la corpulencia de su humanidad, obliga a ambos a arrodillarse, cosa que Dolo duda en hacer, y así se lo hace saber a Brad, como que qué hacemos, Brad, dime y yo obedezco, y Brad le invita a que haga caso, sí, es lo mejor, así salimos de esto pronto, pero Vasco arguye que no, que no es así, par de pendejos, ahora sí que me tienen que decir qué saben de Ralinah y su intención con el San Juan Sour y Brad trata de convencer a Vasco con aquello de que lo único que sabemos es que le pusimos al chocolate San Juan Sour porque es amargo, como el chocolate original, y le hace la historia del agua amarga, y Vasco, confundido e impaciente, le advierte que se economice la verborrea inútil y mierdosa y que le acabe de decir lo que sabe de la operación San Juan Sour y Ralinah.

¿Operación San Juan Sour?, pregunta Brad. ¿Por qué todos piensan que tenemos que saber de la operación esa?

Mientras Dolo comienza a perder el control de su labio inferior, que le tiembla persistentemente, Vasco retira el arma.

O sea, que ustedes desconocen de la operación San Juan Sour…

N.P.I., dice Dolo.

O sea, que desconocen que el D.E.A. y el F.B.I. tienen concertado un operativo donde una organización con base en Guayama viene a traer las armas que ustedes han de conseguir para mí.

Al escuchar esto, Brad y Dolo quedan mudos de emociones.

San Juan Sour, igual que el nombre del dichoso chocolate ese que ustedes dicen haberse inventado y que venden, es el nombre código secreto de la intervención policial. No me digan que todo esto es casualidad.

Casualidad, tal vez; pero, ¿secreto? No creo. Aparentemente, todo el mundo lo sabe.

¿Quién es todo el mundo?

Todo el mundo es todo el mundo: Trémolo, Paco Juárez; el violinista, obviamente… tú… Hammer…

Todo el mundo, menos ustedes, por lo que veo.

Eso. Todo el mundo, menos nosotros, que vendemos un chocolate que se llama igual, finge Brad. Pero creo que le deberías preguntar a Trémolo y a Garbo con quiénes estaban haciendo negocios.

Vasco entrecierra los ojos, como si afinara la mira para tener los pensamientos de Brad como blanco móvil.

Estúpido no eres, Bradulfo.

Brad.

Cabrúfalo.

Brad Mo-llo-y.

Por supuesto que eres Brad Molloy. Cambiarse el nombre es una manera de mentir. Así que no te creo nada.

Bueno, si te consuela saberlo, creo que la operación destinada a entregar las armas a quienquiera que esté interesado en obtenerlas debe involucrar a alguna mafia dedicada a ese asunto, sea rusa, china o turca.

Tienes razón, admite Vasco. Aquí hay otra gente vinculada, pero, ¿quién? Los idiotas de Trémolo y Garbo debían tener un negocio con las armas que iban a obtener.

Es casi lo que acabo de decir.

Sí, eso, Vasco pretende no haber escuchado a Brad. Estos dos buenos para nada estaban en la olla del cocinero y ni siquiera lo sabían, añade.

¿Qué dos buenos para nada?, inquiere Dolo.

Los otros dos buenos para nada que tengo detenidos, dice Vasco, y luego trata de razonar sobre los nudos argumentales en desarrollo y afirma que el asunto anda más filtrado de lo que él pensaba. Y ustedes, par de gandules, de todos modos están bien pillados en esto. Tenemos que actuar rápido.

Dolo vuelve a maravillarse de la capacidad que tiene de caer involuntariamente en situaciones de la tercera persona del plural.

La tienda, en estado caótico, se inunda en un silencio que es interrumpido por una persona que, de manera inoportuna, hace su entrada a la tienda. Vasco esconde el arma y le dice que lo siente, que el negocio está cerrado. El hombre, vestido en traje y corbata, porta maletín y paraguas y parece cincuentón. Trae el cabello tan intensamente negro que evidentemente es producto de la impostura de algún tinte. Venía por chocolates, dice, y Vasco recoge con una espátula todo cuanto alcanza de los chocolates orinados y los coloca en una funda. Tenga. Van por la casa. El hombre toma uno, sonríe, y pregunta el por qué de tan desprendida acción, y Brad, que se cuida de que el asunto no siga implicando más gente de lo que debe, dice que la tienda se encuentra en inventario. El hombre les mira algo desconfiado, pero se lleva un chocolate a la boca. Es algo amargo, dice. Dolo contiene la risa. ¿Es San Juan Sour?, pregunta el cliente, a lo que Brad indica que no, que aunque le sabe amargo, es de otro tipo y que ya por hoy no le queda el que el hombre busca. Pero allí hay un letrero que dice San Juan Sour y veo chocolates disponibles, de donde incluso tomaron la muestra que acabé de probar. Pero no están en venta, se impacienta Vasco. Así que váyase. El hombre lo mira ofendido, indignado y a la vez confundido. ¿Cómo hubo tanta amabilidad al principio y ahora me tratan descortésmente? *Such is life*, dice Dolo, y el cliente dice que todo lo que interesa es comprar San Juan Sour al por mayor, que se había comunicado anteriormente con la tienda, pero no había tenido respuesta, y Brad le informa directamente que lo siento, pero entonces aprovecho y le hago saber que la respuesta es no, no hay venta al por mayor, y el cliente ejecuta un movimiento donde coloca rápidamente el maletín en el mostrador, justo al lado del violín, y Vasco no se controla y extrae otra arma de su costado y se la baila en la sien al cliente, quien se congela en plena intención de abrir el maletín.

No hay chocolates, dice Vasco y ordena que Dolo abra el maletín. En el interior del mismo descansa un uniforme despliegue de billetes de cien dólares.

Venía dispuesto a hacer negocio, dice el hombre.

Pues no hay negocio y ahora mismo se lleva el maletín y regresa por donde vino.

El hombre, visiblemente nervioso, se devuelve por donde mismo llegó.

Novato, dice Vasco, y anuncia que se retira.

Ya saben. Entrega del violín hoy a las siete de la noche frente al Museo de Arte, en donde Frank Manso tiene una gala privada y los estará esperando.

No obstante, Brad Molloy sabe que prevalece un plano del puzzle secuencial que falta por situar, un ignorado algoritmo de resolución que Vasco ignora.

¿Y Juárez?, inquiriere Brad.

Ni te preocupes por él.

Lo siento,pero algo me dice que sí debo preocuparme.

Juárez va a caer. Lo sacaremos del medio.

No es tan fácil, sabe Brad, sobre cuyo cuello ahora pesa la amenaza de Juárez, el soborno de Vasco y su responsabilidad hacia un tipo que ni conoce personalmente, que es Frank Manso. Sin embargo, la posibilidad de sacar a Paco Juárez del panorama se le hace tan apetecible como trufa de chocolate achampanado. Sin Juárez en la ecuación, sería posible una suma junto a Aura Lee.

Que se joda, Brad. Vamos a hacerlo, recomienda Dolo. Juárez nos dio más tiempo que Vasco. Cuando venga a darse cuenta, ya no tiene nada que reclamarnos.

Chico listo, dice Vasco y sonríe. Al bajar el arma, se asegura que el violín queda en posición firme. No queremos estropearlo, ¿verdad?, dice.

El plan no conlleva nada complicado. Vasco vendrá a recogerlos y él mismo se encargará de llevarlos al perímetro del museo, donde esta noche Frank Manso agasaja a los generosos contribuyentes, los llamados «Amigos del Museo». ¿Entendemos? Entonces, uno de ustedes se bajará y le hará entrega, a la mano, del famoso violín. Allí habrá una fiesta y todo eso, dice Vasco, pero a lo que vamos es a entregar el instrumento y a que nos den una palabra código. Dolo trata de procesar todo y permanece atento a las palabras de Vasco, pero es Brad quien se pregunta si esa palabra tendría un significado ulterior, una equivalencia más allá del reino sígnico, un valor tan cuantificable como una divisa, porque nunca antes pensó que una palabra pudiese tener la capacidad de hacerse valer tanto de tú a tú con un Stradivarius. Por supuesto, no es cualquier palabra, dice Vasco. No se trata de letras y sonidos, amigo mío, sino de lo que se accede con el conjunto. Brad, desconfiado, como es usual, opina que la palabra código debe ser algo así como la llave para algo mucho más concreto, a lo que Vasco contesta que ni tanto ni tan poco ni tampoco, sino que la palabra código activa la operación. Es la luz verde. Un mensaje de texto, confirmación y transacción en marcha. No estoy solo en esto, dice Vasco, tengo mi gente que pacientemente espera.

Vasco guarda el arma, gira y se acomoda la chaqueta.

¿Cómo saber que dices la verdad?, inquiere Brad.

Porque sale de mis labios y eso es suficiente, contesta Vasco. Además, a Trémolo y a Garbo le conviene que me hayan dicho todo correctamente, porque no volverán a caminar.

Brad asiente.

Nos vemos ahorita, dice Vasco. Me saludas a tu hermana, cuando la veas, son sus últimas palabras y antes de salir de la tienda, se asegura de tomar el violín.

Brad Molloy nunca se habría imaginado siquiera el alcance elástico que tenían sus propias pelotas hasta ahora, que todo el mundo parecía tenerlo agarrado.

Un aplastante silencio se ha quedado oprimiendo cada metro cúbico que destina la tienda.

el rescate de un recuerdo

Exhaustos y preocupados, Brad Molloy y Dolo deciden dar la espalda a la tienda y dejarlo todo tal cual. No merece la pena recoger nada y, además, parecería que la esquina se ha convertido en un vórtice kármico, un inaguantable cruce de destinos. Brad Molloy respira el monóxido de los autobuses que pasan y piensa que si toda esa gente que camina a su alrededor maldice el aire de la misma manera que él lo hace, podrían ocurrir una de dos cosas: que tantas maldiciones tengan efecto y entonces haya un colapso en la transportación pública de la ciudad y que ello compruebe que invocar la palabra es conjuro; o que simplemente nada suceda y entonces las palabras sean solamente eso: sonidos y nada más, en cuyo caso, quedaría derrocada toda posibilidad de que una fuerza superior a todos los seres humanos responda a las peticiones de éstos por medio de oraciones. Nietzche tenía razón: la humanidad queda convenida a la noción de lucha eterna.

Todo este intercambio breve de estímulos nerviosos lleva a Brad a considerar que, en efecto, la vida es aglomeración de imágenes en constante discontinuidad. ¿Cuántas de estas personas volvería a ver en su vida? ¿Cuántos de esos rostros le recordarían si lo volviesen a ver? Esto, claro, si se diera por sentado que al menos lo miran, cosa que no ocurre, porque parece anuncio de servicios domésticos pintado en la pared.

¿Todo bien, Brad? ¿*Chillin'*?, inquiere Dolo.

Sí, Dolo. *Chillin'*. Todo es una maravilla. Estoy muy feliz. Estoy tan feliz, que no necesito tres cojones para sentirme más hombre que nadie.

Dolo simplemente extrae, del bolsillo de su chaqueta, una barra de chocolate Lindt que trajo consigo de la tienda, la abre, la muerde y le ofrece un pedazo a Brad, que éste rechaza.

Te acabas de comer el equivalente a nuestra ganancia estos últimos dos días, sentencia Brad.

Ah, no vengas, dice desentendido Dolo. Tú ganaste algo más que dinero.

¿Ah, sí? Y, ¿qué gané?

Rescataste un recuerdo y volviste a ver a Aura Lee.

Demasiado poético para Dolo, piensa Brad, no por ello menos certero.

La melancolía de la tarde de pronto lo asume todo como un guante y a Brad le pesa pensar entre si el ser y lo ente sería como conceptuar letra y música, donde uno puede existir sin el otro. La mañana en la ciudad brumaba pertinazmente bajo un cielo gris metálico. Brad Molloy le quita la barra de chocolate, muerde, y dispone del resto en el bote de basura más cercano.

Y justamente se aprestan a marchar por la acera poblada de narraciones particulares y fragmentadas pero inequívocamente dadas en el mismo espacio cuando, bajo sedientos árboles, y como seres oscuros en la mañana, justo frente al puesto de revistas y periódicos, y tras revelar su rostro sobre los pliegos de una revista *Hola*, les espera al paso Hammer. Saludos, saludos, vengo a saludar, les canta y Brad dispersa la mirada con disimulo por los cuatro puntos cardinales y, como es costumbre en estos casos, sabe que el matón a sueldo es más que una sombra solitaria. No es Navidad, dice Dolo. Pero tengo el arbolito encendido, le dice Hammer mientras le guiña un ojo. Dolo, intimidado, decide no escavar conversación adicional alguna. No creo que esto sea un buen momento para hablar, Hammer, asegura Brad con moción de alerta y de pronto todo el mundo le parece sospechoso y las palabras son murciélagos. Eso lo dispongo yo, planta Hammer con suma convicción. Y creo que debes acompañarme. De nada sirve que Brad le diga que tiene el tiempo comprometido, que va a buscar algo de comer y que luego regresa para ver si en alguna medida aprovecha el tráfico de transeúntes de la tarde. Siempre hay quien quiera llevar San Juan Sour para después de la cena, y entre velas aromáticas y vino principiar la faena de encorvar el cuerpo en una amnesia de luz, algo que Brad reconoce por virtud del efecto mariposa: si él se siente tan hueco de afectos es porque en algún lugar hay alguien que ama con hambre de todo.

Hammer le recuerda a Brad que hay una orden que condiciona su libertad bajo palabra y que tiene el camino de vuelta a prisión escrito entre las arrugas de la frente y la curita que lleva en el mismo lugar como si se tratara de un tercer ojo. La predicción podría cumplirse en cualquier momento si tan sólo el sicario cursa una llamada telefónica.

¿Y es que el Universo se ha puesto de acuerdo para que todo el mundo, fementida y orquestradamente, quiera joderme la vida?, protesta Brad, que sin decir más, sigue a Hammer hacia el final de la acera, al pie de la cual espera la limusina de Paco Juárez.

Brad, que vamos a pasear en limo nuevamente, dice Dolo excitado.

No seas ignorante, que puede que llegues a desear que nunca hubieses visto una.

Eres muy negativo, Brad, le dice Dolo.

Escucha al chico, dice Hammer, quien camina lento y con la ayuda de un bastón.

Oportunamente, Hammer abre la puerta trasera del Cadillac Deville. Brad inclina la mirada, mira la hora en su Movado y hace cálculos mentales de cuánto tiempo más le va a tomar lo que está seguro se trata de un repaso de cuentas ante Paco Juárez, y hasta le imagina con el rostro glacial y la sonrisa petulante en espera de resultados favorables a él, en tanto búsqueda del violín. No hay duda que algo va a salir mal, piensa Brad, y de pronto se desprecia a sí mismo. Presiente que algo va a salir rana y no son las bufa, precisamente. Dolo tiene razón: tanta negatividad debería ser condenable, admite. Pero no importa. De alguna manera, tendría que enfrentar a Paco, piensa, y tendrá que besar el santo. Luego que vuelve a mirar su reloj, no puede explicarse por qué después de tanto tiempo todavía no se ha hecho de una buena pistola para casos como en el que está hundido.

Dolo, con la impaciencia de un niño, le dice a Hammer que la limusina es similar a la de P-Diddy, la estrella del hip hop afroamericano. La vi cuando llegó a la alfombra roja en los Grammys pasados. Hammer le dice que si le gusta tanto, podrían arreglar para dar un paseo por la ciudad, una vez se terminara todo el asunto del violín. Yo mismo conduciré, dice Hammer, lo que a Brad le parece una decisión fuera de lo habitual para un sicario.

Cool, dice Dolo, y luego se dirige a Brad: Después de usted, jefe.

Brad no simpatiza con tanta cortesía ni con tanta afectación. Aún así, obedece.

Al hacer su entrada al interior de la limusina, la sorpresa se muere huérfana en su rostro: Aura Lee, en su corto vestido negro, espera con sus largas piernas cruzadas y sorbiendo de una copa de vodka. Una lluvia de gusanos cae sobre el aliento de Brad, que incurre en la reacción minúscula de desasosiego fugaz que mil recuerdos eyaculados de pronto provocan en su respiración. Le parece algo menos que una broma pesada y algo más que una sorpresa ígnea. Es la pulsión de la sangre que se enciende de pronto cuando el aroma distintivo de Aura Lee vuelve y lo visita después de todos estos años, después de tantas noches de versos mudos y masturbaciones votivas. Querría tomarla en sus brazos, como en aquellos días cuando la pensaba suya nada más. Querría abrazarla y quedarse sintiendo los senos oprimirse en su pecho y amilanarse en un silencio necesario y consumidor. Querría pasar sus manos por su espalda, sentir sus vértebras a flor de piel, andarlas con sus dedos como si tocara el piano de Dios. Querría dejarse fundir en un abrazo inerte e ineficaz para todo excepto para avivar la memoria. Querría besarla, incluso, aunque ella no respondiera. Querría tirar los tejos, mas no puede hacer nada.

Toma asiento, le dice ella con aquella sonrisa del rojo de las fresas frescas que él solía vender cubiertas con chocolate. Siente derretirse por dentro.

Dolo hace amague de entrar al auto, acción que Hammer detiene. Tú vienes conmigo al frente; serás el copiloto, le dice. Dolo se lo cree y le dice a Brad que, de aquí a un rato, lo verá conduciendo la limusina. Brad se frota la frente como si esperase que un genio saliera de su cabeza y le concediera algún deseo. No te deslumbres, Dolo, le dice. La razón por la cual Hammer te quiere a su lado es por si se me ocurre hacerle algo a la señora de Paco Juárez. Aura Lee invita a Brad a que la llame Aura Lee, Aura Lee. Brad no responde a la invitación de inmediato; en cambio, Dolo expresa que es buen canje mientras lo dejen conducir en algún momento. Hammer, antes de cerrar la puerta, se asoma al interior de la limo. Aura Lee, ya sabes qué hacer si algo sucede. Ella sonríe. Brad asegura que nada ocurrirá, aunque su sangre se excitaba de tan sólo desear que lo contrario ocurriera.

Al cabo de unos minutos, la limusina cruza por las arterias vitales de la ciudad. Es tan sólo miércoles y el corazón de esta bestia de acero y concreto no pausa. Permanecen mirando por la ventana por un tiempo indeterminado a medida que recorren el abandono y ornamentación conjunta que avivan la línea horizontal del panorama citadino. Los edificios, atavíos moribundos de siglos pasados, son una pintura desigual que desde el auto parece adquirir movimiento, mas en su conjunto compone una memoria lastrada y transida de lo que San Juan fue, la sombra biliosa de lo que hoy es. Brad se pregunta qué fue lo que sucedió para que una ciudad tan increíblemente apacible y satisfactoria se devastara en vacío. Como nosotros, Aura Lee, discursa Brad en su mente sin pretensiones telepáticas. Teníamos el mundo en las manos; las horas, los deseos, todo era nuestro. Si hubiésemos querido, hubiésemos triunfado como aquellos dos que se decían que eran los custodios de la última llama del mundo, el último fuego de la humanidad, aquello que los salvaría y trazaría decididamente la separación entre la vida y la muerte, la inmortalidad y el olvido, piensa. Era un amor de esos que sólo ocurre cuando hay algo más allá de una conexión física, algo cercano a una alineación perfecta de los planetas y que en su inevitabilidad poderosa se rinden el uno al otro hasta converger en una órbita magnánima y única.

Brad le roba una mirada a Aura Lee, a quien le es imposible enunciar otra cosa que no sea el silencio. Yo hubiese hecho cualquier cosa por ti, Aura Lee, al fin Brad mueve los labios y la voz sale como un viento potente. Cualquier cosa hubiese hecho, de algún modo, sin pensar que yo no era suficiente para ti; y lo sabías, y me dabas de tu maná, tan sólo para dejarme caer y caer y caer en ti, una y otra vez, vez y otra y una, dice Brad.

Yo me volví como loco porque aposté todo a ti. Y ahora sólo me queda este corazón que suena siempre a línea de teléfono ocupada, porque ya no cabe nada ni nadie, nadie ni nada. Y de eso tengo mucho, y de sobra; de nada, me refiero, aclara. Que habría yo dado por ti para hacerte feliz, para ver tus labios sonreír en la mañana y que en un momento espontáneo del día, de cualquier día, preferiblemente un domingo, te hubieses dicho a ti misma: «¡Cuánto amor recibo!».

Aura Lee deja que Brad exprese el insomnio de los sentimientos sin descanso. No muestra intensión ni ánimo de interrumpirlo. La chica a la que sus padres, sin educación ni fortuna, criaron en los mejores colegios y protegieron y educaron en la mejor universidad del país, siempre tuvo de todo menos la realidad, porque a decir verdad sus padres no eran burgueses, y mucho menos aristócratas, sino dos seres que se habían dejado de amar hacía mucho tiempo y que desembocaban la frustración del tedio matrimonial en el trabajo arduo, la madre confeccionando ropa a la medida para una pequeña tienda de prendas de vestir para mujeres, y el padre vendiendo billetes de la lotería. No podían precisar cuándo fue que el viento cambió de dirección; cuándo fue que los «te quiero» se vaciaron y se dejaron de escuchar; cuando fue que la intensidad de amar giró hacia la responsabilidad con los acreedores; cuándo fue que la diversión se despintó como rutina, pero sí sabían que vivir se les había convertido en faena y lucha en lugar de manifestación de la voluntad. Atrapados en la carrera improbable hacia el mejor mañana, acordaron que su hija los rescataría de la frustración y para ello, le facilitarían todo lo necesario para que ella tuviese una vida social exitosa. Que nunca le incline al mentón a nadie, dijo el padre; que nunca contraiga matrimonio para esclavizarse a la domesticidad, dijo la madre. Así, a Aura Lee la vistieron de rosa cuando nació y su madre dijo que ese era el color del viento, del cual su vida habría de teñirse y luego le dio un nombre que invocara una presencia etérea e inmanente a la vez, tan fabuloso como el de una diva hollywoodense. Como todo bajo el rasgar del tiempo, Aura Lee descubrió, ya para el momento en que dejaba el nido familiar, que sus ropas caras, sus amistades de colegio exclusivo, como su quinceañero, su primer auto y sus privilegios, eran parte de una ficción que le costó, subsecuentemente, aceptar, particularmente el día que Vanessa, hija de un médico cirujano, la sorprendió junto a Víctor, el chico dorado de facciones adónicas con quien todas las jóvenes del colegio soñaban, y quien sentía atracción por Aura Lee. Tú nunca lo vas a tener, le dijo Vanessa, una pelirroja muy popular y engreída. ¿Crees que la gente cambia de destino como si ganara la lotería? Los cuentos de hadas no ocurren así porque sí, Aura Lee; se compran. Pregúntale a tu padre, que se dedica a ese negocio. ¿Cuántas veces él ha sido favorecido?, enterró Vanessa frente a sus compañeros de clase. ¡Un simple vendedor de billetes de lotería! Cuando suceda, tu madre te podrá coser un vestido de Cenicienta. Pero, mientras tanto, ni te acerques a Víctor, ¿oíste? Espera a que las palomas orinen oro y tal vez, sólo tal vez, podrás considerar salir con mi Víctor.

Aura Lee lloró por muchos días ante tal humillación. Entre la depresión y la pena, no culpó a sus padres por haber pretendido darle el mundo que no le pertenecía a ella, sino que entonces decidió recobrar esa ficción que con buenas intenciones y mucho trabajo sus padres le habían construido. La diferencia sería que ahora lograría la meta predispuesta con poco esfuerzo, mas con mucha alevosía, con la naturalidad de un viento nefasto del oeste.

Al cabo de una pausa extendida, Aura Lee le pregunta a Brad si alguna vez pensó que no pudo haberse tratado de cuánto amor le daba a ella sino de cuánto amor ella sentía. Brad reflexiona en lo que acaba de escuchar mientras mira la ciudad pasar por la ventana.

Brad, estoy aquí no por el pasado, sino por tu futuro, añade Aura Lee.

Ahora eres una enviada en el tiempo.

Tómalo como quieras, Brad. Sólo quiero advertirte de lo que te espera.

Por supuesto. Conoces bien a tu marido y sabes que preserva algo horroroso para mí.

Aura Lee calla.

Brad, una vez aparezca el violín, te matarán, dice finalmente.

No sé por qué no estoy sorprendido. Es más, diría que esperaba una cosa así.

Paco sólo interesa el violín para cumplir su deseo de interpretar una pieza de Paganini para mí.

Torcido, ¿eh? Mira cómo son las cosas. Yo, si fuera él, preferiría tocarte a ti.

¿Es que no vas a dejar de hostigarme?

¿Asecharte? Mira, Aura Lee, en la prisión viví demasiado de metáforas como para vivir mi vida mediando los valores de las cosas. Lo que te parece un asecho es meramente una manera directa de abrirme a ti de nuevo.

Pues no tienes que hablarme como si estuvieses en la clase del profesor Berini.

La primera vez que Brad y Aura Lee se vieron fue en aquel curso de Siglo de Oro español y fue justamente un soneto de Quevedo, el que dice: «*A fugitivas sombras doy abrazos; en los sueños se cansa el alma mía; paso luchando a solas noche y día con un trasgo que traigo entre mis brazos*», el que los enamoró. En aquel entonces, cada vez que veía entrar a Aura Lee al aula, le declamaba el verso. Verla sonreír y, acto seguido, dejarse caer con sensual lentitud en la butaca frente a Brad era una llama que le cantaba al corazón. La muerte es poderosa y hoy, al parecer, el fantasma de los versos reaparecía como el eco en un viento.

¿Recuerdas esa clase?, pregunta Brad, sorprendido y quizá hasta un poco ilusionado.

Claro. Fue donde nos conocimos.

Bah. Qué caso tiene recordar.

Pues conviene para pensar que la vida en realidad no es sueño, Brad. ¿Acaso te creíste todo lo que decía el viejo Berini? La vida es real, de sangre, carne y hueso. Y Paco piensa eliminarte cuando aparezca el violín.

Y si no aparece, también. Aura Lee, es una situación donde pierdo de todas maneras. *Comprenez-vous*? ¿Qué debo hacer, eh? Al contrario, creo que tu hombre me hace un favor.

No es mi hombre.

¿Ah, no? ¿Y qué entonces?

Mi esposo.

Y de pronto Brad se entalla la mirada de Aura Lee, profunda y aprisa, pero viajera y amnésica, como el abisintio de las noches en Berna, cuando recorría la ciudad medieval a tientas, sin saberse a dónde iba o sin ni siquiera tener noción de dónde estaba. Brad se sentía como un pez en la profundidad de un océano oscuro. Vagando por la ciudad al pie de los Alpes, donde los pensamientos de Einstein debieron haberse topado con los de Joyce, Brad Molloy imaginaba cuán hermosa se debía ver Aura Lee bajo la luna de queso suizo que se miraba en el Aar, entre la simetría perdida en matices verdes. Aquella primera noche en la capital suiza, Brad lloró, pues tantas calles, callejones y zaguanes, le parecieron tan tristes como el Viejo San Juan, aunque, sin duda más limpio. Vagando sin una manera de amar y ser correspondido, Brad sintió la caricia putrefacta de la soledad mientras florecían sus gorgojos de lágrimas. Un transeúnte pasó por su lado con una camiseta que leía «Anarchy Will Beat», y nada le pareció más certero a su realidad. Al percatarse de que Brad lloraba, el caminante espontáneo se conmovió tanto que le obsequió una pinta de ginebra y algunos chocolates. Hará frío más tarde en la noche, y Brad dudó si sería climatología natural, calentamiento global o los efectos de su corazón helado de muerte.

Desentenderse del magnetismo de Aura Lee era una figuración imprecisa y posiblemente hasta irrealizable. El bajío en sus ojos azules no ayuda a que Brad se alejara tanto de lo que en su vida había sido ella. En sus primeras conversaciones, Aura Lee se quejaba de que la relación que sostenía con su novio maduraba hacia la eventual ruptura. Es un vago, dijo ella de quien entonces la escoltaba a casi todas partes. No tiene capacidad de soñar, lamentó. ¿Qué es una vida sin sueños? Brad, quien entonces tampoco gozaba de las facilidades que provee el dinero para complacer los gustos materiales de una enamorada exigente, decía que su vida era una cadena de futuros en indolencia. Simplemente esperaban a que Brad les alcanzara, de una manera u otra. ¿Y si no llegas?, preguntó ella. Me parece que he encontrado la razón perfecta para no dejar que eso ocurra, sostuvo él. Y tanto lo pensó y lo repitió, que se lo creyó. Y fue tras ellos por llegar a Aura.

Digamos que aparece el violín. ¿Qué sucede una vez esté en manos de Paco?

No te debe quedar duda de que el violín es el Brindis de Salas-Morsini, ¿eh? Cualquier coleccionista ambicioso querría tenerlo en su colección. Y Paco no escatima en riesgos ni costos cuando se trata de conseguir lo que quiere.

Y, si se puede saber, ¿a qué costo llegaste a su vida?

Aura Lee sorbe del trago tras sumergir la mirada en la vodka.

Pues, luego de hacer que desaparezcas, quiere tocar el violín para mí, rehúsa cambiar el tema. Para ello, celebrará en una ceremonia privada en la cual estará presente nuestro círculo de amigos.

Magistral, dice Brad y sonríe con desgano. Todo esto por un capricho personal y amoroso.

Y la conclusión de una leyenda.

¿El destino del Stradivarius?

Bueno, sí. Más o menos. Según Paco, Brindis de Salas ejecutaría una pieza al violín como parte de su reclamo de amor en Argentina. Llevaba consigo, además del violín, un invento suizo de reciente cuña: chocolates rellenos. ¿Familiar?

La sorpresa estropea la distancia indiferente que Brad quiere hacer patente.

Eh… sí… algo…

Brindis de Salas ni siquiera llegó a ver a su amada, la que, para rematar su frustración, se había casado con un pudiente burgués de Buenos Aires. Es por ello que Paco cree que el violín, más que rescatarlo de su peregrinar fútil, debe ser ejecutado por un violinista enamorado frente a su amor.

¿Te molestarías mucho si te mando al carajo?

No sé.

Pues no quiero aventurarme a saberlo, pero sí te pregunto una cosa: ¿habrase escuchado cosa más ridícula?

Paco piensa tocarlo para mí.

Brad se encoje de hombros.

Bah. ¿Qué te hace sentir tan segura que es para ti?

¿A qué te refieres?

Dime una cosa, Aura Lee: ¿confías en ese mito que te ha creado Paco?

Aura Lee siente que Brad se aleja de ella, que si tratara de alcanzarlo, aunque estuviese a un brazo de distancia, jamás lo tocaría. Le arrebata la detonación del tono en su voz. Resiente la mirada encogida. Sospecha de la manera en que Brad entrecruza los dedos de sus manos y se inclina con los codos sobre las rodillas para esperar una respuesta. Pero, ¿qué podría decir ella? Conocía, por boca de Paco, por supuesto, que Brindis de Salas, tras hacerse de una gran fama en el Conservatorio de París, donde su talento calzaba corazones con facilidad, y donde vivió la afirmación renovadora de una escuela inspirada por Pierre Gaviniés y Giovanni Battista Viotti, y que tomó forma con Rudolph Kreutzer y Pierre Baillot, recibe una invitación del Emperador de Alemania Guillermo II para tocar ante la nobleza del recién creado Imperio luego de haber presenciado el talento del joven Brindis de Salas.

La memoria murmura ceremoniosa y Aura Lee, que hoy desatiende los recuerdos, siempre fue avispada para recordar los detalles. De tanto atestiguar la fascinación de Paco por la vida de Brindis de Salas, ella podía reordenar aquel mito que incitaba la sed de búsqueda en su marido. Por ello, conocía la historia de Guillermo II, quien deseaba convocar una magnánima celebración por su triunfo político, para lo que el Emperador requería, en la mejor tradición de la descendencia real de su abuela, la Reina Victoria, la presencia de los mejores talentos musicales de Europa. Con Prusia como centro, la unificación de los Estados alemanes supondría el nacimiento del Segundo Reich y el de un período de gran desarrollo en la ciencia, la economía, la geografía y el ámbito político-militar, comparable sólo al renacimiento del Imperio Británico bajo el mandato de la Reina Elizabeth. Dada la importancia del acontecimiento, el Emperador acudió a un amigo, el violinista italiano Carlos Ernesto Sivori, para que éste conformara una orquesta de cámara o conjunto de ensueño que amenizara la gran gala que el Emperador preparaba para los nobles que atendían los intereses de la nueva potencia. Sivori, en su lugar, presentó la figura de Claudio José Brindis de Salas ante el Emperador como el Paganini Negro.

La selección de Sivori obedeció a dos razones primordiales: en primer lugar, pesaban las buenas relaciones entre el Reino de Italia y Prusia cuando estos últimos batallaban a los austriacos, quienes le cedieron a Italia la ciudad de Venecia con tal de que no intervinieran en la guerra contra los prusianos. La consumación del Imperio Alemán había ayudado, en su efecto indirecto, a la unificación de Italia. Era motivo de regocijo y más que justificado que quien dirigiera la orquesta de cámara fuera Sivori, el único discípulo del maestro Nicolás Paganini.

Cada cosa tiene su tiempo, y así el Emperador, quien tomó posesión oficial como Käiser alemán en una ceremonia celebrada en el Salón de los Espejos del Palacio de Versalles, en París, quedó impresionado cuando Sivori presentó a Brindis de Salas durante el homenaje al nuevo Emperador. Guillermo I, complacido e impresionado, entusiasmó la idea de que Brindis de Salas viajara a Berlín, capital del Reino de Prusia, y allí entretuviese a la nobleza de su recién unificado reino.

A Brindis de Salas, ver tanto mundo lo que le provocó fue un apetito voraz por los espacios. Correr y recorrer las geografías de la gran canica azul llamada Tierra. Un hombre a quien el silencio de la quietud le caía como un sulfuro. Al abrigar la codicia de ese sentido de movimiento, no fue hasta un año después que su sangre voló con excitación al enterarse que debía entrar a Alemania a través de Suiza dado que, pese a que los franceses habían aceptado la derrota con la concesión firmada en Versalles, aún debían vigilar la frontera con Alemania por el resentimiento que aún guardaban los prusianos hacia ellos. Por tanto, el violinista viajaría en dirección sudeste hasta llegar a Montreux, justo al cruce del Lago Geneva, y luego a Vevey. Desde allí, atravesaría Los Alpes en tren hasta Berna y en camino hacia Munich, desde donde llegaría sin mayores problemas hasta Berlín en ferrocarril. Es durante una de las paradas en el recorrido helvético que Brindis, según le había sido preparado, pernoctaría en Vevey, la ciudad hospitalaria, elegante y aromática a chocolate y que tanto gustó a Henry James décadas más tarde. A orillas del Lago Lemán, Vevey exhibía una belleza de postal en daguerrotipo. Era la «Carrefour» de Europa, donde Winterbourne conocería a Daisy Miller en la novela a la que ésta dio nombre, y donde Louise Françoise de Warens, musa de Jean-Jacques Rousseau, inspiró al filósofo en su *Julia o la nueva Heloísa.*

Para 1842, Vevey emergía como una importante ciudad industrial y, como consecuencia, se hacía un importante destino turístico. Apenas se inauguraba el Hötel Monet, que surgió como punto de encuentro para las reuniones del propio emperador Guillermo II con el emperador Francisco José de Austria y el Rey Humberto de Italia, razón por la cual, años después, el hotel obtuvo el nombre de Hötel Des Trois-Couronnes. La ciudad le pareció fascinante, como toda la Riviera Suiza, por lo que decidió salir a caminarla al atardecer.

Cansado y hambriento, paseó por las calles achocolatadas de la ciudad suiza hasta encontrar una confitería muy popular en la que, según le fue informado, podría saborear alguna merienda para reponer sus energías. El dependiente de turno en aquella tarde de lunes se sorprendió ante la llegada de tan acicalado y fino viajero cuya piel asemejaba el producto más atractivo del negocio: las barras de chocolate, las cuales, según el hombre, Brindis debía degustar de inmediato, y hasta llevarse algunas para el resto del camino, pues era una delicia muy preciada entre las clases nobles de Europa. Nunca se sabe si alguna chica en el camino merecerá un regalo dulce, le dijo el hombre. Voy camino a ver al Emperador de Alemania y tocaré para él y su esposa, dijo Brindis de Salas, un poco incómodo por la insinuación del suizo y su robo de confianza. El hombre, que de pronto pensó que Brindis podría ser un fugitivo de algún sanatorio francés, le aclaró que el chocolate, de por sí, tenía fama temprana de ser, además de un remedio curativo, un poderoso afrodisíaco, nada más que eso.

Brindis de Salas escuchó al hombre con detenimiento y con nostalgia. Jamás pensó que dentro de aquel ombligo de mundo encontraría reverberaciones de su pasado entre plantaciones de cacao. El violinista, por supuesto, no se mostró muy impresionado por la curiosidad epicúrea, aunque sí admitió que era más dulce que el que él saboreaba de niño. El hombre entonces miró a ambos lados y le sugirió que se acercara. Tengo algo que le va a impresionar, le dijo. De una canasta bajo el mostrador, extrajo unos pedazos en rectángulos perfectamente cortados. Pruebe, le dijo. Brindis, sin nada qué perder, mordió de la muestra que el hombre le facilitó. Sus papilas gustativas se contrajeron a la velocidad de la luz. Su paladar dilató en sensaciones salivosas ante la suave textura de aquel particular chocolate. Es chocolate con leche, le dijo el hombre al ver el rostro animado del Paganini Negro. Fascinante, le dijo el violinista. ¿Cómo lo hace? Es una idea que pronto daré a conocer. El chocolate es el cuerpo de mi amada, Fanny, hija del pionero del chocolate en Suiza, y a quien le debo todo lo que sé del negocio. ¿Y la leche?, preguntó cándidamente Brindis de Salas. El hombre sonrió. Y le extendió la canasta de chocolates. Ande. Llévela a su emperador. Brindis aceptó, y le dejó una generosa propina al dependiente. Recuerde mi nombre, le dijo el hombre al despedirse Brindis de Salas. Daniel. Daniel Peters.

Y así, llegado a la corte, Brindis de Salas, la noche de su espectáculo, ofreció el chocolate con leche al Emperador, quien correspondió el gesto entregándole un fabuloso violín de confección única en el mundo: un auténtico Stradivarius para que su música esa noche fuese irrepetible. Mientras Claudio José Brindis de Salas ejecutaba una pieza al instrumento, el Emperador se vio incitado a probar en aquel momento uno de los chocolates que había recibido. Discretamente, sus asesores discutieron la conveniencia de probar la golosina, ya que, del ala política, se pensaba que podía ser una manera de envenenar al Emperador utilizando al Paganini negro como señuelo; y de otra parte, el ala religiosa de los asesores de la corte pensaba que era suficiente incitación al pecado y a la lujuria con escuchar la manera suntuosa, sensual y enérgica con que Brindis de Salas casi le hacía el amor al violín. Por tanto, decidieron darle el chocolate de prueba a Gretchen, una de las damas de la corte, quien, mientras saboreaba el chocolate y veía y escuchaba a Brindis, sintió el cuerpo deshacerse de un gran peso interior y sentir una lividez fascinante, a tal punto que comenzó a engullir un chocolate tras otro tras otro tras otro. Los asesores sonreían complacidos, en parte porque sabían que no estaban envenenados y también porque el rostro de la mujer era la imagen de la sensualidad en llamas. Gretchen sentía los gruesos correntones de sudor deslizarse por su espalda y entre sus pechos, donde se vaporizaban para recaer en lluvia de fuego ombligo abajo hasta asentarse allí, entre sus piernas perfumadas de almizcle y rosas. Y en un temblor espectacular, Gretchen dejó caer el pedazo de chocolate que aún sostenía entre sus albos dedos y se sintió abrirse en divinidad dulce de adentro hacia afuera. Los asesores religiosos, indignados, abandonaron la sala, convencidos tal vez que, finalmente, era el final de los días del Estado eclesiástico, y que aquel cubano mefistofélico era, en efecto, un Paganini negro.

Al culminar la pieza, hubo un jadeo al unísono.

Aquellas cuerdas que apenas minutos atrás parecían los gemidos de una mujer volcada de placer, se habían silenciado. El Emperador fue el primero en ponerse de pie y aplaudir al virtuoso, acto en el que pronto fue acompañado por los presentes. El Stradivarius ha elegido su dueño, dijo Guillermo II. Debe quedárselo. Esa noche, Brindis de Salas no sólo fue la fantasía de las mujeres de la corte, sino que fue invitado a ser parte permanente de la orquesta de cámara del Emperador. Gretchen, poseída por el fantasma de la música y la metáfora de deshacer el chocolate en su boca, se encargó personalmente de obsequiar a Brindis con tratamiento real.

Brindis pasó gratos días en Berlín y el Emperador de pronto se vio confrontado por la aristocracia que revolvía en torno a su nuevo centro de poder. El Paganini Negro no era de sangre real y, por tanto, podía enviar el mensaje equivocado al mundo. Por tanto, advertido de las objeciones ante el trasfondo de cuna humilde que traía el violinista cubano, el Emperador encontró una solución salomónica al asunto: le condecoró con la Cruz del Águila Negra, y lo nombró Caballero de Brindis y Barón de Salas y propuso que se casara con Gretchen. La única condición que puso Brindis para aceptar fue la de seguir viajando con su música, a lo que el Emperador asintió sin darle mucho pensamiento.

Claudio José vivió así entre la nobleza alemana y ganó fama en Inglaterra, Francia y España antes de regresar a su Cuba natal. La fama le perseguía a donde quiera que fuera, pero fue en su primer viaje a Buenos Aires que conoció a Margarita, su amor imposible y la mujer por la que se arriesgó a perder todo. O algo así, afirma Aura Lee.

Brad se muestra fascinado con la historia.

Paco cree que aquel que ejecute el «Capricho Número 24» de Paganini en el Stradivarius de Brindis de Salas frente al cuerpo deseado, encontrará la eternidad del amor sin remedio, añade Aura Lee.

Suena ridículo, dice Brad.

Es romántico.

Brad se muerde inconscientemente los nudillos mientras devuelve la mirada a la ciudad agria.

¿Perdiste todo el chico romántico que llevabas dentro?, pregunta Aura Lee.

Puede ser.

El auto de pronto detiene la marcha. Están frente a un imponente condominio al pie de la playa. Hammer les abre la puerta y luego enciende un habano. Dolo aparece todo excitado y anuncia que Hammer le ha prometido costear el primer demo para mercadear su carrera de cantante.

Brad ya se desencaja y se apresta a cuestionar a Hammer cuando el sicario informa que se retira y que regresará en corto tiempo. El chico se va conmigo, agrega Hammer, y luego, hundiendo sus dedos en el pecho de Brad, añade: tú, cuida a Aura Lee como si de su vida dependiera que sigas como hombre completo.

Mientras observa la limusina irse, Brad Molloy siente un frío soplarle por la nuca. Se torna y sólo encuentra la inmensidad del mar rugir detrás de los condominios que separan la playa de la avenida Condado. Aura Lee lo toma por el brazo y lo conduce hacia el interior del imponente condominio.

Y por un instante, Brad piensa que ha sido buena cosa ese asunto de intercambiar a Dolo por Aura Lee.

la invernada de los deseos

Del modo apremiante que se nos muestra la dilatada trascendencia del estar presente se llega al reconocimiento que el estar ausente queda determinado simplemente por un estar, musita Brad Molloy, avivado entre el hambre por el momento y el fantasma de salitre que viene desde la retozada playa que puede observar desde el séptimo piso donde ubica el apartamento de Aura Lee. De ser todos los días que ella elegía ignorar, ahora pasaba a compartir velocidad y tiempo. Brad se pensaba polilla nocturnal en vuelo hacia la luz que capturaría la materia en una imagen –foto del alma o recuerdo.

Este piso fue mi regalo de cumpleaños, aclara ella ante la mirada hosca de Brad.

La casa de ensueño de Aura Lee siempre fue un condominio a la orilla de la playa, como ella hacía saber cada vez que jugaban al Póquer desnudo las tardes de domingo durante sus días de estudiantes. Brad admira la perfección inmaculada del blanco de la alfombra, las paredes y los muebles como sangre alba de las entrañas de un dios de concreto. Salpicadas violentas de color tiñen el paisaje, cortesía de los varios Kandinsky que cuelgan de las paredes, y hasta podría jurar que el cuadro en medio de la sala, y justamente sobre el televisor de alta definición, es un Jackson Pollock, obras con las que estaba familiarizado gracias a Aura Lee, cultivada de manera autodidacta en el arte abstracto, rasgo muy peculiar en alguien que de por sí era muy dada a las significaciones de lo palpable. Es la manera en que se pueden captar las percepciones emotivas en formas no representativas de color y forma, justificaba su gusto Aura Lee. Es como colorear el alma para que ver qué matices tiene. Brad se fascinaba al escucharla hablar así. Después de todo, decía que el órgano sexual más estimulante era el cerebro.

Apuesto que te preguntas si en realidad es un Pollock, dice Aura Lee mientras se suelta el cabello y se despoja de sus prendas, excepto del aro de matrimonio en oro blanco e incrustaciones en diamantes.

Brad, con sus manos protegidas en los bolsillos de su pantalón, ni siquiera se torna. Teme preguntar, por supuesto, y saber demasiado.

Pues lo es, anticipa antes que él pueda reaccionar, y luego añade: es legal. Paco lo obtuvo de David Geffen, el magnate, a quien se lo compró en ciento cincuenta millones.

Brad suelta un silbido que le sirve tanto de muletilla como de aliciente ante la revelación de la obscena cifra de dinero. Tendría que convertirse en un Lord del tráfico de afrodisíacos para aspirar al menos a obsequiar un regalo de esa magnitud.

O sea, que debo presumir que los Kandinsky no son genuinos.

Genuinos, sí; legales, pues, algunos no lo son.

Ni me digas cuánto pagaron por ellos, ¿vale?

Aura Lee ríe.

No te preocupes. Ni yo misma sé. Es parte de alcanzar la meta tomando atajos: no se hacen preguntas.

Brad aprecia las obras de arte y piensa en cuán improbable sería tener a Kandinsky y a Pollock en un apartamento en el Caribe, a orillas del Océano Atlántico, y casi inmediatamente acepta que todo es posible cuando se vive al margen, a un dar que se limita al carácter de dádiva, y que, sin embargo, se reserva a sí mismo y se aleja, y es eso que se le llama destinar. Y conforme a esto, la posibilidad de lo dado se convierte en lo destinado. De algún modo, la correspondencia a dicha proposición se albergaba, todavía, aún después de todos estos años, en el corazón de Brad.

¿Sabes? Es curioso que Paco haya pagado tanto dinero por el Pollock y que se haya tomado la molestia de exhibir todas esas obras en tu apartamento.

Aura Lee extrae un fino cigarrillo de envoltura negra.

Jum… ni tanto. Los adquirió porque tiene un amigo en Suiza que viaja todo el mundo buscando obras de arte robadas para facilitar su tráfico. Su nombre es Sven Zubriggen. Fue él quien alertó a Paco sobre el Stradivarius de Brindis de Salas.

Sven Zubriggen… no… no me suena, dice como buen fingidor Brad Molloy.

Por supuesto que no te suena, Brad.

Brad se siente un poco reducido por el tono que Aura Lee utiliza. Al ella percatarse de su involuntario acto de esnobismo, enmienda:

No lo digo con intención de menospreciarte, sino que lo menciono por el hecho que Sven no es un hombre de fácil acceso. No es el traficante promedio.

Gracias por hacérmelo saber. Procuraré no acercarme mucho.

No seas tan sensible. Bueno, en el fondo siempre fuiste un tonto sentimental.

Brad no responde.

¿Cómo ponerle precio a una obra así?, dice Brad, mientras se torna hacia el Pollock.

No sé mucho de eso ni me interesa. Allá Paco y Sven.

No, no; no me refiero en el sentido literal, sino a, pues, ¿cómo saber que esa obra vale ciento cincuenta millones?

Aura Lee fuma.

La obra de arte la precian muchos elementos, ¿no?, dice. Digo, hay una inversión en materiales, como la pintura, el lienzo, el marco… el tiempo que toma también, claro… pero, la obra, el producto, la imagen… ¿cuánto vale?

Supongo que, antes de terminar hechos eslogan publicitario para tarjetas de crédito, debemos preguntar qué le vale el precio a la obra. Es un conjunto complicado de factores, Brad.

Un proceso similar al que me enfrento al decidir el precio de un bouquet de flores.

Brad, no es lo mismo, por favor; eso es cuantificable.

Sí, pero, ¿quién determina el valor de la flor, de la flor en sí misma, la flor que es natural y que nadie la inventó? Igual pregunto, ¿cuánto vale la obra o qué le vale el precio a la obra?

No habría manera objetiva de determinarlo, creo yo, dice Aura Lee, con el desenvolvimiento de alguien que disfruta una conversación con sentido, aunque parezca no tenerlo, por primera vez en mucho tiempo. Mira, hace dos años Sven adquirió una pintura en Nueva York supuestamente valorada en diecinueve mil dólares. ¿Podrás creer? La promotora de arte aseguraba que se trataba de una pintura del siglo diecinueve, autoría de algún oscuro pintor italiano. Sven, quien en su juventud trabajó para la Interpol como forense de piezas robadas, tuvo la corazonada de que era otra cosa, según nos dijo, por lo que se tomó el riesgo de adquirirlo. Valga todo por el instinto, ¿eh? Sven me relató que la cara de la vendedora nada más valía el doble de lo que él pagaba por la pintura. Al llevarlo a Suiza, hizo las pruebas finales y tal como él sospechaba, la obra no era del siglo diecinueve, sino de trescientos años antes. La pintura era un Da Vinci.

Bromeas.

No.

Seguro. Todavía recuerdo cuando hacías bromas.

¡Pero no es broma! ¡Es una historia real y verídica!

¿Y qué precio real tiene la obra?

Casi doscientos millones de dólares, creo.

¿Y el precio lo calculó Sven también?

Pero, ¿cómo se te ocurre? Eso no puede saberse tan sólo de ver la obra.

Exacto.

¿Qué?

La lección de lo que me acabas de contar.

¿Y?

Las cosas sólo tienen el valor de cuánto son apreciadas por quien las posee.

Tal vez es así. Y por eso tenemos el arte.

Por tanto, ¿cómo calcular el precio de un amor que ha estado latente en el tiempo, Aura Lee?

El amor no es arte, dice. Para valorar la gente y el amor no se ha inventado nada todavía.

Parece que estoy a destiempo nuevamente, dice Brad.

Aura Lee extermina el cigarrillo en el cenicero estéril y cristalino sobre la blanca mesa.

Todo lo que quería ella era retenerse a sí misma, le había dicho durante el segundo de los encuentros, allá, para 1999, cuando Brad se instalaba en el tráfico y mercadeo ilegal de bienes de consumo y Aura Lee, perfumada en la deletérea búsqueda de una ilusión llamada felicidad, se acantilaba por las noches sin día, entre clubes y pubs, su cabello largo y rubio, su cuerpo incapaz de traicionarla, desmantelando la muerte del eterno presente, amnésica de todo su pasado, el tiempo representado en una sola dimensión, la del ahora, la del siempre ahora, aspirando el humo del cigarrillo ajeno por compartir una copa, hasta que, de buenas a primeras, Manolo, el dueño eterno del Oxygen, al advertir el agradable aspecto y buen cuerpo de Aura Lee, le garantizó entrada vitalicia al lugar porque resultaba que la chica también atraía el ojo y presencia de otras chicas. Aura Lee se hizo muy pronto un personaje popular en el club, mas Manolo notaba que ella nunca andaba con dinero encima, por lo que le ofreció un trabajo de bailarina en el espectáculo nocturno del *Champagne-Wet T-Shirt Hour*, que consistía en que todo aquel que pagara una botella de Bollinger Blanc de Noir, recibiría el placer de bañar a las chicas, quienes atenderían las mesas de aquellos que decidieran pagar el costoso espumoso. Más tarde, hubo uno que otro cliente que pagaba a las chicas para que se bañaran con él. Aura Lee, al poco tiempo, alcanzó cotizarse muy bien como una *stripper* de primera.

Para la misma época, Brad Molloy, entre otras tareas ilegales, suplía al negocio de Manolo con cigarrillos traficados desde India e Indonesia que llegaban a través del oeste de los Estados Unidos por medio de una cadena de aborígenes norteamericanos productores y distribuidores de tabaco. Las transacciones siempre se realizaban a contrapunto con las horas de servicio del club, pero una noche el propio Manolo invitó a Brad a que se quedara para ver el espectáculo, con tragos de cortesía por la casa. Y como la aparición de un ángel nocturnal, entre el hielo seco y las luces de neón, y ante la falta de una tarima propiamente dicha, Aura Lee hizo su aparición por la kilométrica barra de factura à la Coyote Ugly. Fue una epifanía que tanto le ajó el alma como igual se la avivó. Luego del acto de Aura Lee, Brad se acercó a ella. La sorpresa no fue disimulada, pero tal vez el hecho que Aura Lee bailaba bajo los efectos del Extasy le dio un carácter onírico, quizá surrealista, al encuentro. Ella le abrazó y le besó, aunque apenas intercambiaron impresiones esa noche. Brad pensó que debía salvar a su chica –siempre le llamó su chica– de las visiones que en aquel ambiente se hacían flores en el jardín olvidado de su codiciado amor.

A partir de entonces, Brad la visitaba y la procuraba sin importar las advertencias de Manolo –sigue viviendo de los huesos, decía–, y muy a pesar de que Aura Lee muchas veces le reclamó que no quería que él fuera por allí, que si no tenemos nada, que para qué te esfuerzas en lograr algo que no va a ser, que no puede ser, pues esto no es asunto para discernir el corazón, sino celebrar el cuerpo, que no puede ser tuyo: es mi pasaje a una mejor vida. Brad insistía que su negocio se estaba estabilizando, que ya hasta había encontrado un buen contador que llevara los números porque en realidad estaba proliferando su negocio, que además de los cigarrillos, los discos compacto y especias aromáticas, y hasta tenía una línea de lencería que se ingeniaba para traer desde Venezuela, vía Panamá y hasta Costa Rica, y de aquí a Puerto Rico, pero Aura Lee terminaba acariciándole el rostro y diciéndole que sus sueños iban en otra dirección, que ella no podía ser la mujer de un simple mercader de ropa, y aunque Brad le decía que no olvidara que su preparación era en literatura comparada y que siempre podía aspirar a un empleo como maestro de literatura, o volver a completar estudios graduados en ese campo (quizá hasta escribir un libro), la chica terminaba besando sus labios y diciéndole: «Olvídalo, olvídame; a ver, conjúgalo de la manera que mejor te convenga, pero para llegar a mi cielo, necesitas alzar demasiado los brazos». Brad, como siempre, insistía y hasta lograba que de vez en cuando le aceptara una cena que muchas veces terminó en un momento de sexo tierno, aunque fuera de mentira.

Una noche, un hombre apuesto y de traje gris, se le acercó y no sólo pidió una botella de Bollinger, sino que ofreció retribuir en billetes de largo alcance el resto de la noche si la chica abandonaba el lugar con él. Manolo no objetó -su parte estaba asegurada-, y Aura Lee, que siempre decía que en su camino no existía concesión para mirar hacia atrás, aceptó un tanto confundida y hasta algo temerosa. Aura Lee no volvió al Oxygen esa noche ni ninguna otra. Paco Juárez reclamó título de propiedad sobre ella.

¿Cuándo vas a aprender, Brad?, le dice ella, luego se acerca a él, le da ese beso casi condescendiente de siempre en la frente, y lo abraza.

Brad siente el cuerpo caliente de Aura Lee quemarle así en este momento. Brad cierra los ojos y le dice a Aura Lee que ya han pasado quince años de tanto pensarla, de los cuales durante al menos cinco no hizo otra cosa que imaginarla y ansiarla y prometerse a sí mismo que tendría que mantener su mente clara y vigorosa para poder regresar a la comunidad libre y decidirse a lograr por otros medios lo que pensaba que no lograría por mérito propio, dada su condición de ser, todavía, un Don Nadie. Brad también anhelaba lograr sus propios sueños de riqueza y bienestar en la vida, y en ese sueño de grandeza tenía que tener a Aura Lee. Ya eso lo hemos hablado antes, Brad, le dijo ella, y no pudo contener el llanto. ¿Qué te he hecho?, lamentó. Fuiste mi salvación, Aura Lee. No importa quién toma tu piel, yo sé que en algún espacio sin tiempo en tu corazón, quedan la gana de amar, el dejo del beso que enternece, la necesidad del abrazo y, sobre todo, la caricia de lo posible. Perdidos en dos vías correspondientes, Aura Lee al fin confiesa algo que Brad Molloy reconocía y que nunca había escuchado gotear de los labios de su amada:

¡Oh, Brad! ¿Por qué volviste a mi vida? Temo que aunque estés aquí, ya no existas…

Aura Lee hunde su cara en el pecho de Brad y vacía un llanto fatigado, viejo, como si fuera el primer llanto de una vida lejana aunque presente y casi irreconocible.

Podemos comenzar todo de nuevo, susurra Brad. Tú y yo y una casa con muchas azaleas. No necesitamos nada más. Haremos un nuevo país juntos.

Aura Lee se separa lentamente de los brazos de Brad y le da la espalda. Dice que ella ha podido olfatear la piel de Paco cuando llega en la madrugada y ella finge que duerme. Huelo su cigarrillo y su distintiva torpeza al tomar champaña, porque, como si fuera designio del destino, siempre se salpica la chaqueta, la camisa o el pantalón. Es el olor que se pudre dentro de mí como si fuera una piel de hedor por haberlo sentido tantas veces en el Oxygen. Y eso no sucede en cualquier cena de negocio ni cualquier reunión de amigos. Un hombre como Paco gusta de impresionar con su gusto por la buena vida, la buena comida y la buena bebida. No pareces herida, le dice Brad y Aura Lee, cruzada de brazos frente a la ventana, se deja ir entre la línea que divide el cielo y el mar. Que no, dice, no siento nada; me importa poco. Y Brad, sin pensarlo mucho más, le cuenta del San Juan Sour, de Ralinah y del incidente en la tienda. Aura Lee permanece muda. Brad piensa que Aura Lee idea la manera de refutarle lo que él revela, pero se equivoca. Lo sabía, dice Aura Lee. Cabrón, añade. Se le da la furia en racimos de odio momentáneo. Enciende un cigarrillo y se sienta en un taburete al pie de la siempre presente barra. Brad abre sus manos frías y las agita en la densidad de la sala de estar y camina de un lado para otro buscando las palabras que puedan mediar el sentimiento exacto que le galopa por la sangre en ese momento. Creo que no tienes nada que ganar con Paco, Aura Lee. Hagamos un trato: yo recobro el violín y nos escapamos juntos con él. Siempre podremos venderlo. Aura Lee inclina la mirada como si quisiera escuchar en lugar de ver. ¿Qué dices? Que por ti traiciono a Vasco y a Paco y me quedo con el Stradivarius.

¿Quién demonios es Vasco?

Brad se ve en la necesidad de tener que complicar lo que ya de por sí es muy enrevesado y precisa explicarle a Aura Lee que Vasco es el agente que al momento tiene el violín en su posesión y quien le ha obligado, tras amenaza de delatarlo ante la Junta de Libertad Bajo Palabra, a que sea el mensajero de entrega en una transacción que ha completar con Frank Manso, y quien, una vez posea el instrumento, liberará para los hombres de Vasco una cantidad considerable de armas, que a su vez pasará a ser intercambiada por un cargamento de cocaína. A Aura Lee le cuesta, por el momento, entender la tensión del nudo, y mucho más la extensión de su alcance, pues no puede comprender cómo Brad estaba dispuesto a traicionar a Paco. ¿Qué crees que va a suceder, Brad? ¿Piensas salirte con la tuya? Por supuesto, Aura Lee. Porque una vez Vasco trafique las armas por la droga, irán tras Paco y lo sacarán de la escena. Paco será hombre muerto. Pero tú serás la eterna mula, dice ella con resentimiento. Pero Paco estará muerto, insiste Brad. Aura Lee fuma y se muestra perdida en sus propios pensamientos. Brad le hace saber que no hay mucho que explicar. Es un enredo de proporciones nefastas para todos. Y como sabrás, Paco no ansía el violín para cumplir la promesa del mito ante ti, Aura Lee. Esto le sienta a ella como un sablazo en el costado que la deja inmóvil. Paco tiene planificado tocar el violín ante la tal Ralinah que baila en el Oxygen, y que ya sabes que, por mala pata, es la chica de Vasco. Aura Lee, tras su desconcertante silencio extendido, finalmente pregunta si se trata de una broma. Una broma ridícula, ¿no? ¿No es así? Es una broma que brota de tus más descabellados celos, insiste ella, pero Brad simplemente lo niega inclinando la mirada. No, Aura Lee, y te digo que tengo la impresión que Vasco anda tras la pista de la infidelidad de su chica, cosa que, no te niego, me cae solamente como una sospecha, porque nadie que trabaje para la inteligencia del D.E.A. y tenga una chica que baila como stripper en un club puede estar tan desconectado de la realidad. Te lo digo, Aura Lee, que la propia Ralinah me confesó que buscaba el San Juan Sour para que su Paco Juárez lo disfrutara y alcanzara a sostenerse en pie durante toda una noche de pasión al compás del violín.

Y las palabras le amargan los oídos a Aura Lee. Y los ojos se le cristalizan como si fueran dos orbes de material gelatinoso. Y da un gran jalón a su cigarrillo y casi lo consume de una sola succión. Y suelta el humo como si quisiera cubrir el mundo tras el velo de la humareda, pues la realidad se le confirma y aclara ante sus ojos. Las veladas hasta tarde en la noche, la reciente indiferencia en la cama, lo cual aludía a la magnificada preocupación con una supuesta disfunción eréctil, que igual era cierto y por eso la necesidad del San Juan Sour, o que también podría ser una mera excusa para ocultar el hecho que había descargado los cartuchos en otro blanco. Y algún modo de cólera comienza a socavarle bajo el aliento y no hay nada peor en el mundo que sentirse estúpida, dice; no hay peor sentimiento que el de la traición, cuando yo le di lo mejor de mi juventud a un hombre, que si bien siniestro, guardaba un temor apabullante a la soledad, y de ahí su afición por tener lo que nadie más tendría, como todas esas obras de arte que eran patrimonio de la humanidad y ahora le pertenecían para su satisfacción privada. Maldito infeliz. Me cegó y me prometió que la felicidad no sería un clisé, y ahora todo lo que me queda es la humillación. Y al final, mientras apaga el cigarrillo, sólo puede masticar una frase: hijo de puta.

Bienvenida, dice Brad,

La interna relación entre el ser y el tiempo queda momentáneamente interrumpida por una propuesta espontánea, tal vez descabellada, pero no por esto menos posible, en la que Brad Molloy le dice a Aura Lee: ven conmigo. Ven y huyamos juntos a Berna, donde hay un lago que sabe de ti, porque le he contado, y espera por conocerte. Ven conmigo a esa ciudad donde los adoquines son el pavimento de la memoria y no reemplazos horneados en Nueva Jersey o Connecticut. Sí, Aura Lee, le dice, allí las murallas te recordarán de este San Juan que implosiona sin otra virtud que escucharse deshecho ante el mar que se come poco a poco sus costas, mar camino y mar frontera a la vez. Ven, Aura Lee, a mi vida que de tanto esperar por ti ha comenzado a perder la sustancia de la alegría, pero que ahora, en este momento que estamos juntos, tiempo y espacio en común, nos merecemos la oportunidad de comenzarlo todo de nuevo bajo los mandatos de nuestra propia voluntad. Allí, sin duda, de acuerdo con Brad, encontrarían un virtuoso que podría ejecutar el violín y bajo la inmensa luna, dedicarle una o dos piezas, o las que quieras, Aura Lee, y así cumplir el destino del Stradivarius, que luego podrían regresar a su circunstancia de instrumento codiciado en el mercado negro de piezas de arte robadas. Obtendremos el justo dinero por él. Incluso, podremos acudir al tal Sven Zubriggen, porque ese tipo de gente no guarda fidelidad hacia nadie, excepto hacia su vocación.

Aura Lee se distancia un poco y ya se dispone a encender un nuevo cigarrillo cuando Brad le toma por el codo y la atrae hacia él.

Siento que puedo hacerte daño, Brad, dice Aura Lee entre sus labios partidos.

Hiéreme, entonces.

La invernada de sus deseos asciende silenciosa como la luz de un amanecer que se levanta por el lindero de un bosque, o como una bestia oscura que ha esperado toda la vida para hacerse sentir. La gran noche del alma se colma de estrellas en esta mañana que Brad Molloy ha logrado imantar a Aura Lee en su cuerpo y la siente así, toda curvilínea y fuerte, prensada entre sensaciones que comienzan a pulsar por toda la sangre ahogando ese dolor violento que es el rechazo de quien uno ama, y por vez tan esperada, Brad Molloy agolpa sus labios en los de Aura Lee, quien se deja llevar por la determinación de alguien que sabe estaría dispuesto a matar por ella, lo que confiere, innegablemente, el deseo de morir por ella –quien sale a matar sale a morir–. Así, en ese presente exasperado de extrañeza, el vestido de Aura Lee rueda cuerpo abajo, y Brad Molloy encuentra, al final de la tarde, que la sonrisa le brotaba desde un lugar desconocido en su interior.

la historia aún por ocurrir

Entregados en un abrazo mutuo, los cuerpos desnudos bajo las blancas sábanas de satén, Aura Lee y Brad Molloy recuentan el pasado fragmentado al que tratan de darle cohesión, aunque suene a resaca de vodka. Han dado tanto el uno del otro y de maneras que hoy podrían parecer equivocadas –no se podría precisar cuando aún les faltaba tanto por vivir– en que se habían dado por caminos contrarios y hoy, como por concesión de un destino autista, se recuperaban en el acto de hacerse un sólo cuerpo. Brad mira una pintura torpe que vela la escena de amor de Aura Lee y de la que no se pregunta quién es el pintor ni quién es el objeto apreciado. La mujer en la pintura lleva un tatuaje a la derecha de la parte superior de la espalda: el sol místico, siempre a espaldas de la mujer lienzo. Es el mismo tatuaje sobre el cual la mano de Brad se desliza en este momento.

Al cabo de un rato, ya cuando la conversación se agota por haberse dicho tanto, suena el móvil de Aura Lee. Brad se deleita en la ya conocida y recién retomada desnudez de la mujer. Ella mira la pantalla del aparato y le hace indicaciones a Brad para que no hable.

Ajá, ¿oigo?, contesta ella. Todo bien, querido, dice ella. Aquí, en el apartamento de Isla Verde. Por supuesto que estoy sola, es mi guarida para recopilar mis pensamientos, ¿no? ¿Hammer? Fue a buscar algo de comer. Que no te contesta. Ni modo. Debe haber capturado otra de sus presas. Apenas le vi coqueteando con un chico de lo más mono. Sabes que le gustan los jovencitos.

Aura Lee se encuentra con el rostro constreñido de Brad Molloy, quien entonces piensa que Dolo se ha ganado lo que probablemente sea su primer fan, a lo sumo.

No, no. Para nada. Ajá. ¿De veras? Umm. Ajá. Bueno, ya veremos. ¿Vienes para acá?, dice ella mientras le hace señas a Brad para que abandone su pose de pintura renacentista y se ponga la ropa. Bueno, espero entonces. Claro. Yo también a ti. Mua. Y cuelga.

Aura Lee busca un cigarrillo mientras le va revelando a Brad los detalles de la conversación con Paco Juárez. Se ha enterado de que Frank Manso agasajará esta noche a varios amigos personales y contribuyentes del museo que dirige y en donde presenciarán con carácter exclusivo a un violinista japonés que ejecutará varias piezas para violín interpretadas nada más y nada menos que en un Stradivarius que perteneció a Claudio José Brindis de Salas. ¿Cómo es eso posible?, se preguntaba Paco. Hammer es un inútil. Es un bueno para nada. Ya arreglaré cuentas con él, sentenciaba Paco. Y el Brad Molloy es hombre muerto, ¿oíste? Es hombre muerto. Para cuando Aura Lee termina su recuento de la conversación con Paco, Brad ya se ha vestido y se encuentra abrochándose el Movado.

Eso queda por verse, dice Brad y le arroja un beso a Aura Lee.

Brad, dice ella, aún desnuda, pero sus piezas de ropa en una mano y el cigarrillo en la otra, sí...

¿Sí qué?

Quiero irme a Berna contigo.

Brad se queda suspendido brevemente en un nirvana consustancial a todo lo que le rodea y le parece que la vida es una maravilla si se le trata con suficiente rudeza y empeño.

Tal vez pudiésemos comenzar algo nuevo... acercarnos al olvido de lo que fuimos... viajar por el viejo continente... ir a París... ¿te parece?

Tendremos el mundo para nosotros, Aura Lee. Será nuestro sueño: el último fuego del mundo.

Aura Lee acude a él, lo abraza, lo acaricia y lo besa, pero no emite palabra alguna. Antes que pudiera pensar en qué decir, se escuchan tres toques a la puerta. Prestamente, la mujer se viste y se dirige hacia la puerta.

¿Quién es?

Hammer.

Es Hammer, le repite a Brad para tranquilizarlo.

Y Dolo, se escucha una voz minúscula de fondo.

Y Dolo, añade ella.

Al abrir la puerta, hace entrada la peculiar pareja.

¿Qué sucedió con tu llave? No tienes por qué tocar a la puerta, dice Aura Lee.

No quería encontrarme con escenas inoportunas, dice Hammer a la vez que extrae el arma y se la apunta directamente a la cabeza a Brad. Muy bien. El violín.

¿Qué sucede?, pregunta Aura Lee. ¡Hammer, baja el arma!

Estas ratas nos van a emboscar, dice, mientras empuja a Dolo junto a Brad.

Oye, no me trates así, protesta Dolo.

Nunca confíes en amores heridos que llegan del pasado, Aura Lee, acota Hammer. Esta noche, el violín va a parar a manos de Frank Manso, y estos dos tienen algo que ver.

Eso ya lo sé, Hammer.

¿Y no me habías dicho nada, perra traidora?

No le digas perra traidora, exige Brad.

¡No te metas! Ahora es entre la perra y yo.

Hammer, escúchame…

¡No! Ya escuché a tu marido insultarme y bajarme con su bazofia de cero kilates. ¿Qué se cree el pendejo ese, a ver? ¿Sabes con qué me amenazó? Con sellarme el culo con plomo. ¿Te imaginas?

Dolo hace amague de reírse, pero se contiene.

Tu marido es una bestia sin sentimientos y me dijo que sería mejor que apareciera el violín o dejaría de trabajar en este mundo para siempre. Ah, no. Yo, Hammer Muñiz, tengo dignidad y clase y no me voy a quedar insultado. ¿Qué se cree el cabrón?

Debe ser la misma dignidad de puta que hace que te prestes siempre al mejor postor, ¿eh?, le dice Brad.

Sea como sea, futuro cadáver, es mi dignidad, mi moral, mi ética. Y al diablo contigo.

No sé qué le ha pasado a Hammer, dice Dolo. Estábamos de lo más bien en el parque de la ciudad, entre pájaros y árboles y todas esas mariconerías que me inspiraron a cantarle un par de canciones mías. Y hasta le gustaron, bien duro. Y dijo que me protegería el resto de mis días mientras le cantara así para él, y después de la llamada, no sé, se le alteró algo en la cabeza. Como un ciclo menstrual revertido o algo así.

Te mandaría al carajo de no ser porque cantas muy bien, establece Hammer. Ahora lo único que merece entonar es una marcha fúnebre para Brad Molloy, el perdedor más grande del mundo; el ridículo cazador de sueños. Pendejo, diría yo. Y, bueno, negocios son negocios, así que, sin alargar más el tema, pregunto: ¿quién tiene el violín?

Brad, nuevamente, se encuentra resumiendo la trama de una historia que aún está por ocurrir.

El lío se agudiza en la medida que el violín queda en manos de Vasco Quintana, quien nos recogerá esta noche para llevarnos al museo, y Dolo y yo haremos entrega del mismo a alguien que todavía no conozco. Ah, la rata de Vasco, dice Hammer. De la peor calaña, añade. Volvió loca a mi hermana y le quitó la hija, acota Brad. ¿No fue ese el agente de la policía que asesinó en supuesta defensa propia al que era tu compañero?, escudriña Aura Lee, a lo que Hammer responde: era mi marido. Y de pronto, aquello que los separa es lo mismo que los une y entonces Brad sugiere darle otro giro al asunto, porque, verán, Aura Lee y yo nos iremos a Berna con el violín, así que el asunto que queda por dilucidar es cómo deshacerse de Frank, de Paco y de Vasco, tarea que Dolo estima como casi nada, ¿eh? Bien duro. Matar a un oficial de inteligencia especializada de la policía y a dos poderosos mercaderes de arte robado. A Vasco yo me lo cargo fácil, dice Brad, y de saber que vendría le tendría un pastel, pero no, lo que necesito es un arma en mi mano y a él enfrente mío. Dolo se desatiende del asunto y dice que el asunto suena mal y va a acabar mal. Hammer le consuela con un no te preocupes, cariño, si salimos de esto, nos iremos a grabar tu disco a Bahamas. Dolo se confunde entre la alegría y la incomprensión, pero sonríe. Aura Lee informa que Frank y Paco se odian. Son rivales del mismo círculo. Se conocen bien mutuamente y saben de sus dobles vidas. Pero si eso es así, tendría que haber terceros interesados en el asunto, dice Brad. No comprendo y, por favor, explica, solicita Hammer, aún con el arma empuñada. Si Frank y Paco son el punto en donde se bisecan dos circuitos de tráfico, que son en realidad uno mismo, entonces debe haber al menos un referente común. Hammer, Dolo y Aura Lee permanecen absortos en la incomprensión de lo que Brad quiere ilustrar. No entiendo, dice Dolo. Bien duro, dice Hammer. Nada, aclara Brad. Si eliminamos por partes iguales a Frank y a Paco, lo más lógico que resulte es que aparezca un tercer grupo interesado en el violín. Ya existe un tercer grupo interesado, creo, dice Dolo. Pues un cuarto, sugiere Brad. ¿Nosotros?, pregunta Dolo. Nosotros no somos un grupo, aclara Hammer. Que sí, que por primera vez puede referirse a algo en verdadero punto de vista de tercera persona, reclama Dolo. Pero no, no somos un grupo en el sentido de una organización, establece Brad. Ocurre que las personas vinculadas al mundo por donde transitan Frank y Paco deben presumir que existe un cuarto interés que persigue el Stradivarius. ¿Y si no existe ese cuarto jugador?, pregunta Dolo. Pues que sea parte de la ficción: quedará entendido, para los efectos, que en algún lugar ronda otro grupo interesado en el instrumento. Eso nos ganará tiempo suficiente para salir del país. Me gusta la idea, opina Hammer. La policía, al investigar, seguro formulará alguna teoría en la que se enredarán, por brutos que son, al ver que lo más lógico es que haya un cuarto pretendiente del violín. Porque, ¿a quién Trémolo y Garbo iban a venderle las armas? Seguro que una vez los dos estúpidos quedan detenidos, los interesados en el arsenal intentarían obtener las armas por otro medio, que se haría posible al tomar posesión del violín antes que llegue a manos de Frank Manso. No eres tan bestia como dice Paco que eres, halaga Dolo a Hammer y le provoca una sonrisa tierna que no parea con el rostro tosco y endurecido del sicario. A esto, añade que yo me los cargo a todos y se acabó, añade Hammer, hasta que Aura Lee revela que, sin duda, existe un grupo de traficantes que, según ella escuchó -así, sin querer- una tarde entre las conversaciones de Paco con sus allegados, aspiraban a incorporarse al mercado de obras de arte robadas debido a que les parecía algo muy limpio y ciertamente, cuando se trataba de lavar dinero, mucho más maleable para justificar las grandes cantidades de dinero que se originaban en las transacciones. Se hacen llamar los Ogunes y tiene una úlcera por actitud. Es gente con raíces en la marihuana, la cocaína y la heroína, y buscan proliferarse.

La escuela clásica, comenta Brad.

Clásica, nueva y por inventarse, no creas, aclara Hammer mientras le acomoda la chaqueta a Dolo.

Dime, Hammer, ¿cuán fuertes son los Ogunes estos?, indaga Aura Lee.

Bueno, como organización, bastante. Todo lo resuelven a tiro limpio. Hay poco *finesse* para el trato y la negociación. Eso sí: tienen hambre de poder y hasta se dice que los controla otro grupo de mayor envergadura.

¡En verga dura!, ríe Dolo.

No, envergadura, aclara Hammer, coqueto. Es gente que, por su negocio primordial, eliminan a todo aquel que sobra; no como ocurre en el tráfico de obras que, por lo cerrado del círculo, pocas veces se mata a alguien de importancia. Siempre las bajas son de los que se embarran en la calle, no de quienes interesan la pieza. Te podrás imaginar cuánta gente en este mundo puede valorar un Kandinsky o un Stradivarius, ¿eh? Por eso necesitan de aliados coleccionistas que les puedan asesorar, para no quedar como principiantes en un mundo tan exigente. Eso levantaría sospechas, además. Uno siempre puede aludir a la estupidez, ¿verdad?, como que nos cogieron de tontos o algo así, pero no todo el tiempo. Bueno, pero volviendo al asunto, mi trabajo es limpiar la inutilidad.

Pues todo está dado, dice Brad y besa a Aura Lee en los labios ante el movimiento alerta de Hammer, a quien luego le solicita: ¿podrías bajar el arma ya?

Hammer obedece y se apresta a escuchar el planteamiento de Brad. Como Vasco conducirá personalmente a Brad y a Dolo hasta el museo, Hammer esperará escondido en algún lugar. Al bajarse del auto, procurará que quien venga a recoger el violín sea eliminado, lo que dará pie a una certera balacera, en la cual Hammer se ocupará de quebrar la sintaxis de Vasco Quintana, a quien, de todos modos, no le va mucho el asunto de querer meterse en la transacción de una pieza de arte para lucrarse sin que ello contenga consecuencias subsiguientes. Seguro tiene algo arreglado con los Ogunes, dice Hammer, porque Vasco Quintana es barato, y los Ogunes son baratos.

Brad disiente, pero no dice nada. ¿Y si no son los Ogunes quienes están tras las armas? Sabe que Vasco debe conocer acerca de la reconocida mafia que guarda intereses en la transacción operativa que se conoce como San Juan Sour. Por eso, equipara todo el asunto a una elaborada emboscada, por lo que decide que, cuando finalmente Brad y Dolo escapen con el violín, Hammer volverá a la mansión de Paco, en donde Aura Lee desempeñará su papel de esposa trofeo para disipar cualquier sospecha de vínculo con la nueva maniobra. Sin embargo, Hammer asume el derecho de ir por sí mismo a terminar con Paco. Bastante que le gusta humillarme, dice Hammer, y todos concuerdan con él. Es tiempo de saldar cuentas. Brad Molloy, por su parte, se dirigirá a la tienda de chocolates, donde esperará a Aura Lee para agenciar los boletos de viaje a Nueva York, y de allí hacia París y, subsecuentemente, hasta Suiza. En lo que la pareja gana tiempo para escapar, Hammer hará saber en la calle que las dos principales cabecillas del tráfico de obras de arte robadas han sido decapitadas. Habrá efervescencia en el rumor y en menos de lo que cambia un semáforo, a la ciudad le saldrán pústulas de luchas por la sucesión al trono, dado que reconoce que el contrabando de obras de arte trabaja como una cadena internacional y globalizada, o más como un grupo de inversores que como cartel. El efecto, no obstante, es el mismo: comenzará una nueva lucha por el poder.

A pesar que Dolo protesta, porque no entiende nada, Brad hace sus maquinaciones mentales, las sumas y restas apropiadas de todos los elementos envueltos en la arriesgada movida de fichas, y se reduce la proposición a que, una vez descartados Paco, Frank, Vasco y los Ogunes, ¿quién asumiría, si acaso, la compleción de la transacción última a la que se dirige el entramado de circunstancias, que es el canjeo de armas por drogas? La contestación queda implícita: de todas las personas involucradas, sólo Aura Lee y Hammer convidan a la sospecha, pues son los únicos que salen ilesos, aparte de Brad y Dolo, quienes, de seguro, no cuentan porque fueron traídos a la situación por deficiencias del destino. Es obvio que el precio del silencio de Aura Lee será alejarse del perímetro de acción de Hammer. Y tal vez no se trata de que el sicario sustituya a Paco o a Frank, Brad reconoce, pues ello es tan ridículo como impensable. No obstante, y como le conoce desde sus días con Rico Salgado, podría apostar su corazón a que Hammer sabe a quién se venderá próximamente, si no es que ya lo ha acordado. En todo caso, no es mal negocio porque Brad presiente que Aura Lee necesita tanto de él mismo como de Dolo. Al final, Dolo grabará su disco y Brad se quedará con Aura Lee. No hay pérdida.

En pocos minutos, y ya acordados los papeles que cada uno agenciarán, Hammer abandona el apartamento seguido de Dolo y Brad. Serán devueltos a la tienda de chocolates, en donde deben esperar, según instruido, por Vasco. Aura Lee esperará la llegada de Paco al apartamento y tratará de convencerlo de que vuelvan a la mansión de las afueras de la ciudad.

Antes de despedirse, Aura Lee se aferra con sus brazos al cuello de Brad. No terminé la historia de Brindis de Salas, le dice. Tendremos tiempo de eso, consuela Brad con un optimismo que le queda grande. La historia de Brindis es triste, dice ella. Murió un dos de junio en Buenos Aires, solo y desgraciado. Imagínate, Brad, pues después de haber sido millonario y haber gozado de la vida de un monarca, tras apoderarse del corazón de tantas mujeres, tanto amor, de tanto fuego, de tanto sol, de tanta melodía, de tanta gloria y laurel, sucumbió ante todo por una sola mujer, recuenta Aura Lee. De todo, lo inevitable es la vejez, dice Brad, y quizá uno pueda hacer las paces con la tristeza de la pobreza, y hasta aceptar la pérdida de la salud como el comercio entre los buenos recuerdos y el presente demacrado, pero morir solo y sin su preciado violín, debe constituir algo así como un estado eterno de lo miserable. Similarmente, Úrsula Morsini, murió abrazando una copia de Stradivarius que su familia le facilitó para que al menos el momento de su muerte, a los noventa y un años, fuese menos triste, pues las autoridades nunca pudieron recuperar el instrumento en lo que le restó a ella de vida. No dejarás que nos ocurra lo mismo, ¿verdad, Brad?

Brad Molloy jamás había visto tanto oscuro parecerle tan claro.

nada más apetecible a la furia

De vuelta a *Chocolates, caprichos y algo más*, Brad saca una botella virgen de whiskey de debajo del mostrador y la despescueza sin encomendarse a otra potencia mayor que no sea su propio deseo de darse un buen trago. ¿Sabes, Dolo? La posibilidad de pensar un ser separado de su ente no le gana ante la metafísica como manifestación de la voluntad, dice Brad Molloy. Dolo le arroja una mirada exangüe mientras engulle una hamburguesa con queso, soda en mano, y muestra un rostro lleno de la serenidad de un iluminado desde que Hammer le prometió que grabarían un disco en Bahamas una vez culminara el asunto del violín. Brad, excitado ante la nueva posibilidad de recuperar a Aura Lee, sabe que cada movimiento que haga es una suma inenarrable. No puede precisar cuánto tiempo ha transcurrido desde que inició este enredo de destinos, cosa que podría determinar con una mirada a su reloj y un ejercicio de matemática, pero la vida no es una ecuación, dice. Nada es tan importante en este momento como aspirar a la felicidad junto a Aura Lee, cueste lo que cueste. No debe sobresaltarse. Requiere astucia y precisión, y así se lo hace saber a Dolo, quien dice que cuando La Chicolina sepa lo del disco, se va a poner tan feliz que de seguro va a querer casarse con él. Brad, desencajado, le aclara a Dolo que Hammer va a querer su parte también, si me entiendes, ¿no? Y no me refiero exclusivamente a una cifra ganancial. Dolo dice que ni le importa, que todo con un lavado astringente se olvida. Además, Hammer me trata bien, como si supiera justamente donde siento y donde padezco, dice Dolo, cosa que sorprende a Brad, pues ni siquiera puede afirmar que su protegido y el sicario se hayan relacionado lo suficiente como para pautar términos. Brad teme, brevemente, que todo sea falso, que su existencia sea estímulo nervioso y nada más.

Con la puntualidad de una profecía enviada por servicio de courier, llega Vasco Quintana a las afueras del establecimiento en un Buick negro. Golpea los nudillos contra el cristal y hace sonar sus intenciones como si se tratara de alguna forma improvisada de mensaje codificado cuyo único referente común es la intención que se intuye. Marchemos, Dolo, ordena Brad. Recuerda: nada de estupideces, ¿okay?, le advierte. Llegamos al museo, y en algún lugar ha de estar Hammer para cubrirnos. Va a haber balacera, Dolo, aclara Brad, por lo que quiero que hagas una sola cosa. Lo que digas, Brad. Mantente con vida, es todo. Si no, no creo que haya estudios de grabación ni reggaetón. Como digas, Brad. Vasco vuelve a golpear, esta vez con mayor énfasis en los acentos rítmicos para hacer notar su desesperación.

Al salir, Vasco les toma del brazo y se ubica entre ambos. Ya era hora, payasos. Entendemos claramente lo que vamos a hacer, ¿no? Por supuesto, Vasco, dice Brad. Un paseo, dice Dolo, a la vez que son recibidos por otros dos individuos que se desmontan del auto. Ambos son de similar proporción física, talla y color de pelo, al extremo que parecen gemelos, pero es difícil de determinar debido a las grandes gafas oscuras DC tras las que se ocultan. ¿Y éstos?, es una pregunta que no provoca risa, pero Vasco muestra sus dientes de enrejado amarillento y, por supuesto, no esperabas que fuese a venir solo, ¿eh? Brad sabe que un hombre que desconfía tampoco es digno de recibir confianza, así que de inmediato degusta la leche negra del destino, que ha de estar persiguiéndole, pues acaba de corroborar algo que hasta entonces sólo especulaba: su trabajo es fungir de tonto útil. Seguramente, una vez entregue el violín y su lugar en el universo haya sido dispuesto, Vasco le volará los sesos a él y a Dolo, quien ahora se abrocha el cinturón de seguridad y mira por la ventana como quien observa la televisión aburrido en altas horas de la madrugada. Si no lo hace, no hay consecuencia opuesta. Es cuando la pérdida engendra solamente pérdida.

Sí, sí. Ajá, dice Vasco, mientras hace que Dolo se reubique justo a su lado, entre uno de sus guardaespaldas y él. Esto no es un viaje turístico, papi. Así que acomódate.

La marcha inicia en silencio tras los oscuros cristales del Buick y Brad vuelve a preguntarse si San Juan tendrá corazón, si en realidad algo latería allá afuera, si en verdad habría palabras sueltas por ahí, ecos de voces extraviados por las calles y callejones y derramadas por los desagües y cunetas, como secretos dados a morir huérfanos, solos y olvidados. Se da cuenta, entonces, que esta misma ciudad a la que llegó con sus ansias de vida había cambiado poco y había cambiado mucho. El tiempo transita por su vida y en algún lugar de su pasado ha quedado un niño trunco, medio vivo y medio muerto a la vez, un chico desatendido de todo afecto. ¿Cuándo había sido la última vez que sintió ser amado, querido, necesitado? Juraría que fue durante aquellos días junto a Aura Lee cuando todo parecía una extensión indeleble del presente, permanente *high noon* o mundo sin sombras; un meridiano exacto donde siempre era el ahora y el entonces y lo después. Ahora estaba de nuevo en el umbral de rehacer su vida, mas todo se deshacía desorganizadamente a la vez que tomaba una nueva forma, quizá una manifestación de la entropía de la experiencia.

Aquí está el encargo, dice Vasco, mientras extiende sus brazos para tomar el estuche del Stradivarius, que descansa hasta este momento en el asiento del conductor.

Brad, que al encontrarse entre Vasco, el guarda de éste y Dolo se priva del libre movimiento, mueve sus manos para palpar el viejo maletín donde viaja el valioso instrumento. No puede evitar pensar en las palabras de Aura Lee. El violín, después de haber deleitado los más exigentes oídos alrededor del mundo, debe cumplir su último peregrinaje, que es el viaje al corazón de la mujer amada. Brad Molloy se transporta -es inevitable- al Buenos Aires de 1911, cuando Brindis de Salas llegó acompañado de su Stradivarius y una ilusión con el único propósito de conquistar el corazón tardío de la única mujer que no pudo tener en su vida. Y Brad, sugestionado por el relato que le hiciera Aura Lee, de pronto parece remontarse en un viaje sibilino hacia aquella ciudad de principios del siglo pasado cuando la Argentina entera apenas asimilaba la masa migratoria que danzaba la tristeza y la pobreza por sus calles al pie de los conventillos en los cuales se almacenaban dos y tres familias que convivían con poca delimitación limítrofe entre una y otra, un cuarto y el otro, esta cama y aquella, y la poca higiene desencadenaba en condiciones de precariedad salubre que propiciaron la fácil propagación de la tuberculosis. Lejos del *gentry* londinense, Buenos Aires era una empanada de indios, negros, mestizos e hijos de inmigrantes que recorrían las calles de los barrios, y allí Brindis de Salas, solo y arruinado, a los sesenta años de edad, encontró un pavoroso anonimato y la imposibilidad de amar.

Aquellos últimos días de Brindis de Salas fueron míticos y decadentes, como los labios mismos de Aura Lee, quien, desnuda y aferrada al pecho levemente poblado y canoso de Brad, le había relatado apenas horas antes que el violinista cubano, recién llegado de España, en donde había cautivado los últimos corazones con un concierto en el teatro Espinal en Ronda, se sentía más solo que nunca, más desecho que la tristeza, más nada que todo o cualquier cosa. Una vez en Buenos Aires, vagó por la calle Sarmiento en donde floraban, por necesidad, posadas pobres entre restaurantes de comida barata y allí, en el número 357, encontró una habitación donde sólo había una mesa, una silla y un catre con mirada a la calle. Sin saberse reconocido, deambuló por un par de días, violín en mano, tratando de dar con el paradero de su

Margarita. Luego se dirige a otra posada más acogedora, pero no más lujosa, y que ubicaba en el Paseo de Julio 294 bajo el nombre de *Aire dei vini.* De allí salió el 31 de mayo en búsqueda de su mujer de cabellos refulgentes y solamente volvió para tumbarse en el duro catre que le sirvió de morada última a su cansado cuerpo. En estado comatoso, fue transportado por las autoridades a una sala en las facilidades de Asistencia Pública, en donde, al atenderle, las enfermeras encontraron entre sus pertenencias un pasaporte alemán, el programa de su último concierto y varios recortes de periódicos reseñando sus éxitos del pasado en Buenos Aires. Brindis de Salas tuvo un fracaso repetido: por segunda vez en su vida, Margarita lo rechazaba. Su padre, que había declarado que lo del talento de Brindis no le quitaba lo de negro, fue el principal opositor a que la pareja al menos se viera de nuevo, sin importar que ya Margarita, ya hecha toda una mujer, estaba pertinentemente ofrendada en matrimonio a un pudiente comerciante de la capital argentina y que nada más por ello se convertía en una criatura inaccesible. Ni siquiera se conmovió ante el aspecto del violinista y su estado anímico. Ya no hay nada que ver aquí, le dijo el padre de Margarita. Que lo mejor era que se marchara de vuelta a su familia en Alemania. El decepcionado músico pensó que tanto mundo, tanto viaje, tanto esplendor y tanto triunfo no le habían servido de nada y la vida ya no le merecía ningún esfuerzo. Entonces, se dejó morir.

Brad cree que tal vez sea el momento de redimir al enamorado incompleto. Siente el violín entre sus piernas. Allí, enconchado en su estuche, el violín late como un muerto que resucita y se descubre atrapado dentro de un ataúd. Irradia, ciertamente, algún valor térmico que se siente de tan sólo acercarse a él. De paso, lo más próximo que Brad recordaba haber estado de un instrumento musical antes de este momento había ocurrido a los siete años, época durante la cual su madrina le obsequió una guitarra de plástico con cuerdas de nilón y que sonaba ridículamente sintética, y la que, claro está, nunca aprendió a tocar, mucho menos cuando su padre se burlaba de él por pretender hacer sonar el instrumento. Sin embargo, Brad piensa que el violín incita a otra música que no depende precisamente de la vibración de las cuerdas. Le parece que el violín incita una música celestial, una música de las esferas, milenaria y sin tiempo, como el origen del amor mismo. Y es que, ciertamente, el violín puede representarse de otra manera: es el pasaporte a su felicidad junto a Aura Lee.

Llegaremos a las inmediaciones del museo en unos quince minutos, dice Vasco. Tu encomienda es llevar el violín hasta el patio trasero del Museo de Arte, donde el propio Frank Manso te esperará. Ya todo ha sido coordinado. Tú entregas el violín y él te suelta las armas.

Eso, me temo, es imposible. ¿Cómo pretendes que reciba no sé cuántas armas en pleno patio posterior del museo? Creo que hablaste una palabra código anteriormente.

Eres tan pendejo como tu hermana, Brad.

Brad tensa la quijada.

Lo que hará Frank Manso es precisamente eso: darte una palabra clave, la cual tú me harás saber.

La palabra es una metáfora.

¿Qué carajos importa eso? Por medio de un mensaje de texto, le hago saber a mis hombres la clave y ellos se encargan de recibir las armas. Así se cierra la transacción. ¿Quieres que te lo mastique de nuevo?

Brillante idea. La tecnología al servicio del contrabando, dice Brad con cinismo monótono. Ahora el delito es federal y el FBI hará fiesta con nosotros.

Ya te dije: yo tengo mi gente. Esa es la diferencia entre personas inteligentes como yo y los pendejos como tú y como tu hermana.

Si vuelves a mencionar mi hermana…

¿Qué? ¿Qué me vas a hacer?

Brad no tiene anclaje para proseguir con una discusión estéril ante un agente corrupto del D.E.A. y cuyo guarda acaba de sacar su pistola Argentine 1911, AMT Hardboller, calibre .45 que Brad reconoce muy bien y no toma como una aparición fortuita.

Bueno, yo, ¿qué hago?, intercede Dolo.

Tú te quedas aquí conmigo, papi, le dice Vasco y Dolo pone actitud de niño al que le marginan y le prohiben tomar parte de un juego.

El chico no debería estar aquí, entonces, dice Brad. Déjalo ir.

No. Primero, yo doy las órdenes y las sugerencias; segundo, el chico es tu cónsul; y, tercero, si fallas, el chico se muere.

Dolo transparenta un pálido semblante al saberse ficha de garantía.

Si me muero, no grabaré mi disco, Brad, dice con genuina preocupación y comienza a tararear una canción: *Eras tú mi amor pero me fallaste/ El amor en mí nunca encontraste/ Ahora me pides amor pero ya no hay/ Solamente me keda decir wud bye.*

Este muchacho debería trabajar en la NASA como embajador intergaláctico, opina Vasco. Aunque no canta nada mal.

Dolo continúa la canción, ahora acompañado de los sonidos acústicos que reproduce con las palmas de las manos al tamborear sobre sus muslos. El guarda de Vasco comienza a seguir el ritmo y parece muñeca *bobblehead* sobre la consola de un camión. Brad insta a Dolo a que se calle la boca, porque la canción es terrible y además, no es el momento. Dolo se encoge de hombros, a pesar que el guarda de Vasco le elogia, que eres bravo, hombre, tremendo *flow*. Hay babilla. A fueguillo. Eres un cangri. Boconea mucho, dice Vasco, y luego le recuerda al conductor que vaya disminuyendo la velocidad para que encuentre el mejor ángulo al estacionarse frente al museo.

La noche se ha atropellado como un ciego sin lazarillo bajando escaleras. Las luces de los edificios parecen sueños de luciérnagas aplastados contra la pared por un matamoscas divino. Los autobuses gasifican con fantasmas de humo a la ruidosa ciudad y Brad cree que todos los sonidos se magnifican de manera particular, sobre todo, los latidos del corazón. Y como un relámpago pausado y tajante, tal si se abriera el vientre del tiempo en cámara lenta, todo queda suspendido en quietud ante la mirada indómita de Brad y entonces desea -en ese lapso único y fugaz, sórdido e inmanente- que su vida, por una sola vez al menos, fuese un verso simple.

Este es el momento, escuchó una voz lejana, como si llegara desde el fondo de un pasillo larguísimo. Al percatarse de que Vasco le hablaba, todo el estruendo de la ciudad entró por sus oídos de nuevo.

Así es como manejaremos la situación: Frank Manso llegará de un momento a otro. Esperamos a que entre a la vejiga de la ballena. Sí, sí. Entonces, sólo entonces, te bajas del auto y te diriges a la parte posterior del museo. Hay un guardia de seguridad en la entrada posterior que va a hacerse el loco. Sí, sí. Tiene instrucciones de que al momento que vea un individuo con un estuche de violín, entre en pichaera y te ignore. ¿Estamos? Nada de nébulas, ¿eh? No quiero rebuleo. Pero por si acaso…

Vasco extrae unas esposas y las asegura de la muñeca de Brad al mango del estuche.

¿Qué diablos haces?, inquiere indefensible Brad.

Seguridad. Tal vez quiera matarte primero, no sé.

Grandioso.

Pero si Frank no trae intenciones de liquidarte, aquí está la llave, le facilita Vasco.

¿Es esto necesario?

Uno nunca sabe, amigo, uno nunca sabe.

Brad toma un aire profundo. Piensa encontrar la manera de explicarse cómo ha venido a caer en esta circunstancia y un latigazo de fe le impacta de pronto en su interior cuando espera que Hammer aparezca y que, como se resalta en el tapiz de su personalidad, traicione su lealtad a Paco Juárez y le ayude a cumplir el plan acordado.

Bien, dice Brad. Tengo el violín. Paso el guardia seguridad. Soy invisible.

Guillao, papi. Sí, sí.

¿Cuándo fue que dejamos de hablar español?, mortifica Brad.

Desde que entramos en personaje, dirime Dolo.

Los hombres permanecen a la expectativa por varios minutos que Brad aprovecha para observar una misteriosa bandada de pájaros que dibujan una garra contra el velo de la noche y musita, por unos minutos, si los pájaros vuelan de noche o no, que yo sepa, no; tal vez algún ruido los ha perturbado, pero entonces no podría precisar cuál, porque todo es una polifonía desentonada.

El pollo viene tras el maíz, dice el guarda que conduce.

Del interior de un soberbio Mercedes Benz, sale primero una chica en traje corto azul medianoche de cuello de tortuga. La mujer lleva la piel del trigo tostado según reluce por las piernas recias y estilizadas. La perfección de los senos sobresalta gracias a la reducción de la cintura. Vaya con la mami, dice Vasco, y Dolo se inclina para afinar la mirada. Puñeta, dice lentamente Dolo como si las sílabas fuesen contenidas entre los dientes y forzaran su salida inevitable. El caminar de la chica es mortal y la acera es un rudimentario *catwalk* que tiembla bajo sus tacos plateados. Bambolea su cuerpo y parecería que con el movimiento dirige el vaivén de las olas del mar y es ese el pendular de caderas que a Dolo le parece extremadamente familiar por el perfume que despide y que sólo Dolo olfatea, aunque necesita otro refuerzo empírico, digamos, ver más de cerca y corroborar con sus ojos la corazonada que, aunque en la distancia, le ha clavado el veneno de la duda y le hace tomar un forzado y estrepitoso salto por encima del guardia de Vasco, quien trata de detenerlo por la chaqueta, pero no, el reducido espacio para los cuatro pasajeros limita los movimientos con soltura, más aún cuando Brad Molloy ha dado el grito de alerta y cuidado con el Stradivarius, coño, que el maletín es delicado, y Vasco, atrapado entre el instinto y la razón, no hace mucho esfuerzo físico para retener a Dolo, y se conforma con decirle que vuelva de inmediato, so cabrón, ese no es el plan, y para cuando termina la oración, ya Dolo le ha hincado la rodilla algunas pulgadas adentro en los genitales del guarda que viene sentado a su lado y que, retorcido de dolor, hace un esfuerzo torpe de salir tras el chico, pero es inútil. Dolo ya se encuentra fuera del auto y presto a cruzar la avenida. Vasco urge a su guarda a que no lo deje interrumpir la transacción que Brad se apresta a realizar, por lo que el subalterno de Vasco intenta emprender carrera tras Dolo sin tener los dos pies firmes sobre el pavimento, y es entonces que el pie izquierdo se atora en el interior del Buick y el hombre termina dislocándose el tobillo –un grito de dolor estremece la brea- y cae al suelo.

Brad encuentra la oportunidad perfecta para hacerse de la Argentine 1911, que el guarda suelta mientras Vasco le insta al que conduce el auto a que haga algo con la situación, y se la acomoda entre la correa del pantalón y la espalda. Yo soy el chófer del carro de escape, dice. Yo no me muevo de aquí ni a tiros. No me des ideas, dice Vasco, pero de inmediato se percata que Brad Molloy sale caminando por encima del guarda lastimado en el suelo y que se ha llevado la Hardboller consigo. Mierda, dice Vasco mientras extrae su arma de reglamento. Ya esto no es lo que se supone que fuera. Esperemos aquí a ver, Vasco, dice el conductor. No sabemos si tendremos que salir huyendo o entrar de refuerzos, razona. Excelente idea, dice Vasco. A fuego, hombre, parecería que estar sentado te hace pensar. Las mejores ideas le llegan a uno en el inodoro, dice el guarda chofer, pero a Vasco no le interesa escuchar explicaciones al respecto. Esperemos a ver qué sucede.

Al otro lado de la acera, sin embargo, ya Dolo se encuentra en medio de la acera esperando a que Frank Manso y la chica se acerquen más, pero le parece interminable la distancia y considera inadmisible la espera, pues piensa que ya qué carajos, ya estoy aquí, y Brad le intenta detener diciéndole que no dé un paso más, que lo espere, y Dolo simplemente responde con un vete a la mierda, Brad, que esto no es ya contigo, lo que alerta a Frank Manso y a la chica, quienes, petrificados, probablemente se preguntan quiénes son estos dos dementes o inhabilitados mentales, asunto que Frank atina a resolver al darse cuenta que Brad trae consigo un estuche de violín y que, sí, seguramente son los que entregarán el violín, pero los policías corruptos nunca se han destacado por tener estalaje y clase, precisamente, por lo que espérame adentro, le dice a la chica, quien entonces le besa los labios finos y le acaricia la parte posterior de la cabeza, en la que reina el corte de tipo emperador romano en la grisácea cabellera, y luego le toma la mano para ir soltándola dedo a dedo, como si tañera las cuerdas de un arpa de huesos, y le dice que vaya comiéndose los chocolates cuando puedas, ¿okay?, y él, sonriente, con aspecto de modelo en comercial de píldoras para la disfunción eréctil, le dice: «Eso es lo que voy a hacer. Comerme un chocolate».

El aro que traspasa como una aldaba el labio inferior parece temblar cuando sonríe, gesto que se borra de inmediato al encontrarse con Dolo de frente.

¡Chicolina, cabrona! ¿Qué se supone haces aquí?

¿Dolo? ¡Estúpido! ¿Me estás persiguiendo?

¿Quién es éste, bella?, interrumpe Frank.

¿Bella? ¡No le digas «bella» a mi novia!

¿Tu novia?

Brad se incorpora a la discusión y Frank, al advertir su llegada, posa la mirada sobre el maletín y sonríe.

Olvídalo, Dolo. Vuelve al auto, dice Brad. No vinimos a esto.

Frank Manso, con mucho disimulo y una mano en el bolsillo de su pantalón, recorre con sus ojos la longitud de la avenida. Con parquedad y disimulo, extrae su Blackberry de la chaqueta.

Y tú, pendeja, no te hagas la sorprendida, continúa Dolo en su desconcertante rabia.

¡Tú me andas persiguiendo, Dolo Morales!, se defiende La Chicolina.

¿Qué? ¿Tú puteas y yo te persigo? ¡No jodas!

Dolo, terminemos con esto, ¿quieres?, dice Brad mientras intenta interponerse entre su amigo y la chica.

Amigo…, intercede Frank

¡No soy tu amigo!, protesta Dolo.

Cerremos el trato, le dice Brad a Frank, mientras La Chicolina avanza unos pasos acera abajo y Dolo la persigue.

No he hecho tratos contigo, dice Frank. No creo que puedas aspirar a tanto.

Eso sucede. Un negociante de obras de arte robado es como un urólogo o un mecánico: siempre hay que dar con el mejor.

Negociante *my eye*. Y si el chico anda contigo, mejor es que le someta a la obediencia, porque traerá problemas, dice Frank mientras oprime una de las teclas de su móvil.

Tranquilo. Tengo el violín.

Frank lo mira secamente y esfuerza una carcajada.

Eso es obvio. Además, ¿te falta cerebro o es que eres idiota? Éste no es el acuerdo.

¿Quiere o no quiere el violín? Una palabra basta, y me llevo al chico.

Frank Manso verifica su reloj Raymond Weil. Mira al interior del museo desde el ámbito de la acera y puede detectar a los hombres que se acercan por el pasillo. Brad Molloy, que desarrolló cierta capacidad de visión periférica en la cárcel, se percata de lo que ocurre e intenta apresurar el canje.

Vamos, Manso. No haremos esperar a Brindis de Salas. ¿O sí?

Frank Manso refrena algo que va a decir y luego pregunta:

¿Quién eres y cómo demonios sabes de Brindis?

Digamos que hice mi tarea de apreciación musical.

Ahora, no me gane tiempo. Sé que sus hombres vienen por el pasillo. Son tres y son feos. Quiero terminar esto antes que lleguen, considerando, claro, que debo abrir las esposas.

Manso se torna hacia la escena de La Chicolina y Dolo concedidos en una discusión en la que incluso hablan algo que tiene que ver con unos chocolates que eran para utilizarnos entre nosotros, Chicolina, ¿cómo pudiste, perra?, y ella sólo se limita a decir que ay, ya, no quiero hablar más, déjame a mí con mi vida, que jamás podría vivir con un hombre tan celoso. Qué cojones, exclama Dolo. Entonces, el director del museo se inclina para tomar el violín de las manos de Brad.

Ah, ah, ah, alerta Brad. Palabra código primero.

Manso mira a su izquierda y ya sus hombres se acercan.

Mendelssohn.

¿Mendelssohn? ¿Y ya?

¿Qué esperabas? Es mensaje código, no discurso.

Brad, al percatarse de la inevitable proximidad de los hombres de Frank Manso, le solicita a éste que ordene la retirada, y Manso le recuerda que aún no tiene el violín en sus manos y que, por tanto, no hay transacción completada. Estamos en plena avenida, Manso, dice Brad. No sería prudente hacer algo estúpido, pero Frank simplemente sonríe y le pide el violín. Brad accede, abre el extremo de las esposas que lo atan al violín, y hace entrega del mismo. De inmediato, la necesidad de certificar la presencia del instrumento se despliega como una mariposa monarca ante Frank Manso, que abre de inmediato el maletín para confirmar que, en efecto, es el genuino Stradivarius de Brindis de Salas, con su arco y todo. La luz que escinde en sus ojos no dice otra cosa.

Está caliente, murmura Frank.

Ya lo creo, afirma Brad.

Los hombres de Manso finalmente llegan y Brad le dice a Dolo que ya se olvide del asunto y déjate de mariconerías en este momento, porque nos tenemos que ir, pero la orden de Frank aparenta haber sido sellada por algún protocolo de protección y defensa del director del museo. Uno de los hombres recién llegados saca su arma, mientras los otros dos corren hacia Dolo y de inmediato comienzan a golpearlo, a pesar que La Chicolina se deshace en histeria y comienza a gritar que déjenlo quieto, déjenlo quieto, escena que se complica con la aparición de Vasco Quintana, también arma en mano. De uno de los diversos autos que transitan indiferentes por la avenida, se escucha a un niño decir: "¡Mami, mami, mira! ¡Filman una película!"

Ya escuchaste, Vasco, de aquí para Hollywood, dice Frank, porque has hecho un ridículo digno de ser premiado.

No tan rápido, papi, dice Vasco mientras saca su teléfono móvil. Sí, sí. Veamos. Brad, el código.

Brad Molloy mira de reojo a Vasco.

Anda, el código. ¿No ves que tienes a un gorila apuntándote a la cara y si dispara vas a quedar deforme y no te van a reconocer, hombre?

Mendelssohn.

¿Cómo?

Mendelssohn.

Por favor, dice Frank. El hombre es iletrado, deletréalo.

Brad le quita el teléfono de las manos a Vasco, pulsa las teclas hasta escribir el nombre, y luego le entrega el aparato de vuelta.

Ya. Al menos, envíalo tú.

Vasco procede a enviar el mensaje de texto. Mientras espera, dice que la noche está bonita y qué pena que tenga que acabar así. ¿Así cómo?, inquiere Brad, y Frank le elogia su grado de inocencia, y ojalá yo fuese igual, pero no lo soy, así que no pensarás que te vas a quedar con vida, ¿eh, mensajero? Brad asume el nerviosismo con suma potestad sobre sus pasiones en desorden, a pesar que siente una gota lenta de sudor bajarle por la sien como una lapa por una muralla olvidada y musgosa y se toma toda la eternidad en hacer el recorrido liso por el rostro de Brad y le parece que lo mide, calcula y predice, cuando en el justo y preciso momento en que se hace de la idea de que no volverá a ver más a Aura Lee, escucha el certero frenazo que desacelera en tan sólo segundos, irrumpiendo con torque, músculo y balística en la escena, y es Hammer Muñiz quien ha llegado en limusina con el protervo viento del oeste a descargar su arma, precisa y con silenciador, y atravesando mortalmente a los dos hombres que se cansan de golpear a Dolo. La balacera es inevitable y Vasco se carga al que le apunta a Brad, quien aprovecha, con un movimiento raudo y diestro, para extraer la Argentine 1911 y detonarla así, sin mirar mucho y con la puntería corroída, y con un disparo le atraviesa el ojo derecho a Frank Manso. La Chicolina no ve nada de esto. Se encuentra corriendo, tacos en mano, acera abajo.

Brad retoma el violín y sale en auxilio de Dolo, quien aún le grita a La Chicolina que es una puta, puta, cabrona, te voy a enterrar y me voy a orinar en tu tumba, ingrata, pérfida, sata, parga, cuera y corbeja. No sabía que eras poeta, Dolo, le dice Brad. Luego escucha a Vasco vociferarle insultos al arrancar en huida a bordo del Buick. No he terminado contigo, Brad Molloy, añade. Te voy a poner a cagar la mierda de chocolate ese que vendes. Hammer, aún con dificultad para correr y sostenerse firmemente en pie, le hace dos disparos al auto, pero falla.

Legas tarde, le dice Brad al acercarse a Hammer mientras ayuda a Dolo a sostenerse erguido.

Hammer sonríe. Carga el arma.

El tráfico es imposible.

Estamos a mano, de todos modos.

Creo que sí. Vida por vida, ¿no?

Vida por vida.

Luego, Hammer apunta a Brad.

Ya cerrada nuestra deuda, haz el favor de conducir.

¿Qué pasa? ¿No acabamos de intercambiarnos el tiempo para seguir viviendo? ¿Qué tipo de trueques haces, eh?, exige Brad.

¡Míranos! ¡Somos nosotros, Hammer! ¡Déjate de mierdas!, reclama Dolo.

No hables sucio que no me gusta, le replica Hammer y Dolo le extraña, no le conoce.

Hammer, cautelosamente, despoja a Brad de la

Argentine 1911, lo esposa de nuevo al violín y como medida preventiva, lo desposee de las llaves. Si escapas o algo así, será fácil encontrar a un hombre atado a un Stradivarius. Brad accede sin protestar y Hammer espera a que entre al auto para entonces sentarse con Dolo en el asiento trasero de la limusina. Iremos a casa de Paco Juárez, comanda Hammer, y no te pases de listo, que Aura Lee te quiere con vida. Rata inmunda, dice Brad, pero el saber que Aura Lee le dedica algo de sus pensamientos le ha dado un nuevo motivo para seguir viviendo. Te van a chingar los popos, le dice Dolo a Hammer. Se te va a aguar la cacería, insiste. Cállate, Dolo, que no me gusta cuando te pones violento. Brad mira por el retrovisor y observa a Dolo inclinar la cabeza descorazonado y emocionalmente alicaído hasta comenzar a llorar. Brad se siente seguro de que, al menos en el presente inmediato, Hammer no disparará contra ninguno de ellos dos. Que no es para tanto, prosigue Hammer. Yo te consolaré, baby. Al menos vas en limusina. Dolo, que llora, también sonríe.

Brad Molloy conduce exhausto y frustrado. Entre el volante y su pecho, descansa el Stradivarius mientras piensa que Hammer, una vez más, se ha vendido al bando opuesto. No obstante, persiste un destello de posibilidad en el que Brad aún especula que podrá quedarse con Aura Lee, ahora que Frank y Manso son una resta en la ecuación. Sin embargo, para ello debía ganar nuevamente el favor de Hammer y luego matar a Paco Juárez.

Nada más apetecible a la furia.

el camino abierto

El camino de regreso a la mansión de Paco Juárez le recrea a Brad Molloy la familiaridad de lo ya visto. San Juan le parece impresionantemente inútil en este momento. Tantos espacios, tanto aire, tantos textos entremezclándose unos con otros, como la yuxtaposición de historias que no tienen nada que ver unas con otras excepto por dos cosas: quiénes las leen y dónde se leen. A Brad le antojaría sentarse a escribir un poema que emergiera de la unión inmensa de todos los eslóganes y demás lemas publicitarios, pero incluso, dada la naturaleza cambiante de algunas vallas publicitarias –esas que ahora anuncian una cosa y en tres minutos venden otra– sería imposible textualizar algo fijo, y en esto Brad piensa que la ciudad es una inmensa memoria, porque sería remotamente factible contener todos esos recuerdos en una forma apalabrada. Eso sí: Brad admite, en el absurdismo de sus cavilaciones insustanciales –justamente en un momento en que la muerte le respira por encima del hombro–, que solamente Aura Lee persevera como su ideal de paz. Consigo y con ella: lo mejor de dos mundos. Y ahora, en pocos minutos, tendría la potestad de reapropiarse del hábito mañanero de sentir el cuerpo tibio de esa mujer a su lado.

Ya frente a la residencia de Paco, Hammer le pide sigilo a Brad y éste, mientras reduce la marcha de la limusina, hace una inmediata suma de pormenores visuales entre los que reconoce varios vehículos de lujo, todos del color de los cuervos, que no pueden ser indicativo de otra cosa que no sea que a Paco Juárez le andan ajustando las cuentas. ¿Reconoces las camionetas?, indaga Brad. El silencio de Hammer no es una pasta de confort precisamente. Segundos más tarde, admite que sí, claro, cómo no, estos autos son una flota completa de BMW X5, y Dolo pregunta si son neonazis alemanes, pero Hammer, tierno y aturdido, precisa que no, no son alemanes; es la brega de la mafia rusa. A fuego. Es Sergei Petrov y su gente, añade. Parece que va a haber un servicio fúnebre, comenta Dolo. Ojalá no sea el de nosotros, clama Brad. Nosotros es mucha gente, dice Hammer. Allá ustedes dos, compis. Hay que empezar con la pérdida, dice Brad y detiene la marcha de la limo. Y yo he perdido un valioso tiempo de mi vida que seguramente ya no pueda recuperar, por lo que decididamente me encuentro en este momento como si respirara por primera vez, como si acabara de descubrir el lenguaje y quisiera formularlo todo de nuevo. Dolo y Hammer no parecen entender un pepino ruso de lo que habla Brad. A ver si te entiendo, dice Hammer. No es que vayamos a recuperar el tiempo perdido sino a crear un tiempo nuevo, ¿es eso? Exacto, asegura Brad. ¿Y por qué no lo dices así, coño? Además, ¿qué tiene eso que ver con el hecho que Paco nos espera? Brad se seca el sudor que se asienta como el rocío sobre los primeros indicios de una barba que ha comenzado a crecerle. Paco no está solo, dice. Eso es obvio, acota Dolo. ¿Quién garantiza que no van a matarte a ti también, Hammer? ¿Eh?, envenena Brad. Dime. De seguro no hay salvación para ninguno de los tres. Somos ángeles sin paraíso, expulsados del decreto a la divinidad, cada uno buscando yo no sé qué cosa que nos complete. Ah, pero el Nirvana puede venir como un plato a la carta en un restaurante exquisito. Hammer es un muro de piedra, una palabra perdida. Pensé que teníamos un acuerdo, reprocha Brad. Las cosas cambian, dice Hammer. No, Hammer, las cosas no cambian, lo que que cambia es la gente. Me importa un carajo, entonces, replica Hammer. Pues desde ya te digo que yo vengo a lo mío, a como dé lugar, ¿entendido?, establece Brad, pero Hammer, poco impresionado, le apunta con el arma y le recomienda que se guarde la lengua. Los tres hombres se bajan de la limusina para encontrarse con el súbito paso de un viento frío que golpea contra sus pechos.

El ascenso por las fenomenales escaleras remite a Brad a sus viejas nociones de que la vida era toda una carga, un sufrimiento sincopado, interrumpido por pequeños lapsos de felicidad y a veces, contradictoria con la misma situación de la existencia, lo que es verificable si considera que ahora, al abrirse la puerta de entrada, quien los recibe es Aura Lee, su rubia cabellera suelta y ondulada como el paso de un sol borracho en alguna galaxia muerta o por nacer. El enlace de miradas es inevitable, la emoción es irrefrenable, mas pronto decae todo cuando Aura Lee arroja sus ojos al suelo y abandona el momento. Brad siente que le han escalpado el pecho desde la tráquea hasta el estómago con un puñal de fuego. En la lejanía de la ciudad, las sirenas aúllan.

Paco los espera, dice Aura Lee, y arrastra la mirada.

Tenemos visita, ¿no?, pregunta Hammer apoyado de Dolo, en una especie de relación de mutua protección, ya que el primero cojea herido de bala y el segundo todavía resiente en las costillas la paliza que le propinaron los hombres de Frank Manso.

Aura Lee asiente.

Nuestro plan sigue en pie, le dice Brad, provocando nerviosismo en ella. No temas. Voy a matar a Paco.

Brad…

No voy a perderte otra vez…

Brad, escucha…, dice ella con una sonrisa fingida.

Los mataré a todos, dice Brad impactado por una carga de adrenalina. Además, Paco Juárez no tiene ningún tipo de protección. ¿Tanta riqueza sin guardias de seguridad?

No los necesita.

Eso no repara la falla. No tiene a un hombre que le vigile las espaldas.

Eso piensas tú. Me tiene a mí, alega Hammer.

¿No te das cuenta, Aura Lee? Tengo el violín en mi poder, insiste Brad. Es nuestro ahora, bella. No querrán hacerme daño, porque te juro que lo rompo, aunque me cueste la mano, mi amor.

Mi amor, resuenan las palabras.

Aura Lee cierra la puerta y sujeta por el antebrazo a Brad para susurrarle:

Te costará más que una mano, Brad. Tenemos cámaras de seguridad y alarmas por todas partes de la casa. Y no,

 Paco no está solo, como supongo que has notado.

Brad se encuentra acorralado por la voz de Aura Lee, quien luego da la espalda y sugiere que esperen en la sala en lo que ella recibe la autorización de Paco para hacerlos pasar.

Hammer espera a que ella se desvanezca por el pasillo y camina hacia una esquina de la sala, donde, sobre una base de mármol negro, reposan unas figuras de piedra que de por sí parecen antiquísimas. Las observa con curiosidad y respeto a la vez, pues no aparenta tener la más mínima intención de tocarlas. Dolo se posa a su lado y Hammer, que ya aparenta conocerlo bien, le advierte que ni lo piense. ¿Que ni piense qué?, protesta Dolo. Tocar las figuras. Son algo así como asirio-babilónicas, sea eso lo que sea. Son un exquisito botín producto del tráfico de obras de arte robadas, dice Brad por desmerecer el impacto visual y emotivo de la colección. Nadie pidió tu opinión, reprende Hammer. No he pensado nada, argumenta Dolo. Tu nunca piensas, le dice Brad con amargura, y Dolo, torciendo los labios, se retira a admirar un cuadro que cuelga de una pared. Esto es un Picasso, dice Dolo. Hammer reacciona impresionado. ¿Cómo lo sabes? Lo dice la firma, contesta riendo. Es la mujer desnuda, comenta Brad, y desconoce si se debe a su fijación, pero incluso diría que se le parece a Aura Lee. Hammer lee el rostro de Brad, y en su semblante pasan los colores del corazón perdido por un amor, pues solamente el amor puede incidir de esa manera en un rostro.

Te advierto, Romeo, dice Hammer, que Paco se encuentra dilucidando algún plan con la mafia rusa.

Nuestros culos están empeñados, y en mi caso puede que hasta lo disfrute, pero no va a ser nada bonito, dictamina mientras se desplaza lentamente por el recibidor, en dirección de la barra, que da la impresión de ser un museo en sí misma porque todas las botellas de licores se encuentran selladas. No obstante, sin ponderarlo mucho, Hammer abre una botella de coñac y se baja un largo golpe. Tú y yo somos zorros viejos, le dice a Brad mientras se limpia los labios con un pañuelo de seda y le pasa la botella, la cual acepta. Ninguna mafia local posee la babilla ni el conocimiento para mercadear con obras de arte que coticen alto en el mercado. Eso es cierto, dice Dolo. Digo, ¿a quién se le ocurre cambiar un cuadro por armas? O peor, ¿por drogas? Y quién sabe si hasta después se trata de cambiar las armas por drogas, o al revés. Brad y Hammer lo miran. Eres un genio perverso, Dolo, dice Brad mientras apura un trago de coñac y le pasa la botella a Dolo. Prometes, añade Hammer, mientras observa a Dolo bajarse un largo trago. En efecto, sospecha Brad, si la mafia rusa se encuentra aquí con Paco Juárez es porque anda tras el violín para intervenir en la transacción, y de ser así, para los tres hombres, las probabilidades de escapar se contraen.

La conversación es interrumpida por Antonio, quien comunica que los señores Juárez y Petrov les recibirán en breves minutos. Petrov, claro, comenta por lo bajo Hammer. Al retirarse el mayordomo, Brad, esposado aún al violín, finalmente se convence de que la mafia rusa tiene, en la medida que sea, intereses invertidos en las maniobras clandestinas de Paco Juárez.

Por supuesto, piensa Brad. Desde los días en que trabajaba para Rico Salgado sabía de la penetración que tenían los rusos en diversos mercados mundiales, y muy particularmente en la vida política de España, en donde se asentaban por medio de la proliferación de diversas industrias de impacto innegable en la economía ibérica, como lo eran el petróleo, la industria automotriz, el maderero, la pesca y los puertos marítimos, pero jamás vislumbró un interés en este lado del mundo. Las operaciones de la mafia rusa, que abarcan vínculos con toda clase de corporaciones privadas y públicas -desde arreglos con el sector de la banca hasta acuerdos con varios ayuntamientos-, van destinadas a obtener armas y drogas, para lo que el robo de obras de arte es el pretexto idóneo con el cual pueden blanquear obscenas e ilimitadas cantidades de dinero. La mafia rusa tiene a Berlín como centro de operaciones, sabe Brad, y a Berna como centro financiero. Es una operación de billete largo. Telefonía, industria energética y arte clandestino son sus grandes intereses. Incluso, la mafia se adjudica vínculos con guerrillas en América y grupos terroristas alrededor del mundo, a saber. Pero de alguien han aprendido sus tácticas subrepticias, por supuesto. Tienen un control impresionante en las industrias de producción de energía, sobre todo en España, donde dominan, entre otras ciudades, a Málaga, Madrid, Palma de Mallorca y Alicante. Brad comprende que su situación no va a destensar como si fuera un lazo de los que Dolo preparaba para adornar las cajas de chocolate. Bien sabe que, desde Cataluña hasta Castellón, la mafia georgiana y la daguestaní han reclamado dominio territorial. Y si Toledo es de los armenios, los rumanos y lituanos acaparan Valencia, dejando a Murcia, Alicante, Huelva, Cuenca, Badajoz y el sur de Valencia a los ucranianos. ¿Por qué ahora el Caribe? Alúdase a la narcoglobalización, si se quiere.

El mayordomo hace una segunda aparición y anuncia que ya pueden pasar, señores. Brad inquiere por Aura, pero la mirada de Antonio es suficiente para que el enamorado entienda la necedad de su pregunta.

A la entrada del despacho ovalado de Paco Juárez, se encuentra un hombre portando un Agram 2000. Al fondo, en su escritorio de cristal, Paco toma de su acostumbrado Blue Label, el que comparte con un hombre de rostro rígido y cúbico, quijadas tensas y cabello rubio corto y muy bien peinado. Viene de negro, al igual que los otros seis hombres que le acompañan y que se encuentran esparcidos y armados por el despacho. Por ser la única otra persona, aparte de Paco, que se mantiene sentada, Brad deduce que se trata de Sergei Petrov.

Kak diela?, dice el hombre, que luego ríe y se traga de un golpe su vaso de vodka.

Aura Lee se encuentra pocos pasos a siniestra de Paco. Mantiene sus manos atrás y la pose es de modelo en espera del fallo en un certamen de belleza. Es un escultural trofeo para Paco, aprecia Brad, sin poder evitar los celos de nuevo.

Volvemos a vernos, Brad Molloy, le dice Paco, con el rostro ensombrecido de preocupación o, quizá, miedo. Y veo que vienes bien acompañado.

Gusto de saludarle nuevamente, señor Juárez, dice Dolo.

No me refiero a ti, boca suelta. Me refiero al violín, ladra Paco, y luego felicita a Hammer por haber hecho buen trabajo. En realidad todavía pienso que eres bueno para nada, todo capota y pintura y poco corazón, pero buen trabajo, dice el ambicioso coleccionista. Lo tomaré como indicio de mejores cosas por venir. Hammer responde con una sonrisa frívola que no se sostiene por mucho tiempo.

Entonces, ese es el Stradivarius del Paganini Negro, dice Sergei mientras se dirige hacia Brad. Tanto que ha recorrido y aún no encuentra su destino.

Lo siento. No creo que sus manos sean el final de la peregrinación, rechaza Brad, mientras encoge los brazos y abraza el violín.

Sergei Petrov se levanta a la velocidad de un bostezo mientras enciende un cigarrillo. Camina lentamente mientras estudia el rostro de Brad. Hace un movimiento con su diestra que de seguro va directo a romperle la nariz de un puño, pero Brad ni se inmuta. Permanece en espera del golpe, sin moverse, sin pestañear ni perder la respiración. Sergei ríe a rienda suelta.

¿Sabes con quién hablas?, le pregunta un Sergei prepotente. ¿Cómo se dice? Ah, sí, eres un cojonudo. Luego, repite lo que acaba de decir en ruso. Sus hombres ríen.

Brad Molloy, el violín ahora es mío, señala Sergei. Yo soy su destino.

No sé si ha notado que el violín está esposado a mi

cuerpo. Yo lo traje. Yo lo encontré. Así que yo decido cuál será el destino del violín. Y, que conste, jamás le había visto a usted, ¿señor...?

El ruso toma una larga bocanada de su cigarrillo y expele una gran nube de humo.

Sergei. Sergei Petrov, para su conocimiento.

Brad, creo que el señor Sergei desea ver el Stradivarius, irrumpe Paco.

No puedo complacerlo.

¿No?

¿No?, repite Sergei. ¿Por qué no?

Perdí la llave. Cosas que pasan, ¿no?

Sergei se torna y traduce a sus hombres lo que aparentemente toman con la ligereza de un chiste, porque irrumpen en carcajadas. Uno de ellos pronuncia algo que a Brad le parece ininteligible, pero cuando el hombre extrae una impresionante daga rusa con empuñadura de latón y acero, ya no hace falta traductor. Hammer, la llave, solicita Brad, pero el matón finge desentendimiento, y dice que no sabe nada de llaves, que en algún momento soñó con vestirse de ama de llaves y alguna vez hasta le atrajo el oficio de cerrajero, pero que no, no sabe nada de llaves. Y ya el alicate ruso sujeta a Brad por el antebrazo y sin mediar palabra alguna casi se dispone a desmembrarlo con la daga, cuando Aura Lee intercede.

¡Hammer, si tienes las llaves, dámelas ahora!, exige ella, y el fantasma del miedo le cruza el rostro.

El aludido responde haciendo tintinar con sadismo los estrechos cilindros de metal.

El silencio lacera como un látigo cuando Aura Lee, incapaz de contenerse, se da cuenta que acaba de intervenir por alguien que se supone le merezca su desconfianza, por estar supuesto a ser un extraño y porque sencillamente se identifica con el bando contrario. Intenta recobrar la compostura y marcha con su caminar sedoso, y llaves en mano, hacia donde ubica sentado Paco Juárez. Aquí lo que querías, querido, dice, con los ojos levemente caídos de manera que, desde toda su talluda esbeltez, su mirada cae sobre la humanidad desmerecida de su esposo, cuyo rostro ha adquirido unos tonos rojizos distinguibles aún en la tenuidad de la luz. Que aquí está lo que querías, repite, esta vez intentado componer una sonrisa que le sume credibilidad. Vaya negra corrupción de la carne, dice Paco. Ya que eres tan complaciente, quiero que vayas tú misma a desposar al mensajero. No soy mensajero, protesta Brad. ¡Tú serás lo que yo quiera que seas, chocolatero de mierda!, reclama Paco entre furia, sudor y un miedo que lo deja encolado a la butaca. Aura Lee percibe la frecuencia de un odio que escalda por los poros del rostro de Paco y, sin mayor consecuencia, la mujer gira sobre sus estiletes para batir la atmósfera en su camino hacia Brad Molloy, a quien le toma la mano, la levanta y, a medida que abre el grillete que le circunda la muñeca, su mirada descansa sobre los ojos de Brad, que parecen de cera y se derriten a causa de la infinitud de los ojos azules de Aura, que de paso, le regala una tímida sonrisa, esa sonrisa que Brad ya antes ha visto y conoce, como su cuerpo y sus labios y sus besos, pero no igual, porque esta sonrisa, siente Brad, es triste y lánguida y como que se estira en púrpura cual humo, como que hace de voz apagada, como que es una bandera desgarrada en un asta en medio de un páramo, cual si se despidiera.

No, dice Brad. No lo hagas, Aura Lee.

Si lo vas a hacer, que sea rápido, ¿okay?, dice Dolo por lo bajo. Me estoy enfermando ya.

Tranquilo. No lo compliques, dice Aura Lee. Cuando ya ha resuelto abrir el grillete que une las esposas al estuche del violín, parecería que a la vez libera a Brad de alguna suerte de atadura moral, sensación que parece subrayar cuando ella lo declara en libertad. Aura Lee toma el violín y lo lleva hasta las manos de Sergei Petrov, quien se retira para abrir el maletín que acuna el codiciado instrumento.

El destino no está en las estrellas, sino en nosotros, dice Sergei.

Shakespeare, riposta Brad.

Sergei sonríe. Dice un par de cosas igualmente de ininteligibles, aunque no parece tan emocionado al abrir el estuche.

¿Está supuesto a iluminarse así?, pregunta luego Sergei en buen cristiano.

¿Así cómo?, se extraña Paco.

Así, como una candileja moribunda, explica Sergei.

Creo que el vodka te ha hecho daño, dice Paco.

Sergei continua perplejo ante el violín.

Por lo visto, Brad y Dolo han cumplido con su tarea. Ya no los necesitas, Paco. Déjalos ir, dice Aura Lee.

Brad retiene la ira que siente al escuchar las palabras

de Aura Lee. ¿No ves que vine por ti?, le dice Brad en silencio. ¿No ves que nos espera una vida mejor juntos? ¿Tú y yo lejos de aquí? ¿Sin la amargura de esta ciudad que nos encierra en la monotonía del hábito?

Paco comienza a aplaudir en ritardando, como si sus manos fuesen gaviotas sin plumas que torpemente intentan volar al atardecer. Su cuerpo expresa cierta tensión agonizante que le queda pequeña y que de un momento a otro dejará de oprimirle con un estallido. Todo se hunde en su semblante y Aura Lee lo sabe. Hay un estupor ebrio que le salta en la voz y en el aliento a Paco, quien irrumpe ahora en estridentes risas de payaso borracho.

Mi Aura, dice Paco. ¿Es que no deseas tener público en esta sesión privada?

Si es privada, sobramos todos los demás, dice Dolo. ¿Nos podemos ir?

¿Alguien quiere callar al chico de una vez? ¿Eh? ¿Qué dices, Hammer? ¿Todavía quieres tu trabajo? Karitas me ha estado llamando insistentemente, ¿sabes? Debes reconocer que después de tanta insolencia de tu parte, ni limpiando baños en los hoteles vas a sobrevivir, dicta Paco.

Hammer contrae los labios. Cierra los ojos. Muerde la pulpa del interior de sus mejillas y, en un movimiento de antebrazo y puño, se ve precisado a golpear a Dolo en plena boca del estómago, cortándole la articulación de sus respiros y dejándolo suspendido en una muerte colgante y pasajera, mientras Sergei, a sus espaldas, y articulando aparentes expresiones de admiración o curiosidad, muestra a sus hombres el estuche abierto y el violín en su interior. Dolo cae de rodillas. ¡Cabrón traidor!, dice con voz tupida. Hammer permanece con los ojos cerrados.

Debes dejarlos ir, Paco, dice Aura Lee mientras cuelga sus brazos del cuello de Paco. Ya tenemos el violín, así que, deja que los rusos se lleven lo que han venido a buscar.

Atrás, puta tarada, la rechaza Paco de un empujón que altera a Brad, aunque se contiene de intervenir. No es tu violín. ¡Es mi violín! Y no te equivoques. ¿Qué hiciste hoy en la tarde antes de que yo pasara a recogerte?

Nada.

¿Eh? ¿Y dónde estuviste?

Donde me encontraste; en mi apartamento.

Corrección: en el apartamento que *yo* te compré y que se registra bajo *mi* nombre.

Como quieras, Paco, dice ella mientras inclina la mirada. Allí estuve. Lo sabes. Hablamos por teléfono.

Claro. Y, por cierto, ¿fue antes o después de esa gran actividad física que te dejó cansada?

No hice nada, Paco.

Nada, ¿eh? ¿Sabes por qué dices que no hiciste nada? Porque tú eres nada. Fuiste nada. Serás nada, a menos que yo exista en tu vida. Seré Dios cuando se trate de ti, ¿oíste? Y como Dios, me he enterado del tipo de descanso que tuviste en la tarde. A ver: ¿la pasaste bien con el chocolatero? ¿Eh? ¿Te rellenaron como trufa?

Aura Lee no responde.

Pendeja. El portero, los guardias y todo el condominio son extensiones de mis ojos. Te atreviste a malograr el árbol que te cobijaba. Ya arreglaremos tu expulsión del paraíso. Ah, y por eso, tu chocolatero será comida para los cerdos, sentencia Paco. ¡Sergei!

Sergei, estuche y violín acunados entre sus brazos, se torna sigilosamente y sorprendido hacia Paco.

No me grites, dice.

Elimina a este pendejo y al otro idiota que se queja de rodillas en el suelo.

Sergei mira hacia algún punto del techo. Cierra el estuche y lo deposita entre los brazos de uno de sus hombres como si devolviera un infante a su sueño. Se rasca la parte posterior de la cabeza.

Voy a ir al grano: estamos aquí para completar una transacción, no para limpiar tu casa, dice.

¡Ya recuperé el violín, ¿no?! Pues piensa que los dos chocolateros son testigos inútiles. Arráncales los ojos. Quémales las lenguas. O sencillamente, desaparécelos, pero vivos no se pueden quedar.

Y, ¿por qué no lo haces tú mismo? ¿Acaso no tienes tu propio gatillero para esos trabajos menores?

Como si no estuviera. Es un marica mediocre de mala leche. Mátalo a él también.

Sergei pausa. Ríe. Traduce a sus hombres. Ahora todos ríen.

El corazón es un niño: espera lo que desea, precisa Sergei. Y asegura que entiende la desesperación de Paco, pero aclara que no recibe órdenes de nadie que no sea Alexei, su jefe, que en este momento debe estar a bordo de un yate lujoso por las cálidas aguas del Caribe, lugar escogido para la reunión de clanes que pretendía evitarse los pasos tenues en la noche de la discordia y avanzar hacia la unidad de todas las facciones de la mafia rusa. Conquistar y dividir no es precisamente ajeno a las corporaciones criminales que se extienden por la Europa unificada, pero no es doctrina interna, dice Sergei. ¿Sabes por qué, Paco? Porque nunca debes enseñar a cantar a un cerdo, pues perderás tu tiempo y arruinarás el cerdo. Sergei le recuerda a Paco que tienen algo bueno aquí, sí, seguro, ¿para qué dañarlo? Llegó el violín, ¿no? Pues ahora nos vamos.

¿Y éstos?, inquiere Paco.

Son tu problema. Y todo el mundo feliz, ¿no es verdad?

Paco se muestra esquivo como quien no sabe dónde colocar los ojos. Sergei, con su apariencia impecable de morboso sádico, le toma por el mentón y le dice que, para ellos, nada debe quedar más resuelto que la parcelación de intereses. No te pierdas, querido Paco. Hemos sido generosos a la hora de conseguir las piezas de arte que deseas. Ahora se trata de que, simplemente, hay otras prioridades y, pues, cambia el cuadro de las cosas un poco.

Paco reacciona y pretende convencer a Sergei de que, en ese nuevo cuadro de las cosas, Brad Molloy sobra.

Supongo que sí, reacciona Brad. Tantos muertos para la misma vela, ¿eh? Paco Juárez, Frank Manso, Vasco Quintana, Trémolo y Garbo… ¿olvido a alguien? ¡Ah, seguro! Los presuntos Ogunes.

Sergei ríe nuevamente y luego traduce para que sus hombres lo celebren. El acto es casi automático.

A los Ogunes, claro, hay que felicitarlos, dice Sergei.

¿Ah, sí?, dice Paco. Pues vamos a celebrarles un banquete, con putas y una banda de salsa y todo eso, puesto que… ¿qué es lo grandioso que han hecho, si no entorpecer y complicar la transacción?

Paco, eres despreciable, declara Sergei. Te hundes y te aferras a la mierda, pensando que, como flota, te puede salvar. Los Ogunes no son otra cosa que un brazo de nosotros mismos.

Por un momento, Brad piensa que sería hasta conveniente dejarle el violín a los rusos y que les compensen a él y a Dolo por su papel en el rescate del instrumento. Con respecto a Paco, de seguro tiene ya una etiqueta en el dedo gordo del pie y no se ha enterado.

¿Cómo es eso?, pregunta asombrado Paco.

Tu ingenuidad asquea, dice Sergei. No me sorprende que venga cualquiera y se tire a tu mujer. Necesitas calle.

Paco contiene un rábido impulso de violencia y se conforma con dar un contundente puño sobre el escritorio de cristal y lo triza en un gélido sonido de grieta que no abre por completo.

Así que la mafia rusa conquista a una organización de traficantes caribeños y la coloniza, dice Brad con el propósito de hacer que Sergei elabore una explicación.

En efecto, sugiere Sergei. El Caribe, en particular tu isla de Puerto Rico, posee un débil grado de resistencia para sobreponerse a la discordante estructura social. Su economía es frágil, muy dada a la vulnerabilidad. Es una realidad prestada la que ustedes viven. La estructura política es incapaz de manejar los conflictos internos. Y los mercados de drogas y armas, por tanto, se acomodan muy bien a todo esto. Así que aquí estamos: encontramos a una organización llamada los Ogunes, que se dedican al tráfico de armas, y fue muy fácil hacerlos nuestros. Ellos actúan, no piensan. El dinero habla. El dinero decide. El dinero dictamina. El dinero es Dios.

Pura mierda, protesta Paco, que este tipo es un mensajero, un chico de mandados, un chocolatero de pacotilla, o un contrabandista Mickey Mouse, y no se le deben explicaciones u otra forma de información privilegiada.

Sergei fuma de su cigarrillo.

El lobo no teme al perro pastor sino a su collar de clavos, dice. Otro proverbio ruso.

Apréndelo, Paco, y serás sabio, dice Brad, y Paco le esparce el odio como si fuese un follaje invisible.

Me importa un carajo lo que pienses, Sergei. Ya hemos cumplido con nuestras respectivas partes. La droga es tuya, bien; eso acordamos; pero el violín es mío; y el chocolatero y su alicate, se mueren.

Uno de los hombres de Sergei se acerca y le muestra la pantalla del celular. Conversan y ríen. Sergei imparte instrucciones en su lengua y luego sirve dos copas de whiskey y le ofrece una a Brad, la que acepta diciendo que confía, pero que no se dormirá en ningún momento.

El ruso sonríe y brinda a la salud de Brad. El trago baja fogoso y luego Sergei ahoga su cigarrillo en una vasija que encuentra sobre una mesa. Paco le reprende: no es un cenicero, es una vasija taína del período precolombino, idiota. Sergei se muestra indiferente. He visto cosas, Paco, dice. He visto cosas. Paco limpia con urgencia la vasija de barro mientras Sergei prosigue el relato de su llegada a España, allá para 1999, hecho un Don Nadie, pero eran tiempos que mientras se llegara con dinero a la mano, no había problemas para hacerse de los espacios. Era una de esas instancias en que el espacio precedía al ser, asegura el ruso. Daba igual. No se preguntaba de dónde procedía el dinero, más aún en un continente en el que apenas se iniciaba el Euro. Nuestra organización, durante sus inicios en Mallorca, se cotizaba en veinte millones de euros. Deben imaginarse, dice Sergei, que teníamos yates y aviones que a veces prestábamos sin hacer preguntas a diputados, alcaldes y políticos de los que poco a poco nos fuimos ganando el favor. Por supuesto, moverse con tanta libertad entre los círculos de poder españoles implicaba crear tensiones en el entorno, sobre todo con la mafia marroquí y la mafia italiana. Si la primera no cuenta con muchas ramificaciones más allá del trecho recorrido por agua, la segunda se trata de una jerarquía familiar de grandes vínculos con la tradición. Nosotros no, establece Sergei. A nosotros nos gusta el modelo corporativo que es sumamente maleable y aplicable a los funcionamientos de los nuevos órdenes económicos y políticos. Y a ustedes, los boricuas, eso les deslumbra. Por eso el Caribe es nuestro próximo asentamiento. O sea, todo lo contrario de lo que fuimos, expresa, porque añorar el pasado es correr tras el viento. Por ello, como verás, he trabajado mucho para llegar aquí. Y por tanto, concluye, no recibo órdenes de hombres muertos.

¿Muerto? ¿Muerto?, tiembla Paco. ¿Muerto yo?

Sergei no contesta.

Eres una rata, Paco Juárez, sentencia Sergei. Estamos muy desencantados con todo el problema en el que nos has metido. En nuestras conversaciones previas, nunca mencionaste nada de dos chocolateros encargados de recuperar el violín.

Pero… pero… ¡sucedió de esa manera! No teníamos un libreto, se defiende Paco.

Siempre hay un libreto, asegura Sergei.

Así son las torceduras de la trama, dice Brad. Por más que uno planifica, la historia corre por el lado que le viene en gana.

Por tanto, no es mi asunto, afirma Sergei.

Paco, a decir verdad, conoce poco a Sergei, aunque se piensa lo suficientemente informado como para reconocer que la imaginación de sus asesores es incontenible, no sólo para la proliferación espontánea de empresas fantasmas que manejaran el dinero negro, sino en las maneras de desaparecer a sus enemigos. Sergei, quien incluso posee un pasaporte comprado en Grecia que le permite viajar por toda la Unión Europea y gran parte del Nuevo Mundo, no tiene igual en el reino de la mafia en España.

Ni tú ni ningún otro capo me llegan a los tobillos, dice Sergei, si es que le quedan, porque, para mí, dejar a alguien sin rodillas o sin piernas es como pedir pescado frito en la costa. Y todo esto se los hago saber como un mensaje de buena voluntad, que es como decirles que no me trago la mierda de nadie, continúa a la vez que se pasea por el despacho como si estudiara cada uno de los rostros presentes para grabarlos en algún recinto de su memoria. La clave es, mi querido Paco, que es bueno orar, pero sin nunca dejar de remar hacia la orilla. Aquí no hay nada dado.

Brad, percibiendo la hostilidad de Sergei hacia Paco, se interpone ante el primero y propone que le dejen ir a él, a Dolo y a Aura Lee. A cambio de esa libertad, está dispuesto a cederle todo lo que tiene de San Juan Sour, palabra que logra desequilibrar la atención del mafioso ruso. ¿San Juan Sour?, dice en su atropellado castellano y luego repite en su idioma: *San Huan kislyî?*. Sus hombres comentan entre sí. Intercambian pareceres. Dolo dice que hablan como si hicieran gárgaras y Sergei le recuerda que si no se calla, podría servir de cóctel para los peces de la bahía de San Juan esa misma noche. Dolo piensa que sería un desastre ecológico.

Brad guarda silencio e intenta leer el rostro de Sergei. Nota que su semblante refleja curiosidad genuina.

¿No era ese el nombre de la operación que los idiotas de Trémolo y Garbo estaban supuestos a completar?

No sé de qué habla. No teníamos ninguna operación con nadie. Sólo chocolates con afrodisíacos ilegales.

Brad, entonces, vacila por unos segundos y la duda traidora le arresta los sentidos: las autoridades federales de Estados Unidos, o la Interpol, o ambos, o quiénes fueran, pesquisaban el negocio de los afrodisíacos ilegales. No existe la contingencia, y lo que se nos presenta como azar surge de las fuentes más profundas, piensa Brad en Schiller y hasta lo refutaría, porque sabe que de los dos tiranos del mundo, la casualidad es uno –el tiempo es el otro–, pero un nombre que amanece dos veces en un mismo horizonte debe tener una explicación, si tan sólo porque el nombre de las cosas es un viento que las entumece y del que no se recuperan. Es la única manera de explicar la aparición del hombre con el maletín repleto de dinero en efectivo que insistía en comprar chocolates al por mayor. La operación estaba destinada a interceptar las armas, pero de algún modo debieron enterarse del «otro» San Juan Sour: el del tráfico de afrodisíacos, resolvió Brad. Nada de esto, por supuesto, goza de certeza alguna. Por ahora, convenía darle punto conclusivo a aquella transacción compleja en la que ya había muerto gente, lo que imantaría diversas otras investigaciones.

Sergei escucha complacido a Brad.

Eres ágil de pensamiento para estas cosas, dice. Un paranoico exquisito. Y puede que hasta haya agentes infiltrados entre los míos, pero eso está por verse más adelante.

No le hagas caso a éste. Es un cabrón, dice Paco.

Sergei se torna hacia él.

Todo aquel hombre que se enriquece en un año debería haber sido ahorcado doce meses antes.

Insisto que es un pendejo chocolatero que carga sus productos con afrodisíacos, insiste Paco.

Y tú, conoces bien de eso, ¿eh, Paco?, estalla Aura Lee, que sale finalmente de la opresión de su marido.

Tú te callas.

¿Has comprado San Juan Sour últimamente?, insiste ella. Ah, perdón. Olvidaba. Tienes gente a la que puedes enviar de compras. Claro. Como todo, ¿no? Piensas que el mundo es para servirte.

Ya te dije que te calles.

Huésped no invitado es peor que un tártaro, dice Sergei. Este no es momento para cosas de matrimonio.

Pero, sí, como no…, insiste Aura Lee al notar que tiene a Paco acorralado por las palabras. No basta decir que conoce el San Juan Sour, sino que ha tenido el placer de consumirlo, aunque aquí aseguro que no ha sido conmigo, pero afirmo que mucha falta le hace.

Paco se amuralla justamente frente a ella.

Tal vez es la necesidad de buscar bailarinas en los bares, ataca Aura Lee. Chicas que quieran hacer favores por dinero.

Como te encontré a ti, perra.

Y, claro, al ser más jóvenes, el pobre Paco, que ya no da un buen asalto de una pelea mediocre, ha tenido que enviar a su puta personal a comprar afrodisíacos achocolatados.

De la misma manera te clavaba después a ti, que eres igual de puta.

Y para colmo, afrodisíacos y una pieza ejecutada al desnudo con un Stradivarius. Risible.

Paco calla.

Tal vez el violín era para encantar y revivir a la serpiente muerta, pero igual que se quedaba como avestruz asustado: sin levantar la cabeza, insiste Aura Lee.

Me la besas.

En tus sueños, cabrón.

Cuidado. Eres un mueble más en mi relación de bienes.

Y tú eres un viejo ridículo y me alegra haberme tirado esta tarde a Brad Molloy, que tiene una verga que asfixia.

La mano de Paco traza una pendiente de izquierda a derecha y termina plantada como bofetada impasible que acalla la paciencia y estremece el temor.

Ante Brad Molloy, testigo pasivo hasta ahora, la muerte ha descendido como un gorrión sobre su hombro y le ha dicho: he llegado.

No queda más compulsión que dejarse hervir la sangre cuando observa a Aura Lee derribarse sobre el sofá como un frágil árbol otoñal, y en su intento de amortiguar la caída, arrastra consigo varios objetos decorativos que se exhiben sobre la mesa, entre los que se interpone un contundente falo de piedra, otra de las valiosas piezas de arqueología que le sirven de decoración al despacho. El golpe le causa a Aura Lee una laceración inmediata en el rostro.

Brad Molloy, entonces, no espera por segundos pensamientos.

Con agilidad bestial, se abalanza sobre Paco, lo toma por el cuello de la camisa, lo golpea insistentemente y lo arrastra de un lado para otro sin soltarlo. Paco intenta zafarse y en cierto momento dado, casi lo logra, pero Brad Molloy, con toda la rabia despierta, con toda esa frustración dolida y con toda la intolerancia de quien ve a su amada reducida a saco de arena, tira golpes como un hechicero reproduce serpientes. Hay una penumbra en sus ojos que poco a poco le envenena la visión y lo va secuestrando del momento, de su ahora y de su aquí, y ya hasta le sangran los nudillos cuando sus contundentes puños comienzan a encontrar los huesudos pómulos de Paco, que al caer de espaldas sobre el escritorio de cristal, quiebra una de sus patas y resbala como por un tobogán, con la suerte de que se encuentra con un estuche donde guarda la Smith & Wesson cromada y le apunta al pecho a Brad, pero Paco Juárez, débil por la inclemente paliza que recibe, dispara un arma sin balas. Mientras los demás observan -no se meta nadie, ha instruido Sergei-, Brad Molloy, temerario y sin parpadear, se ha quedado esperando el impacto del disparo y, al no recibirlo, toma el falo de piedra que yace en el piso y macera el rostro y la cabeza del hombre tantas veces, que ya la sangre y los pedazos de la masa encefálica comienzan a salpicarle el pecho.

El color de piel de Dolo se ha torna algo verde y ya parece que viene la náusea y el golpe del vómito regurgitando por el esófago, y finalmente sale corriendo hacia la habitación contigua. Sergei le hace señales a Hammer para que lo siga, mientras éste, que muestra rostro complacido, carga su arma de nuevo. Sergei le recuerda que no hará falta otro cadáver y Hammer sale finalmente tras Dolo.

Un ciego silencio se apodera de la oficina. Brad se incorpora y encuentra el rostro espantado y catatónico de Aura Lee. Intenta caminar hacia ella, pero tropieza con una funda que lee *Chocolates, caprichos y algo más* y la cual contiene los chocolates San Juan Sour. La recoge. Sacude los cristales que han caído sobre ella. La inspecciona. La arroja de nuevo al piso. Se deja caer sobre una butaca. Sergei aplaude. Sus hombres proceden a terminar la botella de Putinka.

Los caminos quedan abiertos.

el nirvana de bala, chocolate y violín

En el ramaje desnudo al final de un tiempo nace, con alevosía, el comienzo de otro. Sergei muestra una sonrisa azul mientras examina el violín. No se muere dos veces si no se escapa de la muerte una vez, dice Sergei, pero tanto Brad como Aura Lee contemplan el cuerpo de Paco, y los demás, simplemente no entienden tanto español. Los cobardes mueren muchas veces, pero los valientes sólo una, dice Sergei. Shakespeare, balbuce con desgano Brad, seguido de las risas estridentes del ruso. Luego se sienta a mirar el desastre en que ha quedado el despacho y finalmente, tras el desgane de unos minutos, se dirige a Brad para indicarle que ahora, por eliminación, queda una última conversación pendiente, y es entre ellos dos. Brad limpia sus sangrantes y sangrientas manos con la chaqueta que acaba de quitarse. Aura Lee, con un gesto muy distintivo de ella, hunde el rostro entre sus manos y deja que un telón de pelo la separe del resto del mundo.

Sergei toma los últimos sorbos de su vodka y dice que ha llegado la hora púrpura, la hora de los sacrificios, de decidir la dirección de los caminos. Puedes matarme si quieres, dice Brad Molloy. ¿A qué llegamos? Sergei se dispone a contestarle cuando aparece Dolo abrazado por Hammer. ¿Siempre eres así de dulce y amistoso?, le pregunta Sergei a Hammer. Nada que tenga que importarte, contesta el gatillero. Brad va levantando la mirada como si la misma se le hubiese muerto en las manos, pero una vez concluye el esfuerzo, no encuentra otro punto en la distancia que el rostro acicalado y bien cuidado de Hammer. Eres un cabrón, ¿sabías?, le dice. Nos habías vendido a nosotros igual que habías vendido a Paco. Sergei hace un gesto de brindis con su vaso vacío. La podredumbre de la traición cae como un animal en turbada agonía. Matar a sueldo es siempre venderse al mejor postor, dice Hammer insensibilizado. Caer está permitido, pero levantarse es obligatorio, dice Sergei. Brad siente que, sin duda, mientras más camina por la ciudad, más escombros encuentra en cantidades inacabables.

Hay que reconocer un hecho aquí, Brad Molloy, dice Sergei. Los héroes que saben sacrificarse, son los que mejor saben matar. Y, por tanto, son los que van a vivir más tiempo. Sergei se inclina y rescata a los chocolates de su pasividad ignorada.

Aura Lee no reacciona aún, pero Hammer se acerca a ella y la abraza y la consuela y le dice que ya es libre, pero ella reniega de esa posibilidad, y dice que no, que no, que a los desgraciados le salen gusanos en la sal, y que eso es seguramente lo que a ella le espera. ¿Y Antonio? ¡Antonio! Debe haber huido, contesta Dolo. Siempre me pareció un mayordomo cobarde, agrega mientras se recompone. Por un instante, Dolo espera que le reprochen o le manden a cerrar la boca, pero no ocurre, lo que le satisface inmensamente. Sergei imparte instrucciones a tres de sus hombres, que de inmediato responden en obediencia y salen con sus armas, quedando dos de la ganga para proteger a Sergei. Brad piensa que no podría distinguir a ninguno de los guardaespaldas con características particulares, pues lucen todos iguales.

No hay nada más bello que la verdad, dice el ruso. Ahora, en un momento pensé que ustedes eran agentes encubiertos de la Interpol.

Brad no le presta atención.

¿En serio?, se ilusiona Dolo.

Claro.

Dolo siente la sangre fluirle como si corriera por las venas de un dios que se agiganta con las palabras.

Pocas veces me equivoco, pero debo admitir que confundí estupidez con destreza, explica Sergei mientras coloca el violín de vuelta en su estuche y se dispone a inspeccionar el San Juan Sour, el cual palpa y huele, pero no prueba. Quiero decir, dos individuos que corren una chocolatería de pronto se ven involucrados en el rescate de un violín que está empeñado como garantía para cerrar un complicado negocio de armas por drogas... no, no, no... Yo me dije: «Sergei, estos dos son unos profesionales. Elimínalos cuanto antes». Pero, ya ven, me equivoqué.

Cuánto me alegro, señor Sergei, dice Dolo con falsa hombría. Admitir las flaquezas nos hace fuertes.

Hammer, Brad y Sergi se sorprenden al mismo compás. Aura Lee no; ella sigue hundida en los efectos de lo que todavía quiere que sea una ilusión o, peor, una pesadilla.

Apenas he recibido notificación, por mensaje de texto al celular de uno de mis muchachos, de que el FBI ha intervenido con una pandilla floja de policías corruptos que intentaban cobrar un negocio de armas robadas, dice Sergei. Armas por el violín.

Brad, que se encuentra abrumado por la manera en que los sucesos han desencadenado, aparta la sensación de fracaso por una de triunfo. Se incorpora, toma a Aura Lee por la mano y le dice:

Este es el momento. Debemos huir, Aura Lee. El FBI seguro nos rastrea por el San Juan Sour. Ya deben haber hecho la asociación, porque el negocio de Paco Juárez era obtener el violín a cambio de las drogas; el de Frank Manso era obtener el violín a cambio de armas; y Trémolo obtendría las armas a cambio del violín para luego traficarlas a cambio de drogas, que estarían en manos de Sergei, que da el hecho que controla a los Ogunes, a quienes se destinarían las armas. Toda una confusión premeditada. Alguien se iba a quedar insatisfecho: no había dos violines, pero sí dos San Juan Sour. Seremos el premio de consolación de alguien.

Correcto, admite Sergei. Por ello, ustedes pasarán a trabajar para nosotros.

Oh, no, exhala Dolo.

Oh, sí.

Tras quedar detenidos Trémolo y Garbo, entró Vasco Quintana a la caza, y tras él venían los federales. No hay duda de que cargaba mala fama. Los Ogunes esperaban la llegada del violín a través de Frank Manso, cuya gente tenía las armas en su poder hasta que son incautadas por el FBI. Cuando Vasco reclamara el arsenal, todos caerían. Ahora, ese arsenal es muy importante, muy valioso. Y está en poder de los federales. Así que todavía tenemos un asunto que terminar con nuestros amigos gringos, por lo que ustedes se encargarán de citarse con Clinton Jiménez.

¿Clinton Jiménez? ¿Quién demonios es Clinton Jiménez?

Nuestro contacto en el FBI. A él le entregarán el Stradivarius. Y él tomará el gesto como un acto de buena voluntad, y nos hará llegar las armas. Ya saben: quieren madrugar a la CIA.

No entiendo. ¿Ustedes quieren las armas y la droga?

Claro. Y el violín, no lo olvides, aunque Jiménez, se lo ha prometido a una figura jerárquica en Casa Blanca.

Como sea. No quiero saber más.

Ya lo dijo alguien: el conocimiento es dolor.

Y a nosotros, ¿qué nos toca?

¿Qué les toca? Quedar con vida, ¿quieres más? No creo que puedan seguir con el San Juan Sour, pero vivirán. Sean creativos.

Ya lo dije. No vamos a trabajar para ustedes, reclama Brad.

Ya trabajaron para nosotros.

Yo luché por llegar a la mujer que amo, no fue por otra cosa.

Pues si quieres, que se quede contigo, si eso es lo que pides, aunque no creo que ande en desconsuelo por ti, si no lo has notado.

Pero la amo. Eso me basta. Aura Lee se va conmigo.

Sergei le traduce a sus protectores las palabras de Brad y les provoca la risa una vez más. Luego, el hombre que sostiene el violín lo arroja en dirección de Brad, quien lo captura con torpeza.

Acompaña a los caballeros y a la dama a su nueva encomienda, ordena Sergei a Hammer, quien, sin mediar palabra, obedece y abriga a Aura Lee con su chaqueta para luego ayudarla a que se incorpore y se recomponga.

Eres una basura, Hammer, insiste Brad. Debí saber que a los escorpiones no se les puede ayudar a cruzar el río.

Largo de aquí, dice Sergei. Recuerden el nombre: Clinton Jiménez. Les estará esperando en el vertedero público de San Juan, donde quiera que esté ubicado.

¿No había otro lugar?, inquiere Dolo. ¡El vertedero!

La basura se trata como tal, ¿no crees? Pero, ojo: sabemos de ustedes, dónde trabajan y todo eso, ¿eh? Por ahora, ustedes son nuestros. Así que, Brad Molloy, no intentes nada estúpido. Obedece y no pienses, porque cuando queramos buscarte, te encontraremos, *Candy Man*.

Brad traga en seco al escuchar la manera en que lo llama Sergei.

Ayúdalos a que desaparezcan, Hammer, comanda el ruso. No quiero volver a verlos, a menos que el destino los traiga de vuelta a mí. Entonces, el Nirvana quedará en una bala, un chocolate y un Stradivarius robado.

Hammer asiente.

Sergei traduce y sus hombres ríen. Uno de ellos hace un comentario en ruso, que acompaña con un gesto que indica que a Hammer le cortarían la cabeza.

Por ahora, ¡largo!

Con prisa nerviosa, Brad recoge las esposas y las llaves, y toma a Aura Lee por la mano y salen de la mansión en carrera, seguidos por Dolo, quien le quita los chocolates de la mano a Sergei, y Hammer, quien pide excusas por ello ante el ruso. Aura Lee solloza. No lo puedo creer, no lo puedo creer, dice. No te amilanes. El nirvana, en efecto, está al otro lado, ya casi llegamos allí, amor; mantente conmigo y a mi lado. Parecería que la sangre y las emociones aceleradas murmuran en contra el horizonte de las ciudad. La luna destella en fragmentos venidos a menos por la soledad de los conjuntos; ebria de narcóticos efímeros, su antifaz de plata esconde el silencio de las sagas. Brad siente pulsar la inevitabilidad. No te detengas, mi reina, dice mientras ciñe las esposas al mango del estuche del violín, y de aquí a su muñeca; ven, ven: nos tenemos por fin; el camino es nuestro, dice, mientras se esposa al instrumento, sin soltar la mano de Aura Lee. Justamente antes de entrar de vuelta a la limo, Brad se detiene.

Rata traidora, le dice a Hammer.

Uno siempre se vende al mejor postor. Soy, por tanto, mentiroso compulsivo.

Exacto, hasta que venga alguien que apuesta a que te mata primero, dice Brad.

Cabrón, contribuye Dolo.

Brad, olvida a Hammer, dice Aura Lee con un barrunto asomándose por los ojos. No tienes tiempo que perder. Sergei no tiene mucho margen de tolerancia. Le conozco poco pero me basta para anticipar su modo de obrar. No suele hacer concesiones de este tipo. Yo me quedo.

¿Qué dices, Aura Lee? ¡Mira el horizonte! ¡Nos espera! ¿Vas a rendirte ahora?

Por favor, no es el momento…, insiste Aura Lee.

Vámonos cuanto antes, Brad, dice Dolo. Olvídala. No merecemos ir a la cárcel por ella ni por Hammer.

Sí, sí, como quieras, dice Hammer mientras escribe un nombre y un número de teléfono en una tarjeta. Ahora, escuchen: tienen el violín, así que salgan de él. Deben llamar a Sven. Contáctenlo. Hagan una cita. Les dará buen precio, de seguro. Y me guardan mi parte. ¿Estamos?

Nada es bello, excepto la verdad, dice Brad. Y de seguro, vendrán a matarnos. Gracias por las consideraciones, Hammer. ¡Vete al carajo!

Es tu oportunidad si quieres salvar tu paraíso, dice Hammer.

Seguido, entrega las llaves de la limusina a Dolo, besa a Aura Lee, le dice que la quiere, siempre estaré aquí para ti, y se retira.

Dolo observa las llaves con una mezcla de maravilla y fascinación, y Brad le pide que no pierda más tiempo y enciende el auto, que nos vamos. Dolo parece chico con juguete nuevo y entra de inmediato a la cabina del conductor. Y entonces, Brad Molloy se queda a solas con el rostro desgajado de Aura Lee, su cabellera salvaje dispuesta como un desorden retocado por el olor a cigarrillo, vodka, sangre y sudor. Su maquillaje se ha disgregado por los párpados, dejándole una apariencia de muñeca cadaverosa que a Brad le ha parecido particularmente bella, pero a la misma vez terrible y triste, porque presiente lo que los labios de Aura Lee están a punto de dejar caer, y él quisiera detener el viento, los giros de la tierra, los pasos del tiempo y los latidos de su corazón también, todo con tal de no escuchar aquel «lo siento» que se acerca, se acerca, lo presiente, y llega, porque así lo dice. Lo siento, Brad, finalmente arroja al aire, porque ha sido maravilloso poder recuperarte no importa cuán breve sea el asunto de morirnos de nuevo en un adiós, pero no puedo ir contigo. ¿Y qué de los sueños? ¿Qué de aquellos dos chicos que se han ido perdiendo y encontrando y perdiendo y encontrando? ¿No merecen su propia voluntad unida en un mismo ejercicio de espacio y tiempo? ¿Qué hay de aquello de llegar juntos a la vejez? ¿De recordar la vida en armonía? ¿De soñar, Aura Lee, soñar, puñeta? ¿Qué queda sin ésto? ¿Y qué pasará con la última voluntad del violín de Brindis de Salas? Y Aura Lee, que no ha podido contener las lágrimas desde que vio a Brad quitarle la vida con sus propios puños a Paco, sonríe y dice: «Adiós, Brad. El mundo nos ha fallado a ambos».

Brad se descompone como un poema de Bukowski y se encuentra como un niño solo en medio de un oscuro bosque de árboles deformes. Se siente como un ángel leproso, decaído e incapaz de alzar vuelo tras haber cumplido la voluntad de algún dios de protervo engaño, un dios hecho a semejanza de la imperfección humana.

Ve tú tras lo que sea, añade Aura Lee, pero yo no puedo acompañarte.

Y Brad siente que se desangra por dentro, que de pronto le han inyectado una gran dosis de ácido sulfúrico en las venas y que tan pronto cae al torrente sanguíneo comienza a corroerle los órganos internos y se siente quemar de adentro hacia fuera, y piensa muy bien que pudiera ser el comienzo de una combustión espontánea, o que simplemente se derrite como las velas en una catedral que poca gente visita, que se liquida en agua de fuego y que irremediablemente va a desaparecer de la existencia, pero no; es peor de lo que pensaba; es el dolor del desamor, del desprecio mortífero y reductor de almas a cenizas; es el adiós que nunca se quiere escuchar, porque llega como una muerte que plancha todos los dobleces del alma, dejando todo plano y liso, porque ya no se tiene por qué o para qué vivir.

Dolo sugiere marcharse de una vez lo más rápido que se pueda, pero Brad no puede apartarse de los ojos de Aura Lee. Ella le besa con fuerza en los labios, y cuando él está a punto de decir su nombre y pedirle que se quede, ella dice:

Ya te lo había dicho, Brad. No soy para ti.

Y da la espalda.

Brad permanece como bizcocho de bodas en plena lluvia. No queda duda en su mente que el paso de la vida no es atravesar una llanura. Siente un temblor entre sus costillas y por toda su caja torácica. Le falta el aire y quisiera dejar caer el violín contra el pavimento y romper con la ligereza del pasado inmediato. Y mientras entra lentamente en la limusina, se convence, indefectiblemente, que, de verdad, perseguir una mujer también es correr tras el viento.

el fin de la ilusión

Brad Molloy camina acompañado de Dolo Morales por las adoquinadas calles de Berna. Es una lengua de tierra a la que el río Aar circunvala como una boca, algo que Brad encuentra apropiado al considerar el perfil políglota del impresionante cantón medieval que le da su nombre a la capital suiza, aunque se sobrepone ese contagioso y apacible sentido de la «helvetitud». Ser suizo es ser una suma plurivalente de tradiciones, dice Brad a Dolo cuando éste manifiesta que no entiende el país, que le parece una idea bastante difícil de tragar esa de ser una nación que alberga muchos pueblos en sí misma, pero que le encanta, sobre todo porque todas las mujeres y los hombres les parecen bellos y así tendrá tiempo de olvidar a La Chicolina y a Hammer. Brad sabe que no estarán tanto tiempo en esta babel del centro de Europa, pero cuando se trata de Dolo, el concepto de tiempo se altera. Pero, dime tú Brad, ¿cómo vas a etiquetar a toda esta gente? ¿Eh? ¿Cómo los describirías? Brad reconoce que el asunto de la identidad, para los propios suizos, se limita a un imperativo conceptual sobre otros pareceres más empíricos, si se quiere, como lo son el habla o las manifestaciones culturales. Renan dice que son una «nación-voluntad», resultado de una ecuación que resulta en el pacto perpetuo de una comunidad política. ¿Y eso funciona?, cuestiona Dolo. Bueno, siete millones de habitantes no pueden estar todos equivocados, contesta Brad. Bah. Yo prefiero lo sencillo, como pensar en mi país y sentirlo como uno. De una manera u otra, la humanidad siempre necesita el mito que les anteceda, decide para sí mismo Brad.

Luego de llegar al Berne Belp en vuelo desde Londres, se transportan al centro de la vieja ciudad y luego se registran en un hotel de la Zeughausgasse. Perturbados por algo de jet-lag, Brad no ha podido borrar de su mente la escena que encontró al llegar a su tienda de chocolates, donde guardaba, en una caja fuerte, una gran cantidad de efectivo. Con ese dinero comprarían los pasajes hacia Berna, en donde consecuentemente contactarían a Sven Zubriggen, negociarían el precio del violín y se retirarían a gastar el dinero que obtuvieran a cambio. Pero, sobre todo, se dedicarían a olvidar sus respectivos pasados. Los planes, no obstante, giraron en dirección inesperada cuando, al llegar a *Chocolates, caprichos y algo más*, encontraron la tienda prendida en llamas. Varios curiosos se arremolinaban en torno al fuego como una tribu perdida en una ciudad que, contrario al orden natural de los cuerpos celestes en constante expansión, se encogía. Dolo tomó el violín de las manos de Brad. Ya sé que el violín no cumplirá su destino, dijo el chico de rostro cansado. Pero, ¿Aura Lee? Creo que nunca te perteneció, Brad. Esa pendejada de tener lo mejor de dos mundos no funciona siempre. Pero no le des cráneo; déjame tocar el violín al menos por una vez. Brad, con el alma envenenada por las últimas palabras de Aura Lee, accedió, o más bien no hizo ni dijo nada, sino que se dejó despropiar del instrumento como un árbol viejo que pierde su última hoja.

Dolo acarició los contornos del Stradivarius, palpó el arco y luego se dispuso a interpretar, frente al fuego, «Aire para cuerda en Sol», de Bach, cuando un vagabundo que pasaba por allí –llevaba un carrito de supermercado en el que transportaba un ventilador, un televisor, varios peluches sucios y mutilados junto a una bandera de Puerto Rico desgarrada– se detuvo para cantar al compás del violín: «A ella le gusta la gasolina/ dale más gasolina». Fue la primera vez que Brad reconocía que Dolo tenía talento para algo.

Camino a casa de Brad, en donde guardaba otra tajada de dinero, aunque menos sustanciosa, recibió una llamada de Aura Lee, quien, temeraria y a la vez nerviosa, le informó que acababan de matar a Hammer. Brad quedó sin habla unos minutos y Aura Lee, consciente del tiempo mínimo que disponían, le explicó que Sergei recibió un aviso de Clinton Jiménez que formalizaba su retirada del intercambio acordado si el violín no aparecía en diez minutos. Había transcurrido algo así como hora y media, por lo que Sergei, sin pensarlo mucho, mató a Hammer de un sólo disparo a la cabeza. Luego amenazó con matarme si yo no le ayudaba a detectar la gente que trabajaba para Paco y a decirles dónde se encontraban ustedes. Fue horrible, dijo Aura Lee, estar sentada con una pistola en la boca que apenas me dejaba hablar. Tuve que decirles que ustedes se habían escapado con el violín, pero no revelé hacia dónde se dirigían, que todo había sido idea de Hammer, a quien, aún muerto, le hizo dos o tres tiros más, maldijo en ruso y escupió. El asunto es que Sergei, de todas formas, anda tras ustedes, Brad.

Cuanta pena entra, tantos secretos salen.

Las pequeñas mentiras de deseos. Aún sin esperanza, la verdad estaba de nuestro lado, Aura Lee, lamentó Brad. Tú querías casas lujosas, dinero, comodidad, extravagancias, y yo sólo te quería a ti. Es una cadena de podredumbre infame que no te podrías imaginar, dijo Aura Lee. No creas, juzgó Brad. Es mafia de cuello blanco y el alcance de sus tentáculos es amplio. Dímelo a mí, que por tenerte a ti me di a ellos y ahora me quedo con nada, excepto un violín maldito y ninguna satisfacción.

Un silencio se espesó en el espacio.

Y eso fue todo.

Brad Molloy sabía que si Aura Lee permanecía con vida, era porque le tocaba ser la mujer de Sergei. Así, Brad permaneció suspendido en sí mismo, hueco, desgarrado y perdido.

Y así, esposado de nuevo al violín, Brad partió junto a Dolo, una bolsa de *Chocolates, caprichos y algo más* con chocolates San Juan Sour –la que Dolo había conservado con la esperanza de cualquier cosa, fuese venderlas o utilizarlas, ¿qué importaba ya? – y algo de dinero en efectivo para gastos inmediatos en Europa.

El hombre tonto piensa que es sabio, pero el hombre sabio sabe que es un tonto, dice Brad al respirar el aire de la Zeughausgasse.

¿Huh?, reacciona Dolo.

Shakespeare.

Dislocando el pasado inmediato, y dada la premura que tenía en salir del violín y no quedarse con las manos vacías, Brad llama a Sven Zubriggen, según Hammer le había referido. Al principio, la comunicación fluye con dificultad, puesto que Brad Molloy, tras haberse identificado, no entiende el dialecto coloquial de Berna y su interlocutor parece no entender ni inglés ni español ni italiano, que son las tres lenguas en las que Brad intenta expresarse, lo que le dice que Sven Zubriggen puede ser menos accesible de lo que pensaba, puesto que sabe que un traficante de obras de arte robadas debe manejar, al menos, tres idiomas. Mas, esto es Suiza, coño, le dice Brad en perfecto español caribeño. Tengo el violín de Brindis de Salas conmigo y pensé que le interesaba. Tras un silencio en la línea, seguido de dos carraspeos, Sven de pronto se muestra articulado en el español y le indica una dirección en Herrengasse, donde se deben encontrar en dos horas. Grand Casino Bern es el nombre. Yo no juego, dice Brad. Hay una barra y buen restaurante allí, el Allegretto. Estaré esperando y entonces, hablaremos. Tengo tu número de móvil, así que no me llames, dictamina Sven y luego cuelga.

Así, emprenden la marcha, Brad celando al violín y Dolo portando los chocolates San Juan Sour. Surcan la Marktgasse, que es la misma que la Spitalgasse y Kramgasse -todas son una con distinto nombre- por el meandro principal. La presencia del gran reloj Zytglogge parece indicar que el tiempo cursa por una sola brecha. Muy Lezama Lima, aunque Brad nunca le entendió del todo. Brad piensa en el mecanismo del reloj astronómico empotrado en la torre. Su ingeniosa ingeniería reproduce el movimiento de los astros del universo conocido hasta entonces. Las figuras de un rey y unos ojos desfilan cuatro minutos antes de las horas en punto. Brad piensa que es como un monumento al recuerdo de nuestra discontinuidad en la existencia. Vida y muerte, y entremedio, la sobrevivencia es a todo lo que se reduce el mundo. Como el Chan Su

A Brad le parece que la ciudad es romántica e intelectual, tradicional y de vanguardia. Por la Kramgasse, precisamente, se encuentran la casa donde Einstein concibió su teoría de la relatividad. No le queda duda a Brad que la luz se curva ante la presencia de la materia desde que Aura Lee estuvo, varias horas antes, cerca de sus brazos. Pero esa es la historia, piensa Brad: el chico sin la chica, el chico encuentra la chica, el chico recupera a la chica y el chico pierde la chica. Lo demás es literatura.

De nada le consuela el encanto de las fuentes en Berna, las calles porticadas, los locales escondidos y los cines subterráneos. La ciudad es bella, pero la circunstancia ordinaria. Se pregunta cómo habría de disponer una separación del ser y su tiempo, pero luego maldice e invita a Dolo a tomarse unos tragos en algún café de la Aarbergergasse. Allí compra una caja de cigarrillos canadienses y un encendedor Zippo. Extrae un cigarrillo, prende el encendedor, pero la remembranza de una leyenda urbana lo detiene: los encendedores Zippo son elaborados por prisioneros en las cárceles de

Estados Unidos, y el código de serie de cada artefacto corresponde a la identificación numérica del prisionero que lo manufacturó. Un segundo intento de prender el cigarrillo es malogrado por otro pensamiento superior: de pronto, Brad recuerda que lleva diecinueve años sin fumar. Retira el pitillo y comienza a jugar con la tapa abisagrada del encendedor. Así se mantiene por el resto de la caminata.

Dolo repasa una literatura de turistas que recogió en el vestíbulo del hotel y comienza a leer, en voz alta, el recuento histórico de los orígenes de Berna. Brad no objeta. Que se entretenga, piensa, mientras busca en el horizonte brumoso una forma que darle a su pena. ¿Escuchaste esto, Brad?, dice Dolo. En el mil novecientos noventa y uno, un tal duque de Zahringen mató un oso en donde se levanta la muralla de la ciudad. Esto significa algo, añade. Brad no quiere preguntar qué es lo que significa, mas, no obstante, Dolo le informa que Brad debe matar su oso interno. Debes hacerte uno con el oso, dice. Como en esa película, ¿*Legends of the Fall*? ¿La has visto? No, pero leí el libro, responde Brad. Al final, el tipo batalla un oso y el oso lo mata, pero en realidad no lo mata, sino que se funden en un sólo ser, relata Dolo. ¿Eso sucede o eso es lo que crees que sucede?, reta Brad. Dolo contesta que da igual, que la lección es la misma: matar el oso y hacerlo parte tuya. Brad piensa en la Fuente del Ogro, que apenas acaban de ver, donde un gigante se devora a un niño mientras en la otra mano sujeta el resto de la comida. Brad y Dolo finalmente toman un taxi hacia el casino. En el camino, Dolo se queja de que esta gente habla una cosa y escriben otra, Brad. Eso no es bueno, concluye Dolo. Brad se cuestiona qué cosa en realidad es buena.

No hace mucho, Brad pensaba que la vida junto a Aura Lee sería buena. Ahora la esperanza estaba agotada y tendrá que sudar el regreso a la posibilidad de la dicha simple, más allá del sueño de vivir en una casa amplia junto a su rubia fabulosa mientras, acurrucados en la cama, observarían la lluvia suiza caer en el temprano otoño. Suele traicionar esa capacidad de recordar, piensa Brad. Tantos años perdidos. De pronto, se da cuenta que Dolo todavía habla de lo grandioso que sería mudarse a Berna y contagiarlos con el reggaetón. Apuesto que se caen de culo si lo escuchan. Es más, ese sería mi lugar de grandes pensamientos y canciones. Brad no puede creer que Dolo, sin pensarlo, se haya incorporado a la tradición suiza de Rosseau, Paul Klee, James Joyce, el mismo Einstein y hasta Freddy Mercury.

Frente al hotel, un hombre espera mientras fuma un cigarro. Al ver llegar a Dolo y a Brad, se les acerca.

You are here to see mister Zubriggen?, les dice.

Es advino, Brad, dice Dolo.

Correcto, dice Brad, en español.

I'm Luca. Follow me.

¿Ni siquiera vamos a entrar?, pregunta desilusionado Dolo.

El hombre presume sordera y los conduce hasta un Aston Martin gris. Les indica que se sienten en la parte posterior del auto, cosa que Brad y Dolo hacen con suma incomodidad. Allí, el hombre les venda los ojos, y aunque Dolo objeta, al final acepta pues el hombre le convence de que es mejor los ojos vendados que desaparecer en pedazos en el Aar. Horrible, dice Dolo sin más protesta. Además, los cristales traseros de este auto no dejan admirar el paisaje.

Brad pierde la noción de ubicación. La ingeniería acústica del auto es de tal nivel que apenas se escuchan los ruidos del exterior, por tanto, no puede detectar el sonido de posibles referentes, como el rugido de un tren, o las sirenas de una ambulancia, o las bocinas de otros autos. Solamente reconoce el estruendo del «American Woman» de Krokus tocar una y otra vez, y a Dolo improvisar el estribillo del coro por un «*Puerto Rican woman, stay away from me…*». Al cabo de un tiempo más o menos considerable –quién sabe, quizá media hora–, el auto se detiene. Luca les quita el vendaje y entonces se percatan de que se encuentran frente a un edificio, en cuyo sótano albergan las oficinas de Sven. Ustedes entrarán, instruye Luca. La puerta estará abierta. Cuando terminemos, procederemos de manera inversa. Yo les llevaré de vuelta al Allegretto y allí harán lo que les venga en gana.

Al apearse, Brad mira alrededor y nota que es un vecindario tranquilo, retirado, pero no debe estar lejos de la ciudad. Calcula que al menos escuchó a Krokus cinco veces, lo que lo sitúa a veinte o veinticinco minutos del restaurante. También aprecia que toda Suiza parece un suburbio de algo, mas sin embargo le parece a la vez tan metropolitana y cosmopolita. Entonces, seguido por Dolo, marcha esposado al violín hacia la oficina del traficante de arte.

En el interior del lugar, la distancia se encoge constantemente bajo el escrutinio de Sven, quien les mira por encima de los anteojos. Se rasca la barbilla. Hace muecas. Vuelve y los mira. Extiende sus manos a fin de que Brad le entregue el Stradivarius, para lo que es necesario liberar las esposas que les atan mutuamente. Sven se impacienta. Carraspea la garganta dos veces. Se mece en la ampulosa butaca de piel. La luz de una lámpara de acero inoxidable cae sobre el escritorio de cristal y es todo lo que les separa. Un manto de sombras los circunda dada la pobre iluminación del despacho. Brad coloca el violín liberado sobre el escritorio. Con un movimiento cauteloso de dedos, Sven abre el estuche y revela el magnífico contenido. La quijada inferior le cuelga. Hace un esfuerzo vano por articular algo, pero termina carraspeando nuevamente. El rostro se ilumina. Con la misma delicadeza de un armador de explosivos, cierra el estuche. Pasa sus manos por el rostro ajado e imberbe. Es entonces que advierte una bolsa que trae Dolo y cuyo contenido proviene, tal y como lee en el exterior de la misma, de *Chocolates, caprichos y algo más*. ¿Y ahí, qué me traen?, inquiere Sven. Nada que le vaya a gustar, contesta Dolo. ¿Y quién eres tú para decirme que me debe gustar? Son chocolates, aclara Dolo al percatarse de su inoportuna estupidez. Sven sonríe. Esto es Suiza, ¿qué grandioso puede tener un chocolate americano? Créame, en América se inventó el chocolate, informa Dolo. Eso creen ustedes, replica Sven. De todos modos, no son cualquier chocolate, dice Brad. Sven extiende su brazo en dirección de la bolsa en un intento por alcanzarla, pero Brad lo detiene. Es San Juan Sour, expresa Brad. Sven arquea las cejas y retira la mano como si la manipulara algún mecanismo hidráulico.

Sven no despega los ojos de la bolsa. Escuché del San Juan Sour en Puerto Rico, dice. ¿En realidad hace lo que dicen que hace?, pregunta. No para usted, abuelo, replica Dolo entre carcajadas que, a los pocos compases de haberlas liberado, se tiene que tragar. El desprecio que descarga Sven hacia Dolo le pesa en la mirada. Entonces, el reputado comprador de arte contrabandeado acaricia con ambas manos el estuche.

Irradia calor, ¿o soy yo?

Debe ser usted, dice Brad.

Y presumo que alguno de ustedes tiene un interés particular, además de en los chocolates afrodisíacos, en la música clásica y, sobre todo, en los instrumentos de coleccionista.

Claro. Sobre todo mi socio y amigo Dolo, dice Brad.

Dolo reacciona sorprendido y quizá hasta halagado de su nueva importancia.

Entonces, ¿quién de ustedes es el experto?, conforma Sven.

Ese soy yo, dice orgulloso Dolo. Soy compositor, cantante y músico.

E idiota, se te olvida decir, añade el coleccionista. Brad no intercede, pues conoce bien que Dolo no desarrolló muchas inteligencias.

¿Y qué tocas?

Pues, aparte de guitarra y piano, el violín.

Sven lo observa con escepticismo. La verdad es que

lo mira como si pensara que Dolo no podría diferenciar un contrabajo de un violín. Carraspea nuevamente. Se ajusta las gruesas lentes de oficinista retirado en la Florida y cuyo pasatiempo son las máquinas tragamonedas de los casinos. Se suelta el cuello de pajarita. Entrelaza los dedos.

Brad extrae una caja de cigarrillos y el encendedor. Siente compulsión de fumar.

No, dice Sven. Aquí no se fuma.

Toda Suiza fuma.

Menos en mi despacho.

Brad guarda los cigarrillos y comienza a jugar con la tapa abisagrada del encendedor. La abre. La cierra.

Y deja eso, ordena Sven.

Brad se disculpa, pero mantiene el encendedor en la mano.

Bien. Dejando a un lado la polémica sobre la ostensible posibilidad de talento o, en su defecto, de conocimiento musical, y con el fin de corroborar la autenticidad del instrumento que han traído consigo, ¿podrían decirme cuál es el origen del violín?

Brad se encuentra negado del tipo de miedo con el que se funden las verdades. Primero fue la muerte súbita del violinista, en la chocolatería de Brad Molloy, a causa de un exceso de afrodisíacos –camuflados, por supuesto, en un manjar de chocolate–; luego, la revelación del Stradivarius robado y, subsecuentemente, la reaparición triste del amor idealizado, pero que ya ni siquiera era posible en su imaginación. Aún en la plenitud de sus fragmentos, Brad es un *sudoku* irresoluto con la mayoría de sus celdas vacías. Ahora todo es consecuencia indómita, más designio de su voz que un futuro predestinado. Una vida desprovista de propósito.

Es un cuento largo, dice finalmente.

O una novela, agrega Dolo. Aunque sea de amor.

Sven transita la mirada de un lado a otro. Luego abre nuevamente el estuche. Aprecia el diseño peculiar del fino instrumento, el terminado en barniz, los trazos de la artesanía y las condiciones de la madera. Observa el sello en su interior, *Antonius Stradivarius Cremonensis Faciebat Anno 1727*. Le es familiar.

Con respecto al violín, no tengo dudas de pudiera ser el auténtico instrumento del Paganini negro, dice.

Ese era Claudio José Domingo Brindis de Salas, según explica Brad con el dominio de historiador refinado y orador elocuente. El Paganini Negro, le llamaban, dado sus grandes dotes, que le ganaron el favor entre la alta alcurnia de la sociedad cubana. Por la misma razón, le fue concedida una beca para continuar sus estudios en París, donde alcanzó gran fama y reconocimientos en el conservatorio de la capital francesa. Su maestría en el instrumento lo llevo a viajar por toda Europa, América y el Caribe. Hasta que se enamoró de la mujer que no debía.

Sven detiene su mirada sobre Brad como si éste no pudiera diferenciar un violín de una mandolina.

Es un Stradivarius, intercede Dolo.

Sven lo mira con desprecio. Lo detesta. Se puede oler. Lo mira como si Dolo profanara el nombre del gran hacedor de violines.

Supongo que conocen de la muerte de Paco Juárez, dice el contrabandista de arte.

Brad traga en seco. Comienza a abrir y a cerrar la tapa del encendedor.

Este violín iba destinado a sus manos. Justamente, para el tiempo en que ustedes dejaron la isla... no digo que tengan algo que ver, por supuesto...

Claro que no, seguro, tranquilo, a fuego..., dice Dolo nervioso.

Y como no tenemos vela en el entierro, me imagino que me dirá por qué lo menciona, dice Brad.

Paco Juárez buscó por mucho tiempo este violín. Tenía la idea de que encerraba un misterio o un mito, dice Sven mientras busca su teléfono. Algo de tocarse por última vez, una magia o maldición que viajaba con el Stradivarius.

Brad y Dolo se miran el uno al otro sin intención de abordar el tema.

De todos modos, continua Sven, no han contestado mi pregunta.

¿Cuál?, juega Brad mientras continúa abriendo y cerrando la tapa del encendedor.

¿De dónde salió el Stradivarius?

Ya dijimos. Es un largo cuento. O una novela de amor.

Entonces, Sven dice que cree que tiene un cliente interesado y da la espalda para cursar una llamada telefónica. Al otro lado de la línea, la pronta respuesta se hace sentir.

¿Sergei?, dice Sven. Tengo algo que te interesaría.

Sin embargo, lo que ocurre luego es repentino y difuso. Sven siente un aletazo de viento caliente acariciar su espalda y, al tornarse, se encuentra con los ojos aterrorizados de Brad y Dolo ante el violín prendido en llamas. No tiene tiempo de decidir qué ha ocurrido, si es mito en función o acto piromántico, pero sí ve a sus clientes perderse tras la negra y asfixiante humareda que se va formando y que activa los detectores de humo. El violín podría ser el nefasto portador de una maldición, como también pudiese tratarse de un ardid ejecutado por aquellos dos que de la nada le han salido a vender un Stradivarius valioso, por lo que simplemente, en un par de segundos, que es una infinidad cuando el miedo media entre lo conocido y lo por conocerse, el contrabandista de obras de arte recurre a su arma de fuego y dispara a ciegas hacia la indómita mole de humo negro, que de momento le ha parecido toma la forma de un rostro malévolo que quiere devorarlo.

Al filo de los disparos, Sven resiente el pardo callar de las paredes de su oficina.

Cuando se disipa la hedionda nube, todo lo que queda es el violín ardiendo en el interior del estuche. El viejo Sven entonces advierte los cuerpos de Brad y Dolo aún en las butacas.

Herre Gud!, dice. *Vad har jag gjort?* ¡Qué hice!

Brad Molloy intenta abrir los ojos. Mira a Dolo y lo encuentra muerto. Una lágrima cae por la frontera de los ojos de Brad mientras escucha a Sven hablar, en su idioma y con tono alarmado, por teléfono.

Una sensación de aire frío arropa a Brad.

En el brillo intermitente de sus ojos se afirma la muerte, que ha decidido venir a llenarle el vacío permanente. Todo es perfecto.

Entonces, se deja ir en un punto lumínico en el techo. Piensa que, al otro lado, tendrá tiempo de sobra para masticar las piedras de la desmemoria. Ahora todo es consecuencia indómita, más designio del azar que futuro predestinado. Una vida desprovista de propósito plegado hacia el nirvana inalcanzable.

Es un cuento largo, se escucha todavía a Sven hablar por teléfono. O una novela.